군림천하 30

1판 1쇄 발행 2015년 11월 20일
1판 2쇄 발행 2020년 1월 6일

지은이 ǀ 용대운
발행인 ǀ 신현호
편집장 ǀ 이환진
편집부 ǀ 이호준 송영규 최종건 정재웅 박건순 양동훈 곽원호
편집디자인 ǀ 한방울
영업 · 관리 ǀ 김민원 조은걸 조인희

펴낸곳 ǀ ㈜ 디앤씨미디어
등록 ǀ 2002년 4월 25일 제20-260호
주소 ǀ 서울시 구로구 디지털로 26길 111 JnK디지털타워 503호
전화 ǀ 02-333-2513(대표)
팩시밀리 ǀ 02-333-2514
E-mail ǀ papy_dnc@dncmedia.co.kr
홈페이지 ǀ www.ipapyrus.co.kr

값 9,000원

ⓒ 용대운, 2015

ISBN 979-11-5856-427-8 04810
ISBN 978-89-267-1535-2 (SET)

용대운 대하소설

군림천하

4부 천하의 문[天下之門]

君臨天下

㉚

무당집회(武當集會) 편

PAPYRUS
파피루스

目次

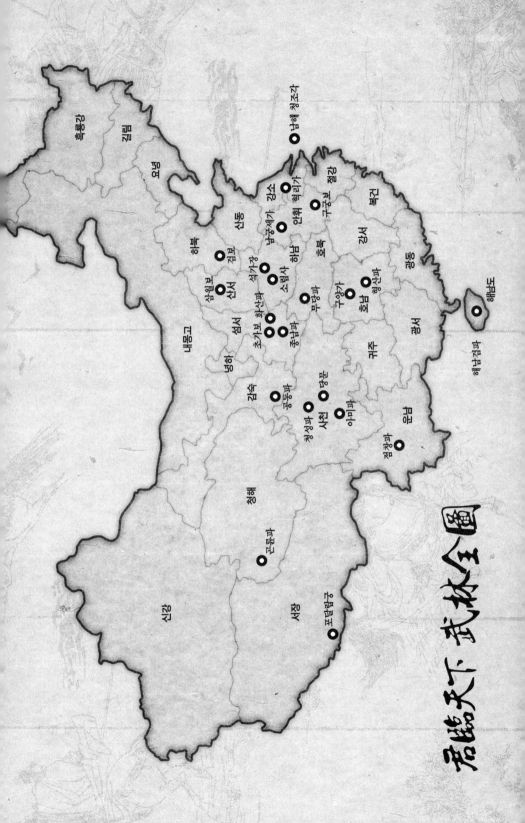

제 303 장
혈염가두(血染街頭)

제303장 혈염가두(血染街頭)

서안의 밤거리는 짙은 어둠에 쌓여 있었다. 사람들로 북적거리던 저잣거리는 인적이 끊긴 지 오래였고, 수없이 늘어선 집들도 대부분 불이 꺼져 깊은 적막 속에 잠들어 있었다.

달도 없는 검은 하늘 아래 유난히 높게 솟아 있는 서안의 성벽만이 거대한 천신(天神)처럼 어둠에 잠긴 거리를 묵묵히 내려다보고 있을 뿐이었다.

미로처럼 무질서하게 뚫려 있는 서안의 좁은 골목길은 불빛 하나 보이지 않아 왠지 음산해 보였다.

그 골목길을 조용히 걷고 있는 한 사람이 있었다.

삼십 대로 보이는 그는 인근 지리에 정통한지 컴컴한 골목길을 능숙한 걸음으로 걷고 있었다. 중년인의 발길이 멈춘 곳은 골목길이 완만하게 꺾어지는 중간 지점으로, 그곳에는 아무 표식도 없는 작은 나무 문 하나가 달려 있었다.

중년인은 나무 문을 가볍게 두들겼다.

톡톡톡!

강약을 조절한 몇 번의 두들김이 끝나자 나무 문이 소리도 없이 열리며 반백의 노인이 모습을 드러냈다. 노인은 날카로운 눈으로 중년인의 전신을 훑어보더니 주위를 빠르게 둘러보았다.

노인의 조심스런 행동에도 중년인은 아무 반응 없이 묵묵히 그 자리에 서 있었다. 별 이상이 없음을 확인한 노인은 그제야 짤막한 음성으로 말했다.

"들어오게."

중년인은 노인의 뒤를 따라 안으로 들어갔다. 문 안에는 작은 뜨락이 있고, 뜨락 건너편에 집 안으로 들어가는 허름한 출입구가 있었다.

뜨락 주위에는 서너 명의 장한들이 방만한 자세로 벽에 등을 기댄 채 서 있었는데, 안목이 예리한 사람이라면 그들이 하나같이 몸이 날렵하고 상당한 무공을 지닌 실력자들임을 알아볼 수 있을 것이다.

노인은 중년인을 출입구로 안내했다. 그러면서 노인은 자연스런 동작으로 반백의 머리를 쓰다듬었는데 그때부터 장한들은 더 이상 중년인에게는 신경을 쓰지 않는 모습이었다.

출입구를 지나자 한 사람이 겨우 지날 만한 좁은 복도가 나왔다. 눈에는 보이지 않았지만, 복도의 양쪽에는 특수한 기관장치가 설치되어 있었다. 설사 누군가가 밖의 장한들을 물리치고 안으로 들어오더라도 피할 곳을 찾지 못하고 차가운 시신이 되어 쓰러지고 말았을 것이다.

그 복도를 지나서야 비로소 청랑고(靑郎庫)에 들어설 수 있었다.

청랑고는 스물두 개의 크고 작은 밀실로 이루어진 개미굴이었다. 각각의 밀실은 작은 출입구 외에는 철저히 차단되어 있었고, 외부로 나가는 길은 아예 존재하지 않았다. 오직 처음 들어왔던 좁은 복도만이 유일하게 외부와 통하는 통로였다.

그 밀실의 용도는 다양했다. 가장 큰 밀실 몇 개는 도박장으로 운영되기도 하고, 일부는 몇 명의 남자들이 모여 단순히 대화를 나누는 장소로 사용하기도 한다. 여인을 데려와 즐기는 자들도 있었고, 아무것도 하지 않고 멍하니 그 자리에 누워 있는 자들도 적지 않았다.

그들의 공통점은 단 하나, 모두들 아편에 취해 있다는 것이었다.

청랑고는 서안에서 가장 큰 아편굴이었던 것이다.

중년인은 노인을 따라 구불구불하게 이어진 작은 통로를 걸어 들어갔다. 통로 안에서는 매캐한 내음이 진하게 풍겨 오고 있었는데, 그것은 아편의 찌든 냄새였다.

끝도 없이 이어질 것 같던 통로를 걷던 노인의 발길이 작은 밀실 앞에 멈춰 섰다.

"이 안에 있네."

중년인은 품에서 은화가 가득 담긴 주머니를 꺼내 그에게 던졌다. 노인은 주머니 안을 확인하더니 슬쩍 몸을 비켜 주었다.

중년인은 문을 열고 밀실로 들어섰다. 직경 일 장이 조금 넘는 작은 공간은 자욱한 연기와 속을 울렁거리게 하는 퀴퀴한 냄새로 가득했다. 창문도 없는 그 방 안에는 때에 찌든 작은 침상이 있었고, 침상 위에 한 사람이 편안한 자세로 누워 있었다.

아편에 취한 듯 그 사람의 얼굴에는 몽롱한 기운이 담겨 있었고, 눈빛은 금시라도 꺼질 듯 흐릿했다. 반쯤 풀어헤친 옷자락 사이로 보이는 가슴은 빈약하기 그지없었고, 전신에서 심한 악취가 풍겨 나오고 있었다.

중년인은 그 사람을 묵묵히 내려다보더니 조용한 음성으로 물었다.

"하담(河曇)?"

침상 위의 사람은 히죽 웃어 보였다.

"나?"

"그래. 칠보장(七步將) 하담?"

침상 위의 사람은 흐릿한 눈으로 중년인을 올려다보더니 다시 웃었다. 한 줄기 침이 벌어진 입을 따라 턱밑으로 흘러내렸다.

"글쎄. 내가 누군지 나도 모르겠네. 내가 하담인가? 하담이 칠보장인가? 그럼 내가 칠보장인가?"

횡설수설하는 그를 보던 중년인이 노인을 돌아보며 시선을 던졌다.

노인은 고개를 끄덕였다.

"틀림없네. 하담은 과거 옆구리에 치명적인 부상을 입었네. 그러고도 일곱 걸음 거리를 단숨에 뛰어넘어 상대를 죽였지. 그래서 사람들이 그를 칠보장이라고 부르게 된 걸세. 그의 왼쪽 옆구리를 보게."

중년인은 침상 위 사람의 옷자락을 들춰 보았다. 그는 타인이 자신의 옷을 들추는데도 여전히 빙글빙글 웃고 있었다.

앙상하게 마른 갈비뼈가 드러난 옆구리에는 오래된 상처의 흔적이 선명하게 드러나 있었다. 그 흉터는 옆구리를 지나 거의 등에까지 이르러 있었다. 이 정도면 내장이 송두리째 쏟아져 내렸을 텐데도 죽지 않고 멀쩡히 살아 있는 것이 신기할 지경이었다.

그제야 중년인은 노인을 향해 살짝 고개를 끄덕였고, 노인은 말없이 방을 빠져나갔다.

중년인의 시선이 다시 하담의 얼굴에 고정되었다.

"나와 함께 가야 할 곳이 있다, 하담."

하담은 여전히 누런 이를 드러내며 웃었다.

"난 가기 싫은데? 여기가 너무 좋아……."

"가는 게 좋을 텐데."

하담은 키득거렸다.

"안 가면 때리기라도 할 텐가? 때려 봐. 그것도 나쁜 기분은 아닐 테니."

중년인은 한동안 묵묵히 하담을 내려다보더니 혼잣말처럼 낮게 가라앉은 음성으로 물었다.

"복수를 하고 싶지 않은가?"

그 말에 텅 빈 것처럼 공허함으로 가득 차 있던 하담의 눈에 한 줄기 광채가 번뜩이고 지나갔다.

"복수?"

"네 형제들의 복수. 지금도 지하에서 울부짖고 있는 형제들의 통곡 소리 때문에 밤에 잠도 제대로 못 자고 있을 텐데."

하담은 벌떡 일어나서 중년인의 멱살을 움켜잡았다. 아편에 취해 맥없이 늘어져 있던 사람이라고는 믿기지 않는 재빠른 동작이었다.

"무슨 말을 하고 있는 거냐?"

하담은 잡아먹을 듯한 기세로 으르렁거렸으나, 중년인은 눈도 깜박이지 않고 그를 응시하며 담담한 음성으로 말했다.

"육 년 전의 일을 말하는 거야. 장안칠패(長安七覇)란 이름이 멀쩡히 존재했던 시절 말이야."

하담의 얼굴 근육이 부들부들 떨렸다.

"장안칠패……."

"한 사람을 잘못 건드려 여섯이 죽고 당신 혼자만 살아남았지. 그 괴로움을 잊기 위해 이런 꼴이 되었지만, 그래도 복수하겠다는 마음만은 남아 있지 않나? 당신이 정말 갈라진 배를 부여잡고 적을 쓰러뜨리던 그 칠보장이라면 말이야."

하담은 벌겋게 충혈된 눈으로 중년인을 노려보다가 물었다.

"너는 누구냐?"

"당신의 복수를 도와줄 사람."

"정말 내 복수를 도와주겠단 말이냐?"

"그래."

"내 원수가 누구인지 알고?"

"구여평(具如平). 화산육수(華山六秀)의 우두머리지."

하담은 갈라진 음성으로 물었다.

"정말 구여평에게 복수할 수 있게 해 주는 거지?"

"그래. 대신 네 목숨을 걸어야 한다."

하담은 누런 이를 드러내고 웃었다. 조금 전과는 전혀 다른 의미의 웃음이었다.

"상관없어, 그런 건. 복수만 할 수 있다면……."

"그럼 따라와."

하담은 그의 멱살을 잡았던 손을 풀었다. 그러다 휘청거리며 바닥에 쓰러져 버렸다. 그러나 곧 이를 부드득 갈며 다시 몸을 일으켰다. 그러다 쓰러지기를 몇 번이나 반복했다.

중년인은 말없이 하담이 비틀거리며 간신히 몸을 일으키는 모습을 지켜보고 있었다. 한참 후에야 하담은 겨우 몸을 바로 세울 수 있었다.

그제야 중년인은 몸을 돌려 밀실을 빠져나갔다. 하담은 후들거리는 걸음으로 그의 뒤를 따라 몸을 움직였다. 발을 질질 끌면서 따라붙은 하담은 쉬어 버린 듯한 목소리로 물었다.

"당신은 누구지?"

중년인은 뒤도 돌아보지 않고 짤막하게 말했다.

"추풍."

"추풍?"

하담이 생소한 이름인 듯 고개를 갸웃거리자 중년인은 한마디를 덧붙였다.

"흑선방의 조일당(照日堂)을 맡고 있는 흑서(黑鼠)가 바로 나야."

검단현은 묵묵히 한 구의 시신을 내려다보고 있었다. 그의 시선은 투명했고, 얼굴 표정은 담담해서 그가 지금 무슨 생각을 하고 있는지 아무도 알 수 없었다.

주위는 아주 조용했다. 적지 않은 사람들이 늘어서 있는데도 조그만 숨소리 하나 들리지 않았다. 모두의 시선은 검단현과 마찬가지로 바닥에 누워 있는 시신을 향해 있었다.

시신은 백의를 입은 삼십 대 중반의 인물이었다. 짙은 눈썹에 윤곽이 뚜렷한 이목구비를 하고 있어서 무척이나 용맹스럽고 남자다워 보이는 인상이었다.

그의 이름은 구여평. 별호는 절풍검(切風劍). 화산파의 일대제자이며, 그중에서도 무공 실력이 뛰어나고 성격이 담대해서 화산육수 중 첫째로 손꼽히고 있었다.

이십오 세에 처음 강호에 출도한 후 적지 않은 명성을 쌓았고, 사마외도(邪魔外道)들을 척결하는 데 앞장서서 따르는 자들도 많았다. 아마 이대로 순탄하게 성장했다면, 수십 년 후에는 화산파의 장로 중 한 사람이 되어 있을지도 몰랐다.

하나 그는 불과 서른넷의 나이에 불귀의 객이 되고 말았다.

사인(死因)은 어이없게도 중독이었다. 검게 변색된 피부와 모공에서 흘러나오는 진득한 핏물이 그것을 증명해 주고 있었다. 당당한 화산육수의 우두머리이며 화산파가 자랑하는 일대제자치고는 너무도 비참하고 허무한 죽음이 아닐 수 없었다.

검단현은 구여평의 시신 옆에 서 있는 청년에게로 시선을 돌렸다.

청년은 평범한 용모에 왜소한 체구를 지니고 있었다. 검단현의 시선을 받자 청년은 즉시 입을 열었다.

"구 사형은 아침 식사를 마치고 여느 때처럼 종리세가에 머무르는 장로들께 문안 인사를 드리러 서문대로를 걷고 있었습니다. 그때 거지 하나가 구걸을 하기 위해 구 사형에게 접근했다가 각혈을 했습니다."

검단현은 묵묵히 그의 말을 듣고 있었다.

"거지가 피를 토하는 것을 본 구 사형은 급히 피했으나 거지가 토해 낸 피 일부가 몸에 묻는 것을 막지는 못했습니다. 거지는 몇 차례 피를 토하다가 바닥에 쓰러졌고, 이내 숨이 끊어졌습니다. 구 사형은 그것을 보고 찝찝함에 황급히 현장을 떠났는데, 불과 다섯 걸음을 떼기도 전에 자신이 중독된 것을 알아차렸습니다. 구 사형은 황급히 그 자리에 주저앉아 운공을 하려 했으나, 미처 공력을 끌어올리기도 전에 쓰러지고 말았습니다."

청년은 도일상이란 인물로, 검단현이 수족처럼 부리는 네 사람 중 한 명이었다.

도일상은 계속 말을 이었다.

"구 사형과 동행하던 제자들이 황급히 구 사형을 부축하려 했으나, 구 사형은 마지막 힘을 다해 그들을 제지했습니다. 그러고는 이내 숨을 거두었습니다."

검단현은 나직한 음성으로 물었다.

"거지의 정체는?"

"장안 일대를 뒤져서 간신히 알아보는 자를 찾아냈습니다. 용모가 많이 바뀌기는 했지만, 한때 근방에서 상당한 명성을 날리던 장안칠패 중 칠보장 하담이란 자였습니다."

"이유는?"

"하담이 속한 장안칠패는 육 년 전에 구 사형과의 사소한 시비가 발단이 되어 결투를 벌였다고 합니다. 그때 장안칠패의 다른 자들은 모두 죽고 하담만이 간신히 목숨을 부지하고 도망쳤는데, 그때의 복수를 행한 것으로 보입니다."

검단현은 냉소를 날렸다.

"육 년 동안이나 원한을 참았다가 하필이면 이 시기에 말이지?"

도일상은 아무 대꾸도 하지 않았다.

검단현은 다시 물었다.

"그가 사용한 독은 무엇이냐?"

"오보추혼(五步追魂)이라는 극독에 절상(節霜)이라는 가루를 섞어 즉효성을 보강했습니다. 하담이 피를 토하는 순간에 이미 그의 숨은 끊어졌지만, 그가 토한 피에 섞인 독기가 구 사형의 목숨을 앗아 간 것으로 보입니다."

오보추혼은 천하삼대극독에는 미치지 못하지만 단 한 방울로도 건장한 소를 절명시킬 수 있는 무서운 맹독이었다. 거기에 절상을 섞으면 당한 사람은 다섯 걸음이 아니라 서너 걸음도 제대로 떼지 못하고 숨이 끊어지고 마는 것이다.

문제는 오보추혼은 물론이고 절상 또한 쉽게 구할 수 없는 아주 희귀한 물건이라는 것이었다. 더구나 오보추혼에 절상을 섞는 것은 특수한 비전이 없으면 불가능한 일이었다.

구여평의 죽음 자체는 육 년 전에 벌어졌던 사건의 연장선에서 벌어진 비극이었다. 하나 검단현은 그 안에 겉으로 드러난 것과는 다른 무언가가 있음을 직감적으로 알아차렸다.

육 년 동안 주위 사람도 몰라볼 정도로 폐인으로 변한 하담이 무슨 수로 오보추혼과 절상을 구할 수 있었겠는가?

더구나 지금은 흑선방의 잔존 세력을 뿌리 뽑고 그들의 우두머리인 최동의 행방을 찾기 위해 신경을 곤두세우고 있는 시기가 아닌가?

이런 민감한 시기에 일대제자 중에서도 중요한 위치에 있는 인물이 어이없는 일로 목숨을 잃은 것은 절대로 그냥 넘어갈 수 없는 일이었다.

하지만 그렇다고 하담의 배후에 누군가가 있다는 뚜렷한 물증도 없는 상황이었다.

검단현은 한동안 생각에 잠겨 있다가 낮으면서도 분명한 음성으로 말했다.

"이 시간부로 혼자 외출하는 일은 엄금한다. 어디를 가든 둘 이상이 함께 움직이고, 먹고 마시는 모든 것에 독살을 염두에 두도록 해라."

그로서는 이 정도의 경계령이라면 당장의 위험은 방비할 수 있을 것이라 생각했다.

그가 자신의 실수를 깨달은 것은 그로부터 얼마 후의 일이었다.

　그리고 지옥의 하루가 시작되었다.

＊　　＊　　＊

　성인우(成仁宇)는 자신도 모르게 눈살을 찌푸렸다. 오늘은 아침부터 상당히 불쾌한 일의 연속이었다.

　믿음직한 선배 고수였던 구여평이 의문의 독살을 당했고, 그 때문에 화산파 제자들의 분위기는 여느 때보다 뒤숭숭했다. 자금 원만 제거하면 쉽게 무너질 줄 알았던 흑선방은 대부분의 수뇌들이 지하로 잠적해 버려서, 이번 기회에 그들의 명줄을 완전히 끊어 놓으려는 시도는 아무래도 실패로 돌아가는 것 같았다.

　화산파의 제자들 사이에는 구여평의 죽음이 흑선방의 반격을 알리는 신호탄이 아닌가 의심하는 말들이 떠돌고 있었다. 흑도의 무리들이라고 대수롭지 않게 생각했던 흑선방이 끈질기게 버티고 있는 상황도 불만족스러웠지만, 때아닌 경계령으로 사제들을 주렁주렁 데리고 다녀야 하는 것도 썩 마음에 들지 않았다.

　대부분의 제자들은 세 명씩 어울려 다녔다. 그것은 화산파의 합격진(合擊陣)의 최소 단위가 세 사람이었기 때문이다. 화산파의 합격진은 삼응검진과 오안검진, 칠앵검진, 구작검진이 있는데, 위기감을 느끼게 되자 자연스레 자신들에게 익숙한 검진의 최소 단위를 형성하게 되었던 것이다.

성인우 또한 두 명의 사제들과 동행하게 되었다. 문제는 이 두 녀석이 모두 제멋대로라 평소에도 그다지 좋게 보지 않았다는 것이었다.

자존심이 강한 것은 화산파 제자들이라면 누구나가 가지고 있는 문파에 대한 자긍심 때문이라고 해도, 이 두 녀석은 무공도 그리 강하지 않은 주제에 거만하기 이를 데 없어서 주위 사람들을 함부로 대하는 경향이 있었다.

지금도 거리의 꽃 파는 소녀가 꽃 한 송이만 사 달라고 꽃바구니를 내밀고 있는데, 이 두 녀석은 그것을 거칠게 뿌리쳐 버렸다. 그 때문에 꽃바구니가 바닥에 떨어져 꽃송이들이 사방에 흩뿌려졌다. 울상을 한 어린 소녀는 어쩔 줄 몰라 바닥에 널브러진 꽃들을 황급히 줍고 있었다.

"비켜라."

두 녀석 중 인상이 좀 더 사나운 놈이 소녀를 발로 슬쩍 밀어버렸다. 그 바람에 소녀는 볼품없는 자세로 바닥에 나뒹굴고 말았다.

"악!"

성인우는 눈살을 찌푸렸으나, 굳이 그들을 제지하지 않았다. 구여평이 살해된 후로 화산파 제자들의 신경이 곤두서 있어서 사소한 일에도 민감하게 반응하는 것을 알고 있기 때문이었다. 솔직히 그 자신도 선뜻 나서서 소녀를 돕기에는 망설여지는 점이 있었다.

그만큼 구여평의 갑작스런 죽음은 화산파 제자들에게는 적지 않은 충격을 주었다. 그들 중 누구도 당당한 화산파의 일대제자가 서안의 거리에서 그런 꼴을 당하리라고 예상한 사람은 없었다.

주위에서 이 광경을 보고 있던 상인들이 혀를 차기도 했으나, 그들 또한 누구 하나 소녀를 도와주는 사람이 없었다. 자칫 잘못 나섰다가 화산파의 고수들에게 밉보여 엉뚱한 봉변을 당할까 두려웠던 것이다.

소녀는 비실거리며 간신히 일어섰으나, 이미 그녀의 품에는 꽃한 송이 남아 있지 않았다. 두 녀석은 매정하게도 바닥의 꽃송이들을 짓밟으며 소녀의 옆을 지나쳐 갔다. 그중 한 녀석은 길옆에 떨어진 꽃까지 일부러 밟고 지나가려 했다.

그런데 막 그가 발을 뻗어 그 꽃송이를 짓밟는 순간, 꽃송이가 그대로 터져 버렸다.

파아아…….

자욱한 꽃가루가 두 사람의 하반신을 그대로 휘감았다.

"뭐야, 이게?"

두 사람이 화들짝 놀라 뒤로 물러날 때, 성인우는 버럭 소리를 질렀다.

"호흡을 멈춰라!"

두 사람은 급히 숨을 멈추고 온몸에 묻은 꽃가루를 털어 내려 했다.

"가루에 손대지 마!"

성인우가 다시 소리쳤으나, 이미 두 사람은 옷에 묻은 꽃가루들을 털어 내고 있었다.

꽃가루에 손이 닿는 순간, 그들은 일제히 손을 부여잡으며 비명을 질렀다.

"아악!"

"악!"

꽃가루들이 피부로 파고 들어가며 순식간에 손이 퉁퉁 부어올랐던 것이다. 이제 보니 꽃가루 속에는 솜털같이 가느다란 유리 조각들이 섞여 있었다. 그 미세한 유리 조각들은 피부를 통해 단숨에 그들의 심장으로 침투해 들어갔다.

"바보 같은……."

성인우가 그들에게 다가갔을 때는 이미 그들은 모공으로 시뻘건 피를 흘리며 비틀거리고 있었다.

"사형…… 살려 줘!"

한 사람이 그를 향해 손을 내뻗다가 그대로 바닥에 허물어지듯 쓰러지고 말았다. 그의 얼굴은 이미 붉은빛으로 물들어 있었고, 코와 입으로 시커먼 핏물이 주르르 흘러내리고 있었다.

다른 한 명 또한 손써 볼 사이도 없이 경련을 일으키다가 그대로 숨이 끊어지고 말았다.

"이런 악독한……."

성인우는 단순한 꽃가루에 이런 위력이 있으리라고는 상상도 해 본 적이 없었다.

그것은 석면(石綿)을 곱게 빻은 가루에 단장산(斷腸散)을 섞은 것으로, 코로 들이마시거나 피부에 닿으면 체내로 침투하여 사람의 목숨을 끊는 무시무시한 위력을 지니고 있었다.

순식간에 차갑게 식어 버린 두 명의 사제들을 보고 있던 성인우는 문득 생각이 나서 황급히 주위를 둘러보았다. 하지만 놀란 눈으로 쳐다보고 있는 상인들만이 잔뜩 늘어서 있을 뿐, 꽃을 팔던 소녀의 모습은 어디에도 보이지 않았다.

성인우는 망연자실한 얼굴로 바닥에 널브러진 꽃송이들과 그 위에 쓰러져 있는 사제들의 시신을 바라보고 서 있었다.

고당(高堂)은 살짝 눈을 찡그렸다.

험상궂게 생긴 장한 하나가 자신들을 향해 빠르게 다가오고 있었던 것이다.

'흑선방의 살수인가?'

고당과 두 명의 사형제는 모두 날카로운 눈으로 장한을 노려보았다.

그들은 막 점심을 마치고 숙소로 돌아가려던 참이었다. 방금 전에 몇 명의 화산파 제자들이 다시 또 변을 당했다는 소식을 들었던지라 그들의 신경은 바짝 곤두서 있었다. 그래서 장한이 조금이라도 수상한 행동을 하면 이유 불문하고 무조건 손을 쓸 생각이었다.

다행히 장한은 그들에게 가까이 접근하지 않고 일 장 떨어진 곳에 멈춰 섰다.

"적류문의 혈흔조(血痕組) 소속인 만송(萬松)이라 합니다. 급히 알려 드릴 일이 있습니다."

고당은 혈흔조가 적류문에서도 상당히 중추적인 역할을 하는 조직임을 알고 있기에 경계심을 약간 풀었다.

"무슨 일인가?"

"이곳에서 멀지 않은 곳에 흑선방의 잔당들이 화산파의 고수 세 분을 합공하고 있습니다."

고당을 비롯한 세 사람의 안색이 조금 변했다.

"흑선방이 감히 본 파의 제자를 공격하고 있다고?"

"세 분의 움직임이 위태로운 것으로 보아 아마도 중독되었거나 암습을 당해 제대로 운신(運身)을 하지 못하는 것 같았습니다. 저 혼자로는 큰 도움이 되지 못할 것 같아 화산파분들을 찾고 있었습니다."

화산파의 제자들이 암습을 당해 위태롭다는 말을 듣자 마음이 급해졌는지 다른 제자가 황급히 소리쳤다.

"그곳이 어디냐?"

"제가 안내하겠습니다. 저를 따라오십시오."

만송이란 자는 재빨리 앞으로 달려갔다. 두 명의 화산파 고수들은 주저하지 않고 그의 뒤를 따라 몸을 날렸으나, 고당은 순간적으로 망설였다. 혹시 이것이 흑선방의 또 다른 수작이 아닐까 하는 염려 때문이었다.

하나 고당과 다른 두 사람은 모두 화산파의 이대제자들 중에서도 뛰어난 실력을 지닌 고수들이었고, 특히 고당은 자신의 무공에 상당한 자신감을 가지고 있었다. 흑도 무리에 불과한 흑선방의 인물들이라면 떼거리로 몰려와도 전혀 두렵지가 않았다.

더구나 만송의 말이 사실이라면 주저할 필요가 없었다. 자칫 머뭇거렸다가 늦어진다면 동문들을 볼 면목이 없게 될 것이다.

만송과 세 명의 화산파 고수들은 빠른 동작으로 서안의 골목을 달려갔다. 만송의 주력도 제법 빠른 편이었으나, 그를 뒤따르는 화산파의 고수들이 보기에는 답답할 정도로 느렸다.

참다못한 화산파 고수 하나가 만송의 옆에 바짝 붙으며 말했다.

"어디냐? 위치를 알려 주면 우리가 먼저 가겠다."

만송은 숨을 헐떡거리면서 우측으로 꺾어진 골목을 가리켰다.

"헉헉. 저 골목을 지나 십여 장 가면 작은 공터가 있는데, 그곳……."

과연 그쪽에서 미약하게나마 병장기 부딪치는 소리가 들려오고 있었다.

화산파 고수들은 그 소리를 듣자마자 그를 지나쳐 골목을 질주해 갔다. 그 속도는 그야말로 전광석화와도 같아서 만송은 따라갈 엄두도 내지 못하고 그 모습을 멍하니 바라만 보고 있었다.

막 골목을 우측으로 돌아 나가려던 화산파 고수 하나가 짤막한 비명을 지르며 바닥에 나뒹굴었다.

"큭!"

그의 양쪽 다리는 무릎 아래로 깨끗하게 잘려 있었다. 꺾어진 골목 어귀에 눈에 보이지 않을 정도로 가는 철선이 무릎 높이로 설치되어 있었던 것이다.

그의 뒤를 따르던 다른 고수는 반사적으로 몸을 허공으로 띄워 철선을 넘어가려 했다.

그 순간, 그는 무언가 시원한 것이 자신의 머리를 스치고 지나가는 것을 느꼈다. 그것이 그가 느낀 이승의 마지막 감각이었다.

그는 비명도 지르지 못하고 머리의 반이 잘린 채 허물어지듯 바닥에 쓰러지고 말았다. 이제 보니 머리 위쪽에도 철선이 걸려 있었던 것이다. 철선이 어찌나 예리했던지 머리뼈가 잘려 나간 부위가 유리면처럼 매끄러웠다.

고당이 두 개의 철선을 피할 수 있었던 것은 혹시나 하는 생각에서 마지막까지 긴장의 끈을 놓치지 않았기 때문이었다. 고당은 한 사람이 발목이 잘리고 다른 한 사람이 머리가 잘리는 광경을 보면서 순간적으로 몸을 오므려 최대한 작게 축소시킨 다음 그 공간을 지나갔다.

그의 생각은 적중해서 그는 위아래로 설치된 두 개의 철선 사이를 아슬아슬하게 지나칠 수 있었다. 중앙에까지 철선을 설치하지 않은 것은 그들을 유인하는 자가 지나갈 공간을 남겨 두기 위해서였을 것이다.

고당은 철선을 피해 바닥에 내려서자마자 황급히 몸을 돌리려 했다. 왜냐하면 그때 거대한 쇠 그물이 자신을 향해 날아오는 광경을 목격했기 때문이다.

하나 그는 쇠 그물을 피할 수 없었다. 바닥에 닿은 발이 꼼짝도 하지 않았던 것이다. 고당은 바닥으로 시선을 떨구고 나서야 자신이 밟고 선 바닥 일대가 온통 끈끈한 아교로 뒤덮여 있다는 것을 알게 되었다.

그 순간 쇠 그물이 그의 몸을 그대로 덮어 버렸다.

"흡!"

쇠 그물에 달린 가시 바늘들이 그의 몸에 가득 박혀 들어 손가락 하나 까닥할 수 없었다.

고당은 눈을 부릅뜨며 쇠 그물에서 벗어나기 위해 몸부림을 쳤으나 아무 소용이 없었다. 그때 뒤에서 어슬렁거리며 한 사람이 모습을 드러냈다.

그들을 이곳까지 유인한 만송이란 자였다.

고당은 고개도 돌리지 못하고 눈알만 굴려 그를 노려보았다. 만송은 그를 향해 빙글 웃어 보였다.

"내가 말을 잘못한 것 같군. 나는 적류문의 혈흔조 소속이 아니라 흑선방의 조일당 소속이네. 혈흔조 놈들과는 천적 관계인데, 급해서 말실수하고 말았군."

"이놈! 이런 치졸한 수를……."

만송은 이를 드러내며 웃었다.

"어쩌겠나? 이런 게 흑도의 수법인 것을. 화산파의 고명한 분께서 이해해 주기 바라네."

"이런 짓을 하고도……."

고당의 말은 더 이상 이어지지 않았다. 왜냐하면 그때 만송이 허리춤에서 뽑아 든 시퍼런 칼날로 그의 목을 사정없이 찔러 왔기 때문이다.

"백도든 흑도든 어차피 칼밥 먹으며 사는 인생이니, 언제라도 목숨이 떨어질 각오는 하고 있어야지."

단호(檀浩)는 차를 마시려다 문득 손을 멈추었다. 두 명의 사형이 무슨 일이냐는 눈으로 그를 보았다.

단호는 자신에게 차를 따라 준 점원을 손으로 불렀다.

"여보게."

점원은 찻주전자를 든 채 공손한 표정으로 그를 바라보았다.

"말씀하십시오, 손님."

단호는 그가 따라 준 차를 턱으로 가리켰다.

"이 차는 깨끗한가?"

"물론입니다. 오늘 오전에 제가 직접 떠 온 물로 우려낸 최상급의 철관음(鐵觀音)입니다."

"그렇게 좋은 차라면 자네가 먼저 마셔 보게."

점원은 어리둥절한 표정으로 물었다.

"제가 어떻게 손님 차를 마실 수 있겠습니까?"

"내가 허락한 일이니 괜찮네. 차를 따르기만 하고 제대로 마셔 보지도 못했을 테니, 시원하게 한 잔 들이켜 보게."

두 명의 사형은 흥미진진한 얼굴로 그 광경을 지켜보고 있었다. 단호는 그들의 막내 사제였으나, 눈치가 빠르고 두뇌가 영민해서 그들도 내심 믿음직하게 생각하고 있었다.

단호의 재촉에 점원은 어쩔 수 없다는 듯 공손하게 허리를 숙였다.

"그럼 제가 조금만 맛을 보겠습니다."

"사양하지 말고 쭉 들이켜게. 모두 마셔도 좋네."

"감사합니다."

점원이 단호의 앞에 놓인 찻잔을 들자 단호는 느긋하게 허리를 쭉 폈다. 두 명의 사형도 자연스런 동작으로 오른손을 늘어뜨렸다. 언제든지 몸을 피하면서 출수할 수 있는 완벽한 자세였다.

하나 그들의 기대와는 달리 점원은 순순히 단호의 차를 모두 마셨다. 꿀꺽꿀꺽 차를 들이켠 점원은 입맛까지 다신 다음 사례를 했다.

"덕분에 좋은 차를 마시게 되었습니다."

단호는 다시 사형들의 앞에 놓인 찻잔을 가리켰다.

"이 차들도 마셔 보게."

점원은 주저하지 않고 두 잔의 차를 거푸 들이켰다. 그 모습을 본 단호와 사형들은 그제야 출수 자세를 풀었다.

"정말 맛있게도 마시는군. 다시 한 잔 따라 주게. 이번에는 내 속도 풀어야겠네."

"예."

점원은 단호와 사형들의 찻잔에 차를 따랐다. 단호는 천천히 차를 음미하면서 고개를 끄덕였다.

"확실히 좋은 차군. 정성을 다해 우려낸 맛이 나."

세 사람은 가벼운 담소를 나누며 차를 마셨다. 점원은 그때까지도 나가지 않고 그들 옆에 조용히 서 있었다.

그 모습을 본 단호가 그를 향해 입을 열었다.

"이제 그만 나가 있게."

"예."

공손하게 대답을 하면서도 점원은 여전히 그 자리에 우뚝 서 있었다.

"나가 있으라니까."

"알겠습니다."

점원은 허리를 숙여 인사를 하고는 몸을 돌렸다.

막 방을 나가려던 점원이 몸을 멈추더니 나직한 음성으로 말했다.

"차는 잘 드셨습니까?"

"그러하네."

"그러면 한 가지만 확인해 보겠습니다."

"무얼 말인가?"

단호가 어리둥절하여 묻자 점원은 천천히 몸을 돌렸다.

그의 얼굴을 본 단호와 두 명의 사형은 모두 안색이 변했다.

점원의 얼굴은 시커먼 색으로 물들어 있었다. 게다가 두 눈이 붉게 충혈되었고, 코와 입으로 시커먼 핏물을 뚝뚝 흘리고 있었다.

그것은 전형적인 맹독에 중독된 증세였다.

점원은 그들의 찻잔이 모두 비어 있는 것을 확인하고는 피를 흘리면서도 빙긋 웃어 보였다.

"세 분이 모두 깨끗하게 차를 마셨군요. 세 분을 저의 길동무로 삼게 되어 기쁩니다."

단호는 자리에서 벌떡 일어나다 몸을 휘청거렸다.

"그게 무슨……."

"저승길의 동무로 삼게 되어 기쁘다는 말입니다. 화산파의 제자 세 사람의 목숨과 제 목숨 하나를 바꾸게 되었으니 이번 일은 결코 손해나는 장사는 아니었습니다."

그제야 사정을 짐작한 두 명의 사형이 발연대로하여 몸을 일으키려다 그대로 주저앉았다.

"이런……."

그들의 얼굴 또한 점원과 마찬가지로 검은색으로 물들어 가고 있었다.

단호는 독성이 퍼져 붉게 충혈된 눈으로 점원을 노려보았다.

"너…… 너는 누구냐?"

점원은 이미 몸 전체가 검게 변했고, 입과 코로는 악취를 동반한 핏물을 게워 내면서도 계속 웃고 있었다.

"흑선방 은월당의 막내인 옥조린(玉照麟)이라 합니다."

단호는 울컥 핏물을 토해 내면서도 필사적으로 물었다.

"우…… 우리가 마신 차에 탄 게 무엇이냐?"

"은정모(銀精母)로 정제한 칠점사의 독입니다. 약간 씁쓸한 맛이 나서 철관음과 아주 잘 어울리지요. 기억하실지 모르지만, 귀파의 고수에게 당해 백치가 된 본 당 당주님의 별호가 바로 칠점사입니다. 그분처럼 아주 지독한 맹독이지요."

"너, 너희들……."

"이런 짓을 하고도 멀쩡할 줄 아느냐고요? 물론이지요. 이게 바로 우리 흑선방이 살아온 방식이니까……."

점원은 채 말을 끝맺지 못하고 허물어지듯 그 자리에 쓰러졌다. 숨이 끊어지는 그 순간까지도 그의 입가에는 엷은 미소가 떠올라 있었다.

그리고 그 순간, 단호와 두 명의 사형 또한 더 이상 참지 못하고 시커먼 피를 토하며 바닥에 쓰러지고 말았다.

　그날, 화산파의 고수 열여덟 명이 목숨을 잃었다. 더구나 그들 중 네 명은 일대제자였다.
　그것은 화산파가 서안에 파견한 일대와 이대제자들의 삼분지일에 해당하는 숫자였다.

제 304 장
청연무당(靑然武當)

제304장 청연무당(青然武當)

오리일암십리궁(五里一庵十里宮),
단장취와망영롱(丹墻翠瓦望玲瓏).
누태은영금은기(樓台隱映金銀氣),
임수회환화경중(林岫回環畵鏡中).
문열쌍암용마도(門裂雙岩容馬度),
천개일경허인통(天開一徑許人通).
당년단조전유재(當年丹竈傳猶在),
우핵하유촉벽공(羽翮何由蠲碧空)…….

오 리마다 암자가 있고 십 리마다 궁이 있으니,
붉은 담장과 푸른 기와가 영롱해 보이는구나.
누대는 금은색 기운에 숨은 듯 가려져 있고,

산봉우리를 숲이 빙빙 둘러싸니 그림 속 풍경 같구나.
두 개의 바위가 갈라져 생긴 문은 말도 뛰어넘을 것 같고,
하늘이 열리며 생긴 길은 사람의 출입을 허락하는구나.
올해에도 붉은색 아궁이는 여전히 있는 듯하니,
새의 깃은 어떻게 푸른 하늘을 저리도 높이 날아오를 수 있는지…….

무당산의 첫인상은 한없이 푸르고 맑다는 것이었다. 홍익성(洪翼聖)같이 시정(詩情)이 충만한 시인이 아니더라도 파란 하늘 아래 펼쳐진 무당산의 절경을 보노라면 시구 한 구절쯤은 읊고 싶은 심정이 될 것이다.

진산월 일행은 우진궁(遇眞宮)을 거쳐 원화관(元和觀)과 회룡관(回龍觀)을 지나 마침정(磨針井) 부근을 지나고 있었는데, 한 걸음을 내디딜 때마다 짙어지는 산의 내음과 푸르게 물들어 가는 주변의 풍광에 잔뜩 취해 있는 모습이었다. 특히 종남파의 고수들은 동중산을 제외한 대부분의 제자들이 무당산은 초행인지라 더욱 큰 감흥을 느끼는 것 같았다.

동중산은 멀리 병풍처럼 처처히 늘어선 높은 봉우리들을 가리켰다.

"저기 보이는 세 봉우리 중 가장 앞의 것이 향로봉(香爐峰)이고, 그 뒤의 높이 솟은 것이 천주봉(天柱峰), 그리고 제일 뒤에 구름에 가려 아련히 보이는 곳이 오로봉(五老峰)입니다. 천주봉 일대가 바로 무당파의 본산이 있는 곳이지요."

낙일방이 하늘을 찌를 듯 솟아 있는 천주봉을 보고 혀를 내둘

렀다.

"정말 높고 가파르군요. 저런 험한 봉우리 아래에 건물을 지을 생각을 했다니 무당의 도인들도 대단하네요."

"아마 험하고 사람들이 함부로 올라올 수 없기 때문에 오히려 도를 닦는 선인들이 모여들게 되었을 겁니다. 올라가 보시면 아시 겠지만, 붉은색 담벽에 비취색 기와가 올려진 건물들이 험준한 봉우리 사이사이에 세워져 있는 모습이 그야말로 아름답기 그지없 습니다."

그의 말을 듣고 있던 육천기가 껄껄 웃으며 몇 마디를 덧붙였 다.

"허허. 단장취와(丹墻翠瓦)는 어디에서도 볼 수 없는 무당파만 의 독특한 풍광이지. 조금 더 올라가서 태자파(太子坡)를 지나면 무당파의 건물들을 볼 수 있을 걸세."

낙일방이 눈을 빛내며 그를 쳐다보았다.

"사숙께서도 무당파에 가 보신 적이 있으시군요."

육천기는 강호의 이름난 고수일 뿐 아니라 준수한 용모의 낙일 방이 자신을 선뜻 사숙으로 부르는 것이 기뻤는지 얼굴 가득 미소 를 머금으며 힘차게 고개를 끄덕였다.

"세 번쯤 가 보았네. 무당파의 도사들은 대부분 앞뒤가 꽉 막힌 우직한 자들이긴 하지만, 개중에는 말이 통하는 도사들도 제법 있 지."

"친하게 지내는 도인들이 계시는 모양이군요."

"두 사람 있네. 둘 모두 성정이 부드럽고 인품이 뛰어나서 능히 사귈 만한 자들일세. 이번에 올라가면 내가 소개해 줌세.”

“기대하고 있겠습니다.”

마침정에서 태자파로 올라가는 길은 제법 가팔랐다. 하지만 다행히 태자파 주위에는 크고 작은 폭포들이 많아서 올라가는 내내 주변의 경치를 감상하는 재미에 다들 힘든 줄도 모를 정도였다.

태자파에 오르자 천주봉이 코앞에 놓인 듯 가깝게 느껴지며 일대의 풍광이 한눈에 들어왔다. 푸른 수림 사이로 붉은색 벽과 유난히 푸른 기와를 지닌 여러 채의 건물들이 시야에 보이자 사람들의 입에서 자신도 모르게 감탄성이 흘러나왔다.

“야, 굉장하구나!”

“정말 멋지군.”

건물들은 천주봉과 그 일대의 크고 작은 봉우리들 사이에 숨은 듯 자리 잡고 있었는데, 붉은색과 푸른색의 강렬한 조화 때문인지 아래에서도 제법 선명하게 볼 수 있었다.

“제대로 된 무당파의 모습을 보려면 천주봉 정상에 올라가야 하네. 거기서 전경을 내려다보아야만 비로소 무당파를 보았다고 할 수 있지.”

육천기의 말에 낙일방이 의아한 듯 물었다.

“아무나 천주봉에 올라갈 수 있습니까?”

“그럴 수는 없지. 그렇다고 외인이 절대로 출입할 수 없는 금지(禁地)도 아닐세. 사전에 승낙을 받는다면 무당파의 제자들을 대동하는 조건으로 정상에 올라가 볼 수 있네. 나도 두 번째 왔을 때 무당 도우(道友)의 안내로 천주봉 정상을 밟아 볼 수 있었지. 그곳에서 내려다본 풍경은…….”

“어떠셨습니까?”

낙일방이 눈을 반짝이며 묻자 육천기는 빙긋 웃었다.

“정말 잊을 수 없는 광경이었네.”

“그 정도란 말입니까?”

“궁금하면 자네도 내일쯤 올라가 보게.”

낙일방은 계면쩍은 얼굴로 고개를 저었다.

“제가 올라갈 수 있겠습니까? 무당파에 아는 사람도 없고, 그들이 순순히 허락할 리도 없는데…….”

육천기는 너털웃음을 터뜨렸다.

“허허. 강호의 후기지수 중 제일고수라는 옥면신권이 요청하는데 무당파에서 들어주지 않을 리 있나? 솜씨 좋고 말 잘하는 제자를 붙여서라도 기꺼이 승낙해 줄 걸세.”

낙일방은 여전히 반신반의하는 모습이었다.

“정말 그럴까요?”

아직도 자신의 명성이 얼마나 널리 알려졌는지, 그리고 강호에서의 지위가 어떠한지를 정확히 인지하지 못하는 낙일방의 순진한 모습에 육천기는 고소를 금치 못했다. 남과 싸울 때는 무서운 호랑이 같은 낙일방도 평상시에는 이제 겨우 약관을 갓 넘긴 풋풋한 젊은이일 뿐이었다.

그러고 보니 성락중과 동중산을 제외한 대부분의 종남파 고수들은 십 대에서 이십 대의 나이를 지니고 있었다. 장문인인 진산월 또한 이십 대 중반에 불과했으니, 종남파의 연령층이 얼마나 젊은지 육천기는 이제야 비로소 실감이 났다.

이런 나이의 젊은이들이 당금 무림을 뿌리째 뒤흔드는 전설을 쌓고 있다고 생각하니 육천기는 왠지 가슴 한구석이 뭉클해져 왔다. 바닥에서 일어나 이 자리에 오르기까지 그들이 얼마나 많은 땀과 눈물을 흘렸을지 충분히 짐작이 가고도 남음이 있었던 것이다.

육천기는 별다른 경쟁 상대도 없는 대파산에서 작은 문파를 운영하는 것만으로도 적지 않은 심력을 기울여야 했다. 그런데 앞에는 거대한 화산파가 버티고 있고, 뒤로는 초가보라는 강력한 상대가 호시탐탐 노리고 있던 복마전 같은 서안에서 무너져 가는 문파를 일으켜 세우고 강호 무림을 위진시키게 되기까지 그들이 얼마나 많은 난관을 헤쳐 나와야 했을까를 생각해 보면 절로 숙연해지지 않을 수 없었다.

그런 그들의 노력에 공짜로 편승한 것 같아 육천기는 내심 미안함과 고마운 마음이 들었다. 선뜻 경요궁을 속문으로 인정해 주고 자신을 사숙으로 받아 준 진산월의 결정이 얼마나 대단한 것이었는지 다시 한 번 절감하게 되었던 것이다.

때마침 낙일방이 다시 말을 걸어오지 않았다면 육천기는 남모를 감회에 제법 오랫동안 빠져 있었을 것이다.

"그런데 해검지(解劍池)는 어딥니까? 무당파의 초입에 있다고 들었는데, 아직도 보이지 않는군요."

육천기는 퍼뜩 정신을 차리고 손가락으로 태자파 너머를 가리켰다.

"저 언덕 너머에서 조금만 더 올라가면 검하교(劍河橋)라는 다리가 나오네. 그 다리에서부터 비로소 무당파의 영역이라고 할 수 있지. 해검지는 그 다리 건너편에 있네."

해검지는 무당산 어귀에 있는 작은 연못이지만, 그 명성은 강호에 널리 알려져 있었다.

처음에는 무당파를 찾아온 몇몇 무림인들이 무당파의 시조인 장삼봉(張三峰)을 존경하는 의미에서 가지고 있던 병장기를 풀어 놓는 곳이었는데, 나중에는 점차 의미가 확대 해석되어 이곳에서 병장기를 풀어 놓지 않으면 무당파에 적대적인 의사가 있는 것으로 간주되기도 했다. 단순히 존경을 표하기 위한 장소가 무당파의 위세를 나타내는 상징으로 변해 버린 것이다.

하나 실상은 조금 달랐는데, 일정 수준 이상의 명성을 지녔거나 구대문파 같은 명문정파의 고수들은 해검지에서 병장기를 풀어 놓지 않는 경우가 더 많았다. 병장기란 무림인에게는 목숨을 지키는 최후의 보루인 동시에 자신의 분신이나 마찬가지였기에 아무리 무당파라도 일방적으로 해검(解劍)을 강요할 수는 없는 일이었다.

막상 검하교를 건너 해검지로 가 본 일행은 해검지의 평범한 모습에 적지 않게 실망하는 표정이었다.

해검지는 직경 삼 장쯤 되는, 별다른 특징 없는 작은 연못에 불과했고, 풀어 놓은 검을 걸어 놓는다는 괘검수(掛劍樹)는 육천기가 알려 주기 전에는 전혀 시선을 끌지 못하는 평범한 나무에 불과했다.

하나 해검지를 특별하게 만드는 것은 풍광이 아니었다. 그들이 해검지에 도착하자마자 근처의 수림에서 몇 명의 인물들이 모습을 드러냈다.

그들은 이십 대에서 삼십 대로 보이는 네 명의 도인들이었는데, 하나같이 눈빛이 정명(精明)하고 자세가 곧은, 비범한 인상의 인물들이었다.

해검지가 특별한 것은 무당파의 제자들이 상시 거주하는 곳이기 때문이었다.

"무량수불. 어디에서 온 도우들이신지요?"

그들 중 가장 나이가 많은 삼십 대 도인이 도호(道號)를 외우며 묻자 동중산이 앞으로 나서서 미리 준비한 배첩을 내밀었다.

"종남파의 장문인께서 무림집회에 참석하기 위해 오셨소."

동중산의 말을 들은 도인이 움찔하여 배첩을 확인하더니 중인들을 빠르게 둘러보고는 이내 진산월을 향해 정중하게 인사를 했다.

"무량수불. 종남파의 장문인께서 어려운 걸음을 해 주셨군요. 본 파에 오신 것을 진심으로 환영합니다."

"별말씀을. 여러 가지 사정으로 오늘에서야 겨우 도착할 수 있었소."

"잠시만 기다리십시오. 곧 본 파에서 진 장문인을 모시기 위해 사람들이 내려올 겁니다."

말을 들어 보니 무당파에서는 오늘 종남파가 방문할 것을 알고 사전에 준비를 한 모양이었다.

과연, 어떻게 알았는지 얼마 되지 않아 산 위에서 두 명의 인물들이 빠른 신법으로 내려왔다.

그들의 동작이 어찌나 표홀했던지 동중산이 나직하게 감탄성을 발했다.

"정말 놀라운 신법이구나. 저것이 아마도 세류표(細柳飄)인 모양이구나."

그들은 순식간에 종남파 일행의 앞에 내려섰다. 가파른 산길을 단숨에 내려왔음에도 숨이 전혀 가쁘지 않고 표정 또한 변함이 없어서 그들의 내공이 얼마나 정심한지를 여실히 알 수 있었다.

그들 중 한 사람은 진산월의 눈에 익은 얼굴이었다.

이목구비가 수려하고 눈빛이 맑은 그 도인은 진산월을 보자 처음에는 약간 어리둥절하는 기색이더니 이내 반가운 표정을 감추지 못했다.

"진 장문인이셨군요. 모습이 너무 많이 변하셔서 하마터면 몰라 뵐 뻔했습니다. 빈도를 기억하고 계시는지요?"

진산월은 흔쾌히 고개를 끄덕였다.

"물론이오. 청운 도장의 신태도 여전히 비범하시구려."

그 젊은 도사는 무당파 최고의 후기지수들이라는 무당십이검 중 한 사람인 청운 도장이었다.

사 년 전에 진산월은 임영옥의 행방을 추적하느라 동광사에 갔었는데, 그때 우연히 청운 도장을 만나 함께 어려움을 극복한 적이 있었다. 적지 않은 세월이 흘렀음에도 청운 도장의 모습은 당시와 큰 변화가 없었다.

하나 청운 도장은 진산월의 달라진 외모에 여전히 놀라움을 금치 못하는 모습이었다. 그러다 이내 자신의 실태를 알아차렸는지 자신과 함께 도착한 도사를 소개했다.

"참, 내 정신 좀 보게. 이분은 제 사형이십니다. 사형, 종남파의 진 장문인이십니다."

그 도사는 정중하게 진산월을 향해 도호를 외웠다.

"무량수불. 빈도는 청석(靑晳)이라 합니다. 진 장문인을 뵙게 되어 영광입니다."

"청석 도장이셨구려. 반갑소. 내가 바로 진 모요."

청석은 무당십이검 서열 삼 위의 고수였다.

무당십이검은 무당파의 일대제자들 중에서도 특이한 신분이었고, 그 지위나 비중이 장로들에 못지않았다. 무당파에서 그런 무당십이검 중 두 사람이나 내려보낸 것은 좀처럼 보기 드문 것으로, 그것만 보아도 무당파에서 진산월의 예우에 얼마나 신경을 쓰는지 여실히 알 수 있었다.

진산월을 비롯한 종남파 일행들을 바라보는 청운과 청석의 얼굴에도 미미한 놀라움과 경의의 빛이 담겨 있었다.

지금 무당산에 올라온 종남파의 인원은 종남 본산의 제자 여덟 명과 속문인 경요궁 출신의 네 명을 포함하여 모두 열두 명에 달했다. 종남파의 제자가 아닌 경요궁의 고수들과 외인인 담옥교까지 포함하면 거의 이십 명에 가까운 숫자였다.

그들의 면면을 살펴보면 이 인원만으로도 당금 무림의 어느 문파에 견주어도 손색이 없는, 실로 막강한 진형이 아닐 수 없었다.

불과 얼마 전까지만 해도 종남파가 문파의 존립조차 보장받지 못한 상황이었음을 고려해 보면 실로 격세지감이라는 말이 떠오르지 않을 수 없을 것이다.

그들을 한 사람씩 소개받을 때마다 청운과 청석의 표정은 한층더 진지해졌고, 태도는 더할 수 없이 정중했다. 인사가 끝나자 청운이 밝게 웃으며 그들을 산 위로 안내했다.

"어서 오르시지요. 본 파의 장문인을 비롯해 많은 분들이 진 장문인의 왕림을 고대하고 계십니다."

사 년 전에 소림사의 대집회에 참석했을 때와 비교하면 오늘 무당파의 대우는 확실히 천양지차가 있었다. 당시 소림사의 집회에 참석했던 낙일방과 동중산은 그때의 기억이 떠오르는지 잠시야릇한 표정을 짓기도 했다. 그때의 수모를 생생하게 기억하고 있는 낙일방은 더욱 남다른 감회를 느끼는 모습이었다.

몇 개의 구릉과 능선을 지나자 갑자기 시야가 탁 트이며 수십채의 전각이 나타났다.

청운이 그곳을 가리키며 말했다.

"저곳이 바로 자소궁(紫霄宮)입니다."

자소궁.

무당 본산의 상징과도 같은 유명한 건물이 아닌가?

울창한 수림 사이에 자리한 자소궁은 크고 작은 이십여 채의 전각으로 이루어져 있었다. 중앙에 우뚝 선 거대한 자소전(紫?殿)과 양옆으로 펼쳐진 복지전(福地殿), 용호전(龍虎殿), 그리고 각종 궁(宮)과 방(坊)들이 단장취와의 아름다움을 뽐내고 있었다.

한없이 웅장한 듯하면서도 보는 이의 시선을 사로잡는 매력을 지닌 자소궁은 중인들로 하여금 자신들이 지금 어디에 서 있는지를 새삼 깨닫게 해 주었다.

그렇다. 이곳이 바로 무당파다.

소림사와 더불어 북숭남존(北崇南尊)으로 추앙받는 무림의 태산북두 무당파의 본산에, 마침내 종남파의 고수들이 들어서게 된 것이다.

진산월이 무당파 장문인인 현령 진인을 만난 것은 그날 오후였다.

종남파 고수들을 숙소로 안내했던 청운 도장은 두 시진쯤 지난 후에 다시 진산월을 찾아와서 현령 진인이 조용한 만남을 청한다는 의사를 전달해 왔다.

진산월은 무림집회에 참석하기 위한 강호의 고수들이 속속 도착하여 그들을 접대하느라 정신이 없는 무당파의 사정을 알고 있기에, 다른 사람은 대동하지 않고 혼자 청운 도장을 따라 자소전으로 향했다.

자소궁에서 가장 커다란 건물인 자소전은 중요한 행사를 하거나 외인들을 접견할 때 주로 사용하는 곳이었다. '자소전'이라고 적힌 파란색 현판 아래 '협찬중천(協贊中天)'과 '운외청도(雲外淸都)', '시판육천(始判六天)'이라는 글자가 양각으로 새겨진 세 개의 검은색 편액이 유난히 시선을 끌었다.

자소전 앞에는 네 명의 도인들이 서 있었는데, 청운 도장을 따라 들어오는 진산월을 제지하지 않고 멀리서 쳐다보기만 했다.

그들을 지나 자소전으로 막 들어서니 한가운데 보검을 손에 든 진무대제(眞武大帝)의 좌상이 제일 먼저 시야에 들어왔고, 그 양쪽에 주공(周公)과 도화낭랑(桃花娘娘)의 신상이 자리하고 있었다. 금동(金童)과 옥녀(玉女)의 시중을 받고 있는 진무대제의 좌상은 위엄이 넘쳐흘러 보였다.

진산월은 진무대제의 좌상에 향화를 올리고는 청운 도장을 따라 자소전의 내실로 들어갔다.

묵묵히 청운 도장의 뒤를 따르던 진산월이 문득 생각난 듯 입을 열었다.

"무당파의 속가 제자들은 주로 어디에 기거하고 있소?"

청운 도장은 그 질문이 다소 의외였는지 약간은 의아한 눈으로 진산월을 쳐다보았다.

"속가는 자소궁 아래에 있는 흑호전(黑虎殿) 일대에 주로 머무르고 있습니다. 혹시 본 파의 속가들 중에 특별히 아는 사람이라도 있으십니까?"

진산월의 눈빛이 여느 때보다 깊어졌다.

"속가의 제자들 중 매상이란 사람이 있는지 알아봐 주시겠소?"

청운 도장은 종남파의 장문인이 자파의 일개 속가 제자를 찾자 의아함과 호기심이 일었으나, 겉으로 내색하지는 않았다.

"알겠습니다. 찾아보고 연락드리도록 하겠습니다."

진산월은 이내 주위를 둘러보았다.

"그나저나 이 건물은 무척 크고 웅장하구려."

"이곳은 주로 접객(接客)을 담당하거나 대규모의 집회를 열 때 사용하고 있습니다. 그래서 본 파의 건물 중에서 가장 크고 화려하지요. 선대의 도인들 중에는 도가의 건물이 이렇게 클 필요가 어디 있느냐며 못마땅해 하는 분들도 적지 않게 계셨다고 합니다."

종남파에도 그런 역할을 하는 건물이 있었다. 바로 태화전인데, 아무리 봐도 자소전은 태화전보다 두 배는 더 큰 것 같았다. 게다가 천장까지의 높이가 무척 높아서 더욱 그런 느낌이 강하게 들었다.

두 사람은 몇 개의 작은 문을 지나 고풍스런 장식이 달린 문 앞에 도착했다.

"안으로 드시지요. 장문 도장께서 기다리고 계십니다."

진산월이 문을 열고 안으로 들어가니 삼 장 남짓 되는 아담한 크기의 방이 나타났다. 방 안에는 세 명의 인물들이 앉아 있었는데, 한 사람은 검은 수염을 기른 도인이었고, 다른 두 사람은 건장한 체구의 중년인과 초로의 노인이었다.

세 사람은 나직한 담소를 나누고 있다가 진산월이 들어오자 그에게 시선을 고정시켰다.

청운 도장은 검은 수염의 도인을 향해 허리를 숙여 인사했다.

"진 장문인을 모시고 왔습니다."

"수고했다. 그만 가서 쉬도록 해라."

"예."

청운 도장이 물러가자 검은 수염의 도인은 진산월을 향해 온화

한 웃음을 지어 보였다.

"빈도가 무당의 장교(掌敎)를 맡고 있는 현령이라 하오. 멀리 본 파까시 오시느라 고생이 많으셨소. 오늘 이렇게 진 장문인을 만나게 되니 기쁘기 한량이 없소이다."

"어차피 와야 할 길이었습니다. 종남의 진산월입니다."

"이쪽으로 앉으시구려."

진산월이 착석하자 그제야 현령 진인은 미리 앉아 있던 두 사람 중 먼저 중년인을 소개했다.

"이분은 무림맹의 맹주인 위지 대협이시오. 진 장문인은 처음 뵙겠지요?"

진산월의 시선이 중년인에게로 향했다. 중년인은 진한 속눈썹에 깊은 눈을 지니고 있었는데, 중년 특유의 패기와 여유를 동시에 느끼게 하는 풍모가 인상적이었다.

진산월은 담담한 눈으로 그를 보다 포권을 했다.

"사 년 전의 무림대집회 당시 먼발치에서 뵌 적이 있습니다. 정식으로 소개받은 것은 오늘이 처음이군요. 진산월입니다."

중년인, 무림구봉 중 일인이며 무림맹의 맹주인 일장개천지 위지립은 지긋한 눈으로 진산월을 바라보더니 이내 답례를 했다.

"강호를 진동시키고 있는 신검무적을 오늘에서야 만나게 되었구려. 반갑소. 내가 바로 위지립이오."

짤막하고 평범한 인사였으나, 그의 음성에는 강력한 패기와 자신감이 담겨 있어 일종의 위압감 같은 것이 느껴졌다.

진산월의 시선이 위지립의 옆에 앉아 있는 초로의 노인에게로 향했다.

　노인은 유난히 잔주름이 많은 얼굴에 전체적으로 홍조가 짙었고, 입 주위가 튀어나와 원숭이를 연상케 했다. 하나 주름살 사이에 자리한 두 눈은 현기(玄機)로 가득 차 있어 결코 호락호락한 인상이 아니었다.

　노인은 진산월과 시선이 마주치자 이를 드러내며 웃었다. 노회하면서도 약간은 어수룩해 보이는 웃음이었다.

　"강호제일검객을 뵙게 되어 영광이오. 나는 허설(許薛)이라 하는 별 볼 일 없는 늙은이이니 진 장문인은 신경 쓰지 않아도 될 거요."

　그의 이름을 듣자 진산월의 눈빛이 여느 때보다 강렬해졌다.

　"황산(黃山)의 취록자(取鹿子)셨군요. 높은 이름은 많이 들었습니다."

　"높은 이름은 내가 아니라 진 장문인이 가지고 계시지 않소? 진 장문인에 비하면 나 같은 늙은이야 그저 빛 좋은 개살구에 불과할 뿐이오."

　하나 말과는 달리 취록자 허설은 강호에서 재사(才士)로 혁혁한 명성을 날리고 있는 유명한 인물이었다. 특히 그는 용인술(用人術)과 병법(兵法)에 뛰어나서 천하를 경영하려면 그를 얻어야 한다는 말까지 들을 정도였다.

　그의 별호가 취록자가 된 것도 '축록(逐鹿)'이라는 말에서 유래된 것으로, 사슴이란 예로부터 천하 패권의 상징인 동물이었다. 사슴을 쫓듯 패권을 얻기 위해 다투는 걸 축록이라고 하는데, 허설을 얻으면 그 사슴을 얻는 것과 마찬가지라고 하여 취록자라는 이름이 붙게 된 것이다.

취록자 허설을 품에 안은 사람은 다름 아닌 위지립이었다. 위지립은 무림맹주가 된 후 제일 먼저 허설을 찾아가 정성을 쏟은 끝에 그를 무림맹의 군사(軍師)로 초빙할 수 있었다.

원래 무림맹의 군사는 무림구봉 중 일인이며 천하제일의 신비인인 번신봉황 이북해였으나, 이북해가 거의 모습을 드러내지 않으면서 자연스레 공석이 되어 있었다.

그 자리에 허설이 앉은 후 무림맹은 비로소 제 역할을 하기 시작했다. 무림맹주로서 외부에 힘을 행사하고 무림맹을 대표하는 사람은 위지립이지만, 무림맹의 대소사를 실제로 집행하는 사람은 허설이라는 것이 많은 사람들의 생각이었다.

오늘 이 작은 방에 모여 있는 사람들은 하나같이 당금 무림을 좌지우지하는 무림의 거목들이었다. 그들이 모두 진산월 한 사람을 기다리고 있었다는 것은 현재 무림에서 진산월이 차지하는 비중이 어떠한지를 여실히 보여 주는 것이었다.

인사가 끝나고 좌중이 안정되자, 현령 진인은 조용한 눈으로 진산월을 바라보더니 천천히 고개를 끄덕였다.

"진 장문인에 대한 소문은 많이 들었지만 실제로 만나 보니 소문이 오히려 못한 것 같소. 빈도는 오늘에서야 비로소 '하늘 밖에 사람이 있다[天外在人]'는 말뜻을 알 것 같구려."

강호의 거목들과 마주하면서도 담담한 표정으로 앉아 있는 진산월의 모습은 확실히 비범해 보였다. 거기다 현령 진인도 평생을 검을 벗 삼아 살아온 사람이기에 진산월의 전신에서 흐르는 기운이 얼마나 가공스러운 것인지를 한눈에 알아보았던 것이다.

"별말씀을. 저야말로 오늘 강호의 고인들을 뵙게 되니 가슴이 설레고 안계가 넓어지는 것 같습니다."

"허허. 그렇게 말해 주니 고맙소."

현령 진인은 직접 진산월의 앞에 놓인 찻잔에 차를 따랐다. 진산월이 차를 반쯤 비우자 그제야 현령 진인은 용건을 이야기하기 시작했다.

"빈도가 진 장문인을 만나자고 한 건 내일 있을 무림집회 이전에 몇 가지 정리해야 할 사안이 있기 때문이오."

진산월은 찻잔을 내려놓고 가만히 현령 진인을 응시했다.

"말씀하십시오."

"첫째는 무림집회의 일정을 확정 지으려 하오. 허 군사께서 대충의 일정을 짜 놓았는데, 허 군사의 말씀을 들어 보시겠소?"

무림집회의 일정을 사전에 진산월에게 묻는다는 것은 여러모로 시사하는 바가 적지 않았다. 그것은 이제 진산월을 제외하고는 강호의 대사를 결정하는 것이 무의미하다는 방증이었다.

참석하지 않았으면 모를까, 그가 일단 참석한 이상 일정을 짜는 일조차 그의 의사를 고려해야 할 만큼 그의 지위가 높아졌음을 나타내는 것이었다.

허설이 밝힌 무림집회의 일정은 모두 삼 일이었다. 첫째 날에는 구파일방과 천봉궁을 비롯한 기존의 무림맹 중심의 회합을 벌여 대략적인 방침을 정하고, 둘째 날에는 신목령 등 무림맹에 포함되지 않은 다른 거대 세력들의 의사를 타진한 다음, 마지막 셋째 날에 비로소 강호의 명숙들이 모두 모인 총회를 열어 최종 방침을 결정한다는 것이었다.

얼핏 듣기에는 합당한 것 같았으나, 그 안에는 무림맹을 중심으로 모든 일을 진행하겠다는 뜻이 노골적으로 담겨 있었다.

진산월은 그에 대해 가타부타 아무런 말을 하지 않았다. 이미 그런 식으로 일이 진행될 것을 어느 정도 예상하고 있었던 것이다.

무당파 장문인을 만나는데 무림맹의 맹주와 군사가 굳이 동석한 이유도 이로써 쉽게 이해가 되었다. 그들로서는 만에 하나라도 진산월이 자신들의 계획에 수긍하지 못해서 분란이 일어나는 것을 극도로 경계하고 있었던 것이다.

진산월이 별다른 반대의 뜻을 보이지 않자 허설은 안도의 한숨을 내쉬며 자리에 앉았고, 현령 진인이 다시 입을 열었다.

"진 장문인도 일정을 듣고 짐작했겠지만, 이번 집회는 의도적으로 무림맹을 중심으로 모든 일을 진행할 계획이오. 뚜렷한 구심점 없이 일을 벌이는 작태가 어떤 결과를 초래하는지는 사 년 전의 일로 충분히 깨달았으니 말이오. 그러니 얼마쯤 아쉬운 생각이 있더라도 양해해 주었으면 하오."

진산월도 그 점에 대해서는 공감하는 바가 적지 않았다.

사 년 전에 소림사에서 벌어졌던 무림대집회는 그 거대한 규모에 비해 실속은 거의 없었다. 심지어 대다수의 무림인들이 빡빡한 일정을 따르지 못해 막상 사천성의 최종 집결지에 모인 사람은 얼마 되지 않았다. 그마저도 모용봉이 야율척과의 싸움에서 패하는 바람에 흐지부지되어 막대한 인력과 자금이 소모된 것에 비하면 너무도 아쉬운 결과를 빚고 말았다.

심지어 그 후유증이 지난 사 년 동안 강호 무림을 계속 힘들게 하고 있는 상황이었다.

다만 진산월이 일전에 대방선사에게 듣기로는 이번 집회의 주최자 자격을 놓고 무림맹주인 위지립과 현령 진인이 팽팽한 신경전을 벌이고 있다고 했는데, 전혀 그런 기미가 보이지 않는 것이 다소 의아스러울 뿐이었다.

심지어 당시 대방선사는 이번 무당파의 집회에 위지립의 의견이 거의 반영되지 않아서 자칫 유명무실하게 되지 않을까 하는 우려마저 가지고 있었다.

그런데 지금 보면 현령 진인과 위지립은 사전에 집회의 성격과 진행 방식 등을 두고 완벽하게 교감을 나누었던 것 같았다.

대방선사가 잘못 알았던 것일까? 아니면 그동안에 그들이 서로 합심하게 된 특별한 계기가 있었던 것일까?

어찌 되었건 진산월은 이번 집회에서 가장 중추적인 역할을 하게 될 두 사람의 사이가 원만해진 것은 강호 무림을 위해서도 그다지 나쁜 일이 아니라고 생각했다.

현령 진인은 턱밑에 난 검은 수염을 쓰다듬으며 말을 계속했다.

"두 번째 안건은 진 장문인의 지위 문제요."

처음으로 진산월은 차분한 음성으로 반문했다.

"저의 지위라니 무슨 말씀인지 모르겠군요."

"현재의 무림맹은 사 년 전에 처음 결성된 후 별다른 조직의 변화가 없었소. 하지만 그 후로 적지 않은 고수들의 신상에 변동이 생기거나 무림의 사정이 바뀌어서 새롭게 조직을 개편하지 않을 수 없는 상황이오. 다른 분들이야 어느 정도 각자의 역할과 지위가 정해져 있지만, 진 장문인에게는 아직 이렇다 할 역할이 주어져 있지 않지 않소. 그래서 사전에 진 장문인과 그에 대해 조율을 하려는 것이오."

"저는 무림맹의 지위에 대해서는 관심이 없습니다."

"진 장문인의 심정은 충분히 알고 있소. 강호의 대의를 위해 나서는 일에 지위나 신분을 따지는 것이 무의미하다고 생각할 수도 있을 거요. 하지만 조직이란 그렇지 않소."

현령 진인의 음성은 그리 크지 않았으나 그 안에는 사람의 마음을 움직이는 힘이 담겨 있었다.

"하나의 조직이 제대로 굴러가기 위해서는 누구나 납득할 수 있는 조직 체계와 역할 분담이 적절하게 이루어져야 하오. 단순히 열정만 가지고 따르기에 이번 일은 너무도 중대하고, 무림맹의 조직은 쓸데없이 방만하기만 하오. 어떤 식으로든 이를 체계적으로 정리하지 않으면 사 년 전의 잘못을 답습하게 될 뿐이오."

"……."

"쓸데없는 혼란을 막기 위해서라도 무림의 중요 인물에게는 그에 맞는 역할과 지위를 사전에 배정해 줄 필요가 있다고 판단하고 있소. 그래서 진 장문인의 의사를 묻는 거요. 어차피 맡게 될 거라면 이왕이면 본인이 원하는 자리를 맡는 것이 좋지 않겠소?"

진산월은 특별히 원하는 자리도 없고 무림맹 내에서 하고 싶은 역할도 없었다. 그에 대한 모든 열정은 사 년 전의 어느 날에 쏟아부었고, 그때 모두 타올라 버리고 말았다.

하나 그렇다고 이제 와서 아무것도 맡지 않겠다고 할 수는 없었다.

"저는 특별히 떠오르는 것이 없군요. 제가 맡기를 바라는 일이 있으십니까?"

진산월이 오히려 되묻자 현령 진인의 시선이 한쪽에 묵묵히 앉아 있는 위지립에게로 향했다.

"그건 위지 맹주에게 직접 듣는 것이 좋을 것 같소."

위지립은 단도직입적으로 말했다.

"돌려 말하지 않겠소. 나는 진 장문인이 선봉장의 역할을 해 주었으면 하오."

"제일 앞선에 서란 말씀이시군요."

"그렇소. 제일 위험한 자리이지만, 또한 제일 중요한 자리이기도 하오."

선봉은 어느 곳이든 가장 험하고 거친 자리였다. 뜻한 바가 있거나 입신양명(立身揚名)을 바라는 자가 아니라면 누구든 탐탁지 않아 할 것이다.

처음 만난 상태에서 그런 자리를 선뜻 제시하는 위지립을, 진산월은 조용한 눈으로 쳐다보았다.

"제게 그 일을 맡기는 이유라도 있습니까?"

위지립은 추호도 꺼려하거나 망설이지 않고 당당한 표정으로 말했다.

"진 장문인이 그 일에 가장 적임자라고 생각하기 때문이오."

"왜 그렇게 생각하십니까?"

"이번 서장과의 싸움은 퇴로(退路)가 없기 때문이오. 그들은 이미 대부분이 중원에 들어와 있고, 막강한 세를 형성하고 있소. 자칫 첫 싸움부터 그들의 기세에 눌린다면 아주 어렵고 힘든 싸움이 될 것이 분명하오. 무림에 고수가 많다고 하지만 그들을 상대로 절대적인 승산을 장담할 수 있는 고수는 거의 없소. 그래서 진 장문인의 힘이 반드시 필요하오."

진산월은 잠시 생각에 잠겼다.

위지립은 물론이고 현령 진인과 허설은 의미를 알 수 없는 표정으로 그의 얼굴을 응시한 채 묵묵히 그의 입이 열리기를 기다리고 있었다.

한참 후에야 진산월은 천천히 입을 열었다.

"두 가지 조건만 맞으면 그 자리를 맡도록 하지요."

위지립은 반색을 하면서도 그가 내건 조건이 궁금하여 급히 물었다.

"두 가지 조건이란 뭐요?"

"안내를 해 줄 사람이 필요합니다. 서장의 형세에 정통하고 그들의 사정을 잘 아는 자가 있어야만 그들의 함정에 빠지거나 간계에 넘어가지 않을 것입니다."

"옳은 말이오. 생각해 둔 사람이라도 있소?"

"얼마 전에 잠시 동행을 했었는데, 산수재의 재주가 놀랍더군요."

위지립의 눈빛이 예리하게 빛났다.

"산수재 이정문 말이오? 그의 의사를 타진해 보겠소. 다른 한 가지는 뭐요?"

"그들의 예봉을 꺾은 후에는 뒤로 물러나겠습니다."

그것 또한 너무도 당연한 조건이었다. 무한정 그보고 앞에 나가서 싸우라고 할 수는 없는 일이었다.

"그 정도라면 충분히 납득할 수 있소. 진 장문인이 선봉을 맡아 준다면 서장을 상대하는 일의 절반은 이루어진 것이나 마찬가지일 거요."

위지립은 진산월이 별다르게 까다로운 조건 없이 선뜻 자신의 제안을 승낙한 것이 못내 기꺼운 모습이었다.

현령 진인도 입가에 흐뭇한 미소를 지어 보였다.

"진 장문인의 무림을 위하는 모습에 감탄하지 않을 수 없구려. 진 장문인의 의기(義氣)는 빈도가 오랫동안 잊지 않을 것이오."

진산월은 담담하게 대꾸했다.

"해야 할 일을 하는 것뿐입니다."

그렇다. 어차피 서장 무림과 충돌하게 되면 그들의 가장 무서운 칼은 진산월을 향하게 될 것이 뻔했다. 그럴 바에야 차라리 가장 앞에 나선다면 쓸데없이 뒤를 걱정할 필요도 없고, 다른 일에 영향을 받을 일도 적어질 것이다.

"어쨌든 우리로서는 큰 짐을 덜게 된 셈이오. 그럼 이제 세 번째 용건을 말하겠소. 어쩌면 진 장문인으로서는 가장 기다려 온 말일지도 모르겠구려. 바로 종남파의 구대문파 복귀에 대한 일이오."

이 말을 한 후에는 진산월의 격동하는 모습을 보게 되리라는 현령 진인의 은근한 기대와는 달리, 진산월은 전혀 흥분하지 않았다. 종남파의 구대문파 복귀에 대한 논의는 이번 집회에서 필연적인 안건이 되리라는 확고한 믿음이 있기 때문이었다.

설사 그렇게 되지 않았더라도 기필코 그렇게 만들고야 말았을 것이다. 그래서 진산월은 종남파의 구대문파 복귀를 정식으로 거론하는 현령 진인의 말에도 조금도 흔들리지 않을 수 있었던 것이다.

현령 진인은 진산월이 자신의 말에 별다른 반응을 보이지 않고 담담한 모습을 유지하고 있자 약간은 당혹스런 표정이었다.

"빈도는 진 장문인이 그 일에 무척 많은 관심을 가지고 있으리라고 생각했었는데, 그렇지 않은 모양이구려."

"그럴 리야 있습니까? 다만 너무도 오랫동안 기다려 온 일인지라 냉정하게 판단하려 노력하고 있을 뿐입니다."

"그렇구려. 사흘 동안의 무림집회가 끝난 후 구대문파만의 회동(會同)이 있을 예정이오. 그 자리에서 종남파의 구파 복귀 문제가 중요한 안건이 될 가능성이 높소. 이미 소림사의 방장이신 대방선사께서 그럴 의향을 전해 오셨소."

"대방선사께서 말입니까?"

"그렇소. 빈도도 다소 의외이긴 했으나, 대방선사께서 구파 회동에서 그 일을 안건으로 제시하겠다고 이미 언질을 주셨으니 정식으로 논의하게 될 것이 분명하오."

대방선사는 소림사에서의 약속을 확실히 지키려는 모양이었다.

현령 진인은 진산월의 얼굴을 주시하며 신중한 음성으로 말을 이었다.

"그 논의는 상당한 설전(舌戰)이 오가겠지만, 아마도 다수결로 판가름 나게 될 것이오. 이십여 년 전의 경우처럼 말이오."

이십여 년 전에도 비슷한 일이 있었다. 지금과는 정반대로 종남파의 구대문파 퇴출에 대한 논의였고, 발의자는 당시 무당파의 장문인이었던 목엽 진인이었다.

다수결에 의해 안건이 받아들여져서 종남파는 결국 구대문파에서 축출되었고, 그 자리를 형산파가 차지하게 되었다.

당시 안건에 찬성했던 문파는 발의했던 무당파 외에 화산, 점창, 청성, 공동의 다섯 개 문파였고, 아미파와 곤륜은 반대를 했으며, 소림은 기권을 했다.

만약 이번에도 다시 다수결이 벌어진다면 당시의 문파들은 어떤 선택을 하게 될 것인가?

만에 하나라도 안건이 부결(否決)된다면 종남파가 택할 수 있는 길은 과연 무엇일까?

지금 진산월의 머릿속에는 수십 가지의 복잡한 생각이 떠오르고 있을 게 분명했지만, 겉으로는 전혀 표정의 변화가 없었다. 침착하고 흔들림 없는 그 모습에 현령 진인은 새삼 경탄하는 마음과 경외심이 함께 떠올랐다.

젊은 나이에 강호 최고의 검법을 지닌 것도 모자라 이와 같은 냉정함과 극도의 평정심을 가지고 있는 사람은 찾아보기 힘들었다. 그의 나이가 아직도 이십 대에 불과한 것을 고려해 본다면, 앞으로 그가 어떤 존재가 될지 놀랍고 두려운 마음이 들지 않을 수 없을 것이다.

진산월은 차분한 음성으로 물었다.

"진인께서는 어떻게 되리라고 보십니까?"

"결과가 어떻게 나올지는 누구도 예측할 수 없소. 당시와는 여러 가지로 사정이 달라졌고, 각 문파의 장문인도 모두 바뀌어 있소. 하지만 일단 구파의 합의가 도출되면 그 합의를 깨거나 무시하기란 불가능에 가까운 일이오."

현령 진인은 완곡하게 표현했으나, 진산월은 단번에 그 말속에 숨은 뜻을 알아차렸다.

"진인께서는 본 파에게 그 논의의 결과가 어떻게 나오든 받아들이라고 말씀하시는 거로군요."

"솔직히 말하면 그렇소."

진산월은 섣불리 대답하지 않았다. 대신 다른 것을 물어보았다.

"진인께서는 어떤 결정을 하실지 여쭈어 봐도 되겠습니까?"

현령 진인은 잠시 쓴웃음을 짓더니 더할 수 없이 진지한 표정으로 입을 열었다.

"어려운 질문을 하시는구려. 하지만 굳이 숨길 것도 아니니 밝히겠소. 빈도는 예전의 굉요대선사의 행적을 밟을 생각이오."

"기권하시겠다는 말씀이십니까?"

"그렇소."

진산월은 다소 의외라고 생각했다. 전대의 장문인이었던 목엽 진인이 종남파의 퇴출을 발의했기에 진산월은 현령 진인도 그와 비슷한 길을 가리라고 예상했었다.

그가 현령 진인에게 어떤 결정을 할 것인지를 물은 것은 종남파의 구파 진입을 반대할 것이 분명한 무당파 장문인이 결과에 따르라고 말하는 것은 너무 속이 뻔히 보이는 주문이 아니냐는 나름의 의사를 표현한 것이었다.

그런데 그의 예상과는 달리 현령 진인이 기권의 의사를 밝혔으니 진산월로서는 약간은 어리둥절할 수밖에 없었다. 선대의 장문인이 종남파의 퇴출을 주도했는데, 후대에 와서 그 노선을 바꾼다는 것은 결코 쉬운 결정이 아니었다. 더구나 무당파 같은 명문정파에서는 더욱 그러했다.

"진인께서 그런 결정을 하시게 된 이유가 궁금하군요."

"빈도는 종남파가 구파에 복귀하는 것에 합당한 이유가 있다고 생각하오. 하지만 형산파가 특별한 과오도 없이 구파에서 퇴출되는 것도 문제가 있다고 보고 있소. 그래서 빈도로서는 어느 한쪽을 편들 수 없기에 침묵을 지키려는 것이오."

어떻게 보면 과거의 멍에를 피하려는 무책임한 말일 수도 있지만, 작금의 상황에서 오랜 심사숙고 끝에 내린 현명한 판단일 수도 있었다.

하나 진산월로서는 당연히 종남파의 구파 복귀를 반대할 줄 알았던 무당파의 장문인이 기권을 해 준다는 것만으로도 의미가 있는 일로 생각되었다. 그것은 그만큼 종남파의 구파 복귀에 무림인들이 거부감을 느끼지 않는다는 방증이기도 했기 때문이다.

예전과 비교해 보면 당시에 종남파의 퇴출에 기권했던 소림사는 찬성으로 돌아섰고, 당시에 찬성을 했던 무당은 기권으로 돌아섰으니 그 차이가 현격하게 좁혀진 셈이었다.

하나 아직도 열세인 것은 분명했다. 종남파 퇴출에 반대했던 문파는 두 곳인 반면, 다른 네 문파는 찬성했던 이력이 있기 때문이다.

현령 진인은 생각에 잠겨 있는 진산월을 한동안 묵묵히 응시하다가 조용한 음성으로 말했다.

"아미와 곤륜은 예전과 마찬가지로 이번에도 종남파의 구파 복귀를 찬성할 거요. 하지만 다른 네 문파에 대해서는 빈도도 모르겠소. 진 장문인은 그들 네 문파 중 적어도 한 개 문파의 찬성을 이끌어 내야만 목적한 바를 이룰 수 있을 거요."

현령 진인의 말은 핵심을 찌른 것이었다.

화산과 점창, 청성, 공동의 사대문파가 모두 반대한다면 대방선사가 발의한 안건은 부결될 것이며, 종남파는 더욱 멀고 험한 길을 돌아가야 할 것이다.

문제는 그들 네 문파 중 어느 곳도 종남파와 특별히 친분이나 접점이 없다는 것이었다.

화산파는 말할 것도 없고, 청성파와 공동파는 진산월이 장문인이 된 후로는 아직 단 한 번도 상면조차 한 적이 없었다.

그나마 점창파와는 소림사에서의 비무로 약간의 면식이 있었으나, 종남파에 이상한 적개심을 가지고 있는 점창파의 장로 독검취웅 백리장손을 생각해 보면 그들과의 관계에 대한 전망이 썩 밝다고 할 수는 없었다.

그 네 개의 문파 중 어느 곳을 공략해서 찬성으로 돌아서게 해야 할지는 말을 꺼낸 현령 진인조차 쉽게 짐작되지 않을 정도였다.

구대문파의 회동에 대한 이야기를 마지막으로 현령 진인과의 만남은 끝이 났다.

청운 도장의 안내를 받으며 방을 벗어나는 진산월의 뒷모습을 바라보는 현령 진인과 위지립, 허설의 눈에는 각기 다른 빛이 담겨 있었다.

그의 모습이 방을 벗어나자 그제야 현령 진인은 가벼운 한숨을 내쉬었다.

"정말 대단한 젊은이군. 종남파의 구파 복귀는 단지 시간문제일 뿐, 결국 강호의 대세는 종남파로 향하게 될 것 같소."

위지립이 불쑥 물었다.

"종남파가 이번에 구대문파로 복귀할 거란 말씀이오? 그들이 설사 형산파를 꺾는다 해도 다른 문파의 동의를 얻기란 쉽지 않을 것이오. 그들 대부분이 형산파와 크고 작은 인연으로 묶여 있어서 말이오."

현령 진인은 씁쓸한 표정으로 고개를 저었다.

"설사 이번에 안 되더라도 머지않은 장래에 그렇게 될 것이오. 강호는 힘이 지배하는 곳이고, 구대문파는 더욱 그런 경향이 있소. 종남파가 진정으로 강호를 주도할 만한 강력한 힘이 있다면, 그들이 먼저 나서서 종남파를 구대문파로 받아들이려 할 거요."

"흠. 진인의 말씀을 듣고 보니 종남파가 형산파를 꺾기만 한다면 그들의 구파 복귀를 반대하는 곳은 없을 것 같다는 생각이 드는구려."

"그게 강호의 법칙이오."

"강자존(強者存)이란 말이오? 하지만 이번에 형산파를 보면 종남파가 형산파를 이기리라고 쉽게 속단할 수는 없을 것 같소."

현령 진인이 눈을 빛내며 그를 쳐다보았다.

"형산파에서 어떤 준비를 했는지 아시오? 진 장문인을 상대할 만한 고수를 찾기란 쉽지 않을 텐데, 그들이 특별한 길이라도 찾아냈단 말이오?"

위지립의 입가에 알 듯 모를 듯 묘한 미소가 내걸렸다.

"그럴 수도 있고 아닐 수도 있고……. 길이란 워낙 여러 가지가 있으니 말이오."

현령 진인은 위지립의 얼굴을 한동안 물끄러미 응시하다가 한숨인지 탄식인지 모를 소리를 내뱉었다.

"그렇지. 다만 길이 너무 복잡해서 출구도 없는 미로(迷路)가 되지 않기를 바랄 뿐이오."

진산월은 올 때처럼 청운 도장을 따라 자소전을 벗어났다. 날은 이미 어둑어둑해져서 하늘에는 하나둘씩 별이 떠오르고 있었다.

진산월이 자소전 밖으로 장대하게 펼쳐져 있는 거무스름한 산천을 잠시 바라보고 있을 때 청운 도장이 말을 걸어왔다.

"장문 도장과의 대화는 만족스러우셨습니까?"

"그렇소."

청운 도장은 잠시 머뭇거리다 다시 입을 열었다.

"진 장문인께서 부탁하셨던 일을 알아보았습니다."

진산월은 자신도 모르게 급히 물었다.

"어떻게 되었소?"

청운 도장의 표정이 한층 더 조심스러워졌다.

"본 파의 속가에는 그런 이름의 제자가 없었습니다."

"그게 정말이오?"

"일단 본 파의 속가로 들어오면 명부에 인적 사항을 자세히 기재하게 되어 있습니다. 제가 직접 명부를 확인해 보았지만, 그런 이름을 가진 사람은 없었습니다. 죄송합니다, 진 장문인."

진산월은 잠시 우두커니 있다가 퍼뜩 정신을 차리고 청운 도장에게 답례를 했다.

"도장이 사과할 일이 아니오. 오히려 공연한 일로 도장을 번거롭게 해 드려 미안하오."

"별말씀을 다 하십니다. 덕분에 저도 모처럼 속가 제자들이 수련하는 모습을 볼 수 있어서 좋았습니다."

청운 도장은 진산월의 표정이 여전히 무겁게 가라앉아 있는 것을 보고 내심 의아해졌다.

'진 장문인이 이런 표정을 짓고 있는 건 처음 보는구나. 대체 매상이란 사람이 누구이기에 침착하기 그지없다는 진 장문인이 이토록 아쉬워하는 것일까?'

청운 도장은 진산월을 숙소 입구까지 안내하고는 멀어져 갔다.

진산월은 숙소로 들어가지 않고 한동안 그 자리에 가만히 서 있었다.

말로 형용하기 어려운 복잡한 감정들이 가슴 가득히 휘몰아치고 있었다.

'대체 어디 있는 거냐, 사제?'

종남파를 떠날 때 매상은 무당파의 속가 제자라도 되어서 그들의 무공을 배우고야 말겠다고 다짐했다.

일단 작정한 일은 반드시 해치우는 매상의 성격을 누구보다 잘 알고 있기에 진산월은 그가 무당파의 제자로 있다는 것을 단 한 번도 의심하지 않았었다. 그런데 막상 어렵게 찾아온 무당파에 매상의 모습은 보이지 않았다.

그가 대체 어디에 머물러 있을지 짐작조차 할 수 없다는 막막함이 진산월의 가슴을 무겁게 짓누르고 있었다.

진산월은 문득 하늘을 올려다보았다.

어느새 하늘은 검게 변해 있었고, 점점이 별들이 빛나고 있었다. 달이 뜨지 않아서인지 별빛이 유난히 밝은 것 같았다.

별은 사람의 운명이라고 했던가?

저 반짝이는 별들 중 어딘가에 매상의 별도 빛나고 있을 것이다.

'잘 있는 거지? 아직 우리를 잊지 않고 있는 거지? 언제고 반드시 돌아올 거지?'

진산월은 별 하나하나에 대고 몇 번이고 같은 질문을 던졌다.

별은 아무 대답이 없었다. 다만 오늘따라 유난히 밝게 빛나고 있을 뿐이었다.

제 305 장

선자내자(善者來者)

제305장 선자내자(善者來者)

진산월이 숙소로 들어서자 숙소 앞을 서성이고 있던 동중산이 알아차리고 재빨리 다가왔다.

"오셨습니까?"

"내가 언제 올 줄 알고 이곳에서 기다리고 있는 게냐?"

"그냥 밤바람을 쐬려고 잠시 나와 있는 것뿐입니다."

동중산이 멋쩍게 웃으며 눈에 뻔히 보이는 거짓말을 하자 진산월은 그의 어깨를 살짝 두드리고는 안으로 걸음을 옮겼다.

"들어가자."

동중산은 진산월의 표정이 그다지 밝지 않음을 알아차리고 무당파 장문인을 만나러 간 일이 순탄치 않은 게 아닐까 걱정스러웠으나, 겉으로는 아무런 내색도 하지 않고 그의 뒤를 따라 몸을 움직였다.

"손님이 몇 사람 찾아왔습니다."

"누가 왔느냐?"

"담 소저를 찾아온 것으로 보아 담씨세가의 사람들인 듯한데, 떠나기 전에 장문인을 뵙고 인사를 드리겠다고 기다리고 있습니다."

그러고 보니 장강에서 만난 담중호는 담옥교를 부탁하면서 무당에 도착하면 그녀를 찾아올 사람이 있을 거라고 말한 적이 있었다.

진산월은 내실로 가려던 발걸음을 돌려 객청으로 향했다.

무당파에서 종남파의 고수들에게 내준 숙소는 용호전(龍虎殿)이었는데, 모두 여덟 개의 방과 두 개의 크고 작은 대청이 있는 상당히 커다란 건물이었다. 종남파의 인원이 스무 명에 달하기도 했지만, 용호전이 자소궁에 있는 이십여 채의 건물들 중에서도 상당히 큰 편에 속한다는 것을 보면 무당파에서 종남파에 대한 예우에 적지 않은 신경을 기울였음을 알 수 있었다.

종남파에서는 두 개의 대청 중 작은 대청은 문파 제자들의 휴식 공간으로 쓰고, 그보다 큰 대청은 찾아오는 손님들을 맞이하는 객청으로 사용하고 있었다.

진산월이 객청으로 들어가니 몇 명의 사람들이 그를 기다리고 있었다. 담옥교와 세 명의 남자들이었다. 그들 중 두 명은 비슷한 연배의 중년인들이었고, 다른 한 명은 머리가 하얗게 센 백발의 노인이었다.

진산월이 자리에 앉자 담옥교는 붉은 입술을 살짝 열었다.

"진 장문인 덕분에 여기까지 무사히 올 수 있게 되었어요. 다행히 이제 지인들을 만나게 되었으니, 이쯤에서 이분들과 행동을 같이할 생각이에요."

"본 파의 일 때문에 담 소저께 몇 번의 어려움을 겪게 한 것에 대해 사과드리겠소."

"아니에요. 덕분에 강호 무림을 더 생생하게 맛볼 수 있었으니 나로서는 오히려 더욱 반가운 일이었어요."

"그렇게 생각해 준다니 고마운 일이오."

"떠나기 전에 진 장문인에게 답례를 하는 게 도리일 것 같아 뵙고 가려고 기다리고 있었어요."

담옥교는 백발의 노인을 진산월에게 소개했다.

"이분은 오라버니가 속한 사문의 존장(尊長)이세요."

담옥교의 오라버니는 담씨세가의 젊은 가주인 강남절품도 담중호였다. 그는 담씨세가의 무공만을 이어받은 줄 알았는데, 이제 보니 따로 사문이 있는 모양이었다. 명문세가의 적통이 가문의 무공 외에 따로 사사(師事)하는 것은 그리 흔한 일은 아니었으나 그렇다고 아주 드문 일도 아니었기에 진산월은 별생각 없이 백발노인에게 시선을 주었다.

그리고 적지 않은 충격을 받았다.

백발노인은 나이를 얼마나 먹었는지 얼굴의 여기저기에 검버섯이 피어 있고, 눈가에서는 진물이라도 흘러내릴 것만 같았다.

하나 진산월을 놀라게 한 것은 고목을 연상케 하는 백발노인의 외모가 아니었다.

백발노인은 깊은 수렁을 보는 듯한 심유(深幽)한 눈빛과 담담하면서도 끝을 알 수 없는 기이한 기운을 지니고 있었다. 탁하거나 거친 기운이 아니라 극도로 농축되고 정제되어 담백해 보이는 기운이었다. 이런 기운일수록 일단 폭발하게 되면 다른 어떤 기운보다 더욱 강력하고 무서운 위력을 발휘한다는 것을 진산월은 누구보다도 잘 알고 있었다.

그 기운의 일단이 슬며시 다가오고 있었다.

진산월이 한동안 아무 말도 하지 않고 자신을 쳐다보고 있자 백발노인의 주름진 얼굴에 언뜻 미소 비슷한 것이 스치고 지나갔다.

"강호제일검객의 그런 눈빛은 조금 부담스럽군."

세월의 연륜(年輪)을 여실히 느낄 수 있는, 깊은 울림을 담은 음성이었다.

진산월은 그를 향해 정중하게 포권을 했다.

"기도가 범상치 않은 분이라 잠시 실례를 했습니다. 종남의 진산월입니다."

"보잘것없는 늙은이를 그렇게 봐 주니 고맙네. 노부는 해우(解憂)라고 하네."

성명 같기도 하고 법호 같기도 한 묘한 이름이었다.

전신에서 풍기는 기도도 그렇고, 노인의 이름에서도 어딘지 모르게 불가(佛家)의 냄새가 풍기고 있었다. 그렇다고 상대가 밝히지도 않았는데 사문이 어디냐고 물을 수는 없었다.

때마침 한쪽에 말없이 앉아 있던 중년인 중 한 사람이 포권을 하며 자기소개를 하는 덕분에 자칫 어색해질 수도 있는 분위기가 자연스러워졌다.

"대명이 자자한 신검무적을 뵙게 되어 영광이오. 나는 서일훈(徐日勳)이라 하며, 이쪽은 내 동생인 서일광(徐日光)이오."

진산월은 그들의 이름을 듣자 자신도 답례를 했다.

"이제 보니 강남의 유명한 협사들이신 금릉쌍협(金陵雙俠)이셨군요. 높으신 명성은 익히 들었소."

금릉쌍협 서씨 형제는 금릉은 물론이고 강소성 전체에서도 모르는 사람이 거의 없을 정도로 명성이 자자한 인물들이었다. 무공이 고강하고 두 사람 사이의 우애가 좋을 뿐 아니라 의협심이 대단해서 협골인심(俠骨仁心)의 협객들로 널리 알려져 있었다. 그들이 주로 활동하는 곳이 금릉이었고, 담씨세가도 금릉에 있어서 그들은 오래전부터 서로 친밀하게 왕래하는 사이였다.

진산월이 서일훈 형제와 간단히 인사를 주고받은 후에야 비로소 장내의 분위기가 차분히 가라앉았다.

서일훈은 진산월을 향해 부드러운 미소를 지어 보였다.

"진 장문인의 명성이 워낙 대단해서 무시무시한 인물인 줄 알고 바짝 긴장했었는데, 예상과 다른 모습에 조금 당황했소."

"기대에 못 미쳐서 죄송하오."

"하하. 그게 아니라 진 장문인이 워낙 차갑고 냉정해서 가까이에 가면 말도 꺼내기 힘들다고 들었는데, 막상 뵙고 보니 그렇지 않은 것 같아 반가운 마음에 주절거린 거요. 솔직히 진 장문인이 우리 형제를 무시하면 어쩌나 하고 걱정하는 마음이 없지 않았소."

"그럴 리가 있겠소? 나에 대해 무슨 말을 들으셨는지는 모르지만, 나는 기본적으로 사람을 만나는 걸 꺼려하거나 피하는 성격이 아니오.”

“지금 진 장문인을 만나고 보니 확실히 그런 것 같소. 어제 현악문의 결투는 정말 모처럼 보는 가슴 두근거리는 장면이었소. 그때의 진 장문인의 모습이 너무 강렬해서 더욱 그런 생각이 들었던 모양이오.”

서일훈은 말을 하면서도 당시의 기억이 생생하게 떠오르는지 약간은 흥분된 표정을 숨기지 않았다.

“운이 좋아 간신히 승리했을 뿐, 그리 보기 좋은 모습은 아니었을 거요.”

“그렇지 않소. 당금 무림에서 천수나타의 암기를 무서워하지 않을 사람이 누가 있겠소? 그런 천수나타로 하여금 선뜻 손을 쓰지 못하게 제어하여 단 일초만에 승부를 낸 진 장문인의 모습은 그야말로 검신(劍神)을 보는 것 같았소. 우리끼리 숙소로 돌아가면서 많은 이야기를 나누었지만, 결론은 진 장문인에 대한 찬사로 이어졌소. 정말 대단한 보법에 놀라운 기세, 그리고 완벽한 발검이었소.”

“과찬의 말씀이오.”

서일훈은 부담스러울 정도로 초롱초롱한 눈으로 진산월을 응시했다.

“사실은 어제 담 소저를 찾아왔어야 했는데, 결투를 보고 너무 흥분하여 우리끼리 이런저런 이야기를 나누다가 시간을 지체하고 말았소. 그래서 오늘 부랴부랴 무당산을 올라서 여기로 온 것이오.”

"근처에서 머무르고 계셨소?"

"석화가 쪽에 있었소. 삼 일 전에 도착했는데, 그때는 이미 진 장문인과 천수나타의 대결 때문에 일대가 온통 술렁여서 감히 진 장문인의 평정을 깰까 두려워 찾아올 수가 없었소. 덕분에 눈요기 는 실컷 했지만 말이오."

"눈요기라니?"

서일훈은 나직한 소리를 내어 웃었다.

"하하……. 마침 같은 객잔에 천봉궁의 여인들이 머무르고 있었 소. 그래서 아침저녁으로 그녀들을 볼 수 있어서 눈이 정말 즐거웠 소. 그녀들은 하나같이 소문만큼이나 대단한 미인들이더구려."

"용케도 그곳을 숙소로 잡으셨구려."

"다행히 아는 사람이 미리 손을 써 놔서 어렵지 않게 방을 구할 수 있었소. 아무튼 어제의 대결은 정말 굉장했소. 그 일은 머지않 아 강호에 전설로 전해지게 될 거요. 전설의 한 장면을 현장에서 두 눈으로 목격했다고 생각하니 지금까지도 가슴이 뛰는구려."

서일훈은 손으로 가슴을 짚으며 설레는 표정을 지어 보였다.

동생인 서일광은 지금까지 말 한마디 없을 정도로 조용한 성격 인 데 비해 서일훈은 약간은 수다스러우면서도 사람의 마음을 즐 겁게 하는 유쾌한 인물이었다. 그래서 진산월도 그와의 대화가 그 리 나쁘지 않았다.

그와 몇 마디의 담소를 나누고 있을 때, 동중산이 들어왔다.

동중산은 진산월에게 다가와 낮은 음성으로 속삭이듯 말했다.

"유 대협께서 오셨습니다."

진산월은 동중산이 말한 유 대협이 유중악임을 어렵지 않게 알아차렸다. 유중악이 늦은 시각에 종남파를 찾아온 것은 무언가 중히 할 이야기가 있기 때문일 것이다.

서일훈은 말재주만큼이나 눈치도 빨랐는지 이내 너털웃음을 지으며 자리에서 일어났다.

"허헛! 바쁘신 진 장문인을 우리가 너무 오래 붙잡고 있었구려. 밤이 늦은 것 같으니 우리는 이만 일어나야겠소."

"오늘 말씀 즐거웠소."

"다음에는 진 장문인이 한가할 때 느긋하게 뵀으면 좋겠소. 그때는 그동안 갈고닦은 나의 설검(舌劍) 솜씨를 유감없이 보여 드리겠소."

"기대하겠소."

서일훈은 마지막까지 농 섞인 말을 내뱉었다.

하직 인사를 하고 대청을 벗어난 그들 네 사람은 신선한 밤공기를 맡으며 묵묵히 걸음을 옮겼다.

종남파 고수들이 머물러 있는 용호전에서는 한마디도 하지 않던 서일광이 용호전을 나오자마자 해우 노인을 향해 물었다.

"어떠셨습니까?"

해우 노인은 심유한 눈으로 용호전을 돌아보더니 낮게 가라앉은 음성으로 입을 열었다.

"와 보기를 잘했다. 확실히 강호의 물은 넓고도 깊구나."

"그 정도였습니까?"

"노납(老衲)은 그에게 두 번의 기운을 쏘아 보냈다. 처음에 미약한 기운을 보냈을 때는 약간의 경계를 하는 것 같더니, 두 번째로 보낸 강력한 기운은 오히려 너무 쉽게 흘려 보냈다."

서일광은 고개를 갸웃거렸다.

"한 번의 기운은 저도 살짝 느꼈는데, 두 번이나 보내셨습니까?"

"그렇다. 육성의 기운으로 그의 전신을 압박했지. 그는 양손을 맞잡는 것만으로 노납의 기운을 흘려 보냈을 뿐만 아니라, 그 기운의 여파마저 완벽하게 잠재워 버렸다."

그제야 서일광은 진산월이 해우 노인을 향해 포권을 했던 것을 기억해 냈다. 단순히 인사하는 것으로만 알았는데, 사실은 그때 그들 사이에 보이지 않는 암투(暗鬪)가 있었던 모양이었다.

무형의 기운을 흘려 보낸 것도 대단했지만, 그런 기척을 전혀 알아차리지 못하도록 소멸시키는 것은 더욱 놀라운 것이었다. 적어도 그 기운의 성질을 파악하고 있지 않으면 불가능한 일이었다.

서일광이 뒤늦게 그 사실을 깨닫고 경악에 찬 표정을 짓고 있을 때, 해우 노인은 조용한 음성으로 말을 이었다.

"그가 처음에 노부의 기운을 맞았을 때 이미 그 특성을 파악했다는 의미지. 내가(內家) 공력에 정통하지 않고서는 어림도 없는 일이다. 그는 검법뿐 아니라 내가 공력 또한 절정의 경지에 이르렀음이 분명하다. 더욱 두려운 게 무언지 아느냐?"

서일광은 고개를 저었다.

"모르겠습니다."

"노납이 두 번이나 자신을 시험했음에도 그 사실을 전혀 내색조차 하지 않았다는 것이다. 일파의 장문인 신분으로 정체도 모르는 늙은이의 도발을 담담하게 넘겨 버린다는 것은 내면의 수련 또한 잘되어 있다는 뜻이다. 검(劍)과 공(功), 심(心)의 삼위일체가 모두 완벽에 가까우니 무인(武人)으로서는 최고의 경지에 가깝다고 봐야겠지.”

“그렇다면…….”

“둘째에게 조심하라고 이르거라. 아예 손을 털고 물러나면 좋겠지만, 그 자존심 강하고 자기 멋에 취해 사는 놈이 그럴 리는 없으니 따끔하게 경고라도 해 줘야지. 그래 봤자 경각심을 깨워 주는 정도에 불과하겠지만, 그래도 아예 손을 놓고 있는 것보다야 낫지 않겠느냐?”

서일광은 공손하게 머리를 조아렸다.

“알겠습니다.”

해우 노인은 문득 허공을 올려다보았다. 검은 하늘에 보석처럼 박혀 있는 수많은 별들이 눈에 가득 들어왔다. 해우 노인은 한동안 그 별들을 바라보고 있다가 혼잣말처럼 나직하게 중얼거렸다.

“강호의 별들이 무수히 많다지만 저런 자를 또 보게 될 줄은 몰랐군. 신구(新舊)의 별들 중 마지막까지 빛나는 것은 과연 어느 별이 될까?”

                    *   *   *

유중악은 혼자 오지 않았다. 흑삼객 임지홍과 건장한 체구의 중년인, 그리고 백발의 도인이 그와 동행하고 있었다.

임지홍과는 몇 번의 안면이 있었으나, 중년인과 도인은 모두 처음 보는 사람들이었다. 중년인은 날카롭고 냉정하게 생긴 사십 대 후반의 인물이었고, 도인은 복장으로 보아 무당파의 인물인 듯했다.

두 사람 모두 전신에서 흐르는 기도가 범상치 않았는데, 특히 도인의 외모가 진산월의 눈길을 끌었다.

도인의 머리는 눈이 내린 듯 허연 백발이었는데, 의외로 얼굴은 젊은 청년처럼 이목구비가 뚜렷했고 눈빛은 유난히 청명했다. 은은한 윤기가 흐르는 피부는 갓난아기의 것처럼 부드러웠을 뿐 아니라 붉은빛마저 살짝 감돌았는데, 진산월은 그것이 선도(仙道)의 선술(仙術)을 극성에 이르도록 연마하면 나타나는 주안(朱顔)의 효과임을 어렵지 않게 알아보았다.

흔히 무당파는 도가무공의 발원지라고만 알려져 있지만, 사실 그보다 더욱 오래되고 전통이 있는 것은 도가의 선술이었다. 원래 선술은 도학(道學)의 한 갈래였으나, 익히기가 힘들고 오랫동안 수련하지 않으면 효과를 볼 수 없기에 지금은 그다지 널리 알려져 있지 않았다. 하나 무당산의 깊숙한 동굴 속에는 아직도 외부와의 접촉도 차단한 채 불철주야 선술을 연마하는 도인들의 수가 적지 않았다.

유중악은 진산월을 보자 먼저 사과부터 했다.

"늦은 시간에 불쑥 찾아오게 되어 미안하오. 원래 진즉 진 장문인을 찾아오려 했지만 여러 가지 사정으로 늦어져서, 오늘이라도 진 장문인을 뵙지 않으면 안 될 것 같아 염치 불고하고 실례를 범하게 되었소."

"별말씀을 다 하시오. 유 대협의 방문은 언제라도 환영이니 앞으로도 시간이나 장소에 구애받지 말고 언제든지 편할 때 찾아오도록 하시오. 그나저나 혈색이 괜찮아 보이는데, 몸 상태는 많이 나아진 거요?"

"진 장문인 덕분에 완치될 수 있었소. 다시 한 번 진 장문인의 도움에 감사드리오."

"나보다는 노 신의께서 고생이 많으셨을 것이오. 유 대협의 건강한 모습을 다시 보게 되니 반갑기 그지없소."

유중악은 자신과 동행한 사람들을 진산월에게 소개했다.

"지홍은 진 장문인도 아실 것이고, 이쪽은 내 친구인 오조추혼(五爪追魂) 신불이(申不易)라 하고, 이분 도인은 무당파의 현수 도장(玄修道長)이시오."

진산월은 새삼스런 눈으로 중년인과 백발 도인을 차례로 바라보았다.

오조추혼 신불이는 조법(爪法)으로 한때 강남 일대를 뒤흔들었던 절세의 고수였다. 그가 안탕산(雁蕩山) 일대를 배경으로 악행을 일삼던 안탕칠자(雁蕩七子)를 단신으로 격살한 이야기는 절강성과 강서성에서 상당히 오랫동안 사람들의 입에 오르내린 전설적인 사건이었다.

그 일을 계기로 안탕산에서 활동하던 팔비신살 곽자령과 친분이 생겼고, 곽자령의 소개로 유중악을 알게 되어 그의 가장 절친한 벗 중 한 사람이 되었으니 사람의 인연이란 참으로 모를 일이었다.

현수 도장 또한 만만한 신분의 인물은 아니었다.

현자배(玄字輩)라면 당금 무당파의 장문인인 현령 도장과 같은 서열이었다. 현수 도장은 무당파에서 무공과 선술을 모두 익힌 몇 안 되는 인물 중 한 사람이었으며, 특히 선술에 관한 한은 무당 내에서도 손꼽히는 경지에 올라 있는 것으로 알려져 있었다. 일전에 구궁보에 왔었던 무당십이검의 일인인 청현이 그의 제자임을 생각해 보면 무공 또한 그에 못지않은 실력임을 미루어 짐작할 수 있었다.

서로 간에 인사가 모두 끝나고 좌정하자 진산월이 먼저 말문을 열었다.

"유 대협 덕분에 강호의 고인들을 뵙게 되어 기쁘기도 하고 한편으로는 설레기도 하오. 특히 현수 도장께서는 무당산의 심처(深處)에 기거하시어 좀처럼 만나기 힘든 분으로 알고 있는데, 오늘 이렇게 본 파의 숙소를 찾아 주시니 고맙기 그지없소."

현수 도장은 나직하게 도호를 외웠다.

"무량수불. 아무리 외진 곳에 있어도 당금 무림을 위진(威震)시키는 진 장문인의 명성은 그곳까지 들려오더이다. 유 대협의 부탁이 아니었더라도 진 장문인을 만나는 일이었으면 기꺼이 달려왔을 거요."

"과찬의 말씀이오."

진산월의 시선이 자연스레 유중악에게로 향했다.

"유 대협께서 이분들과 함께 나를 찾아오신 것은 단순히 이분들을 내게 소개시켜 주기 위해서만은 아니라고 생각하는데, 내가 너무 과민한 거요?"

유중악의 얼굴에 쓴웃음이 떠올랐다.

"그렇지 않소. 오히려 어떻게 말을 꺼내야 하나 고민하고 있었는데, 진 장문인이 그렇게 말씀해 주시니 마음이 한결 편하구려. 내가 야밤에 진 장문인을 찾아온 것은 긴히 말해야 할 일이 있기 때문이오."

"말씀하시오. 기꺼이 경청하겠소."

유중악의 얼굴에는 평상시의 그답지 않게 진중하고 무거운 기색이 감돌고 있었다. 얼핏 보면 비장하기까지 한 그 모습은 강호 제일의 풍류한이라는 그의 명성과는 어울리지 않는 것이었다.

유중악은 자신의 생각을 가다듬으려는 듯 한동안 허공을 응시하더니 이윽고 천천히 입을 열었다.

"진 장문인께서는 얼마 전 구궁보의 모용 공자 생일연에서 벌어졌던 일련의 사건에 대해 기억하고 계실 거요."

"물론이오. 당시에 나도 현장에 있었소."

"내가 구궁보를 찾은 것은 단순히 모용 공자의 생일을 축하해 주기 위해서가 아니라 다른 중차대한 일이 있기 때문이었소. 하지만 뜻밖의 변고로 인해 일을 제대로 진행해 보지도 못하고 전혀 엉뚱한 결과를 빚고 말았소."

구궁보에서 벌어진 일에 대해서는 진산월도 나름대로 몇 가지 추측을 하고 있었으나, 아무런 내색도 하지 않고 묵묵히 유중악의 음성에 귀를 기울였다.

"당시 나는 구궁보의 행사에 몇 가지 의문점을 가지고 있었고,

특히 모용 공자에 대해서는 어떤 의구심을 품고 있었소. 그리고 그 의구심을 풀기 위해서라도 반드시 모용 대협을 만나야 할 필요성이 있었소. 하지만 모용 대협은 행적이 워낙 신비로운 분인지라 그분을 만나는 일은 쉽지가 않았소. 그래서 부득이 모용 공자의 생일연을 이용할 수밖에 없었소. 적어도 그날만큼은 반드시 그분이 구궁보에 계실 것이라고 믿었기 때문이오.”

장내에는 모두 다섯 사람이나 있었지만, 유중악의 음성만이 들릴 뿐 누구도 입을 여는 사람은 없었다. 주위가 워낙 조용해서인지 그리 크지 않은 음성임에도 모두의 귀에 아주 선명하게 들렸다.

“사안이 워낙 중대하여 나로서는 최대한 많은 분들의 지원을 받지 않을 수 없었소. 그래서 몇 분께 은밀히 사실을 밝힌 후 도움을 청했고, 그분들은 기꺼이 동참해 주기로 약조하셨소. 그분들이 바로 무당파의 호법진인이신 현우 도장과 점창파의 비류단홍검 초일재 대협이셨소. 그분들이 구궁보에서 어떠한 일을 당했는지는 진 장문인도 잘 알고 계실 거요.”

진산월은 말없이 고개를 끄덕였다.

당시 구궁보에서 벌어진 의문의 살인 사건에 대해서는 나중에 동중산과도 심도 깊은 이야기를 나눈 적이 있었다. 그때 진산월은 그 살인 사건이 겉으로 드러난 정황과는 전혀 다른 내막을 지니고 있으며, 그 배후에 모용봉이 있을 것이라고 예상했었다.

유중악의 말이 사실이라면, 모용봉은 유중악의 의도를 사전에 완벽하게 파악하고 치밀한 함정을 파서 오히려 그를 나락으로 떨어뜨린 것이 분명했다.

모용봉은 어떻게 유중악의 의도를 미리 알게 되었을까? 그리고 유중악 같은 절세의 고수도 강호 명숙들의 도움을 청해야 할 정도로 중차대한 일이란 과연 무엇일까?

"당시 두 분의 변고는 나로서는 참으로 참기 힘든 일이었으나, 또한 그만큼 짙은 의혹을 느낀 일이기도 했소. 나는 나름대로 모든 일을 은밀하게 준비했다고 생각했는데, 모용 공자는 나의 모든 행적을 손바닥 들여다보듯 소상하게 파악하고 완벽한 함정을 파놓은 채 나를 기다리고 있었던 거요. 결국 변변치 못한 나 때문에 두 분이 그런 횡액을 당하셨으니, 이 빚을 어찌 갚아야 할지 모르겠소."

유중악의 음성에는 짙은 회한과 자책의 빛이 가득 담겨 있었다.

모용봉 같은 인물을 상대하는 데 별다른 대비를 하지 않은 것은 확실히 유중악의 실수라고 하지 않을 수 없었다. 그것은 그만큼 유중악이 음모를 꾸미거나 협잡(挾雜)에 능하지 않다는 말이기도 했다.

언제나 정정당당하고 사람을 대하는 데 진심을 다했던 유중악으로서는 자신의 목적을 위해서라면 강호 명숙들의 목숨 따위는 초개처럼 끊을 수 있는 상대방의 독심(毒心)을 전혀 예상치 못했던 것이다.

"초 대협이야 소정병의 배신으로 참변을 당한 것을 눈으로 직접 보았지만, 현우 도장께서 비명에 가신 일은 지금까지도 정확한 내용을 모르고 있소. 한때 조카처럼 아꼈던 소정병의 변절도 뜻밖이었지만, 나를 도와주러 오셨던 현우 도장께서 비명에 가셨는데 어떻게 돌아가셨는지도 제대로 파악하지 못하고 있으니 낯부끄러워서 얼굴을 들고 다닐 수 없을 정도요."

유중악의 시선이 진산월에게 향했다.

"진 장문인은 당시 현장에 있었고, 누구보다도 사태를 객관적인 눈으로 지켜볼 수 있는 분이시오. 그래서 당시 사건에 대한 진 장문인의 고견을 듣고 싶소. 말해 주실 수 있겠소?"

진산월은 잠시 침음하다 차분한 음성으로 말했다.

"내 의견을 말씀드리는 것이야 어려울 게 없지만, 그건 지극히 내 개인적인 생각일 뿐인데 유 대협께 도움이 되겠소?"

"진 장문인이 어떤 사람인지는 며칠 동안 지켜본 것만으로도 충분히 짐작할 수 있소. 진 장문인은 미혹(迷惑)에 흔들리지 않는 평정심을 지니고 있고, 누구보다 날카롭고 예리한 눈을 가지고 계시오. 진 장문인이라면 내가 미처 보지 못한 것을 보았거나 장막 속에 숨겨진 진실한 내막을 파악할 수 있으리라 생각하오."

"나를 너무 치켜세우니 부담스럽소. 나는 그런 대단한 존재가 아니오."

"내가 아닌 다른 제삼자의 눈으로 당시의 일을 다시 한 번 되짚어 보고 싶소. 그렇게 해서라도 현우 도장의 죽음에 대한 비밀을 조금이라도 파헤치고 싶소. 그리고 그 일에 진 장문인보다 적합한 사람은 없다는 것이 나의 솔직한 심정이오."

마음속을 그대로 드러내는 듯한 유중악의 허심탄회한 말에 이어 지금까지 말없이 그들의 대화를 듣고만 있던 현수 도장도 입을 열었다.

"무량수불. 현우 사형의 일에 대해서는 빈도의 책임도 크오. 본파에 잘 계시는 사형께 유 대협의 일을 말씀드려 구궁보로 가시게 했을 뿐 아니라, 제자까지 딸려 보내 그분을 지원했소. 사형의 죽음에 대해 작은 단서라도 얻을 수 있다면 빈도는 무슨 일이든 할 준비가 되어 있소. 모쪼록 빈도의 작은 희망을 꺼지지 않게 해 주셨으면 하오."

현수 도장까지 이렇게 나서자 진산월은 더 이상 거절할 수가 없었다.

"두 분이 그렇게까지 말씀하시니 그럼 조잡한 의견이나마 밝히도록 하겠소. 이건 순전히 나 혼자만의 의견일 뿐, 그에 대한 어떠한 근거나 증명도 없으니 그 점을 이해해 주시오."

"당연한 말씀이오."

진산월은 사건이 벌어진 날 저녁에 동중산과 나눈 대화를 담담한 음성으로 이야기했다.

모용봉이 굳이 은형신침을 꺼내 현우 도장의 시신을 확인한 일, 초일재의 시신은 일이 끝나도록 방치해 두었으면서 현우 도장의 시신은 급히 치운 일, 그리고 현우 도장의 시신을 치운 다음에야 비로소 초일재를 흉수로 지목한 일 등을 하나씩 거론하고, 현우 도장이 과연 독침에 의해 살해당했는지에 대한 의문을 제시했다.

진산월의 말을 듣고 있던 유중악의 안색은 여러 차례 변했다.

특히 현우 도장을 죽음에 이르게 한 것이 독침이 아닌 술에 의

한 음독(飮毒)일 가능성이 있으며, 그 독침의 흔적이 가짜라면 그 것을 만들 수 있는 사람은 제일 먼저 현우 도장에게 다가간 위해 동밖에 없다는 진산월의 추론에 표정이 딱딱하게 굳어지며 두 눈에서 무서운 신광이 이글거렸다.

모용봉이 현우 도장의 시신을 급히 치운 이유는 초일재를 흉수로 몰기 위한 것이었으며, 소정병으로 하여금 초일재를 살해하게 한 것은 초일재에게 완벽하게 죄를 뒤집어씌우기 위함일 거라는 의견을 마지막으로, 진산월의 이야기는 끝이 났다.

말이 모두 끝났음에도 아무도 입을 여는 사람이 없었다. 한동안 장내에는 죽음처럼 무거운 침묵이 감돌고 있었다.

침묵을 깬 사람은 유중악이었다. 유중악은 돌연 땅이 꺼질 듯 깊은 한숨을 내쉬었다.

"후우. 진 장문인의 말씀을 듣고 보니 내가 얼마나 어리석고 한 치 앞도 제대로 보지 못했는지 알 수 있겠구려. 똑같은 장소에서 똑같은 일을 보고 겪었음에도 아무것도 알아차리지 못했으니, 눈 뜬장님이란 나를 두고 하는 말인 것 같소."

유중악의 음성에는 말로 표현할 수 없는 허탈함과 자책감이 짙게 배어 있었다.

"이건 단순히 나의 개인적인 생각일 뿐, 확정된 것은 아무것도 없소. 더구나 원래 이런 일일수록 당사자보다는 제삼자가 좀 더 객관적으로 사태를 파악할 수 있는 법이오."

"나를 위로할 필요는 없소. 이미 그날 이후 환상제일창 유중악 은 죽은 것이나 마찬가지이니 말이오."

씁쓸하게 중얼거리던 유중악은 돌연 벌떡 일어나 진산월을 향해 깊숙하게 머리를 숙이며 포권을 했다.

"진 장문인 덕분에 미몽(迷夢)에서 깨어나 현우 도장의 죽음에 대한 진상을 알게 되었소. 진심으로 감사드리오."

유중악에 이어 현수 도장과 임지홍, 심지어는 신불이까지 차례로 일어나 인사를 했다.

진산월은 황급히 몸을 일으켜 답례했다.

"아직 진상이 확실히 밝혀진 것도 아닌데, 너무 과한 사례를 받는 것 같소."

"현우 도장과 초 대협의 죽음에 대한 진상은 진 장문인의 말씀이 맞을 거요. 전후의 모든 일이 그것을 증명해 주고 있소. 더욱 중요한 것은 그것으로 인해 지금까지 의문으로만 간직했던 한 가지 일을 확실히 알 수 있게 되었다는 것이오."

평상시와는 전혀 다른 유중악의 단호한 말에 진산월은 묻지 않을 수 없었다.

"그것이 무엇이오?"

유중악의 눈빛은 여느 때보다 강렬하게 반짝이고 있었다.

"모용 공자가 어떻게 내가 하려는 일을 그토록 속속들이 알고 있었느냐는 것이오."

그 의문은 진산월도 품고 있던 것이었다.

모용봉이 유중악의 일거수일투족을 세세하게 알고 있지 않았다면 구궁보의 살인 사건은 벌어지지 않았을 것이다. 그 사건들은 철저히 유중악을 옭아매기 위한 것이었으며, 결국 유중악은 그 수

렁에서 빠져나오지 못했다.

그렇다면 대체 모용봉은 어떻게 유중악의 행적을 샅샅이 파악하고 있었을까?

떠오르는 생각은 한 가지밖에 없었다.

유중악 주변의 누군가가 모용봉에게 유중악의 행적을 알려 준 것이다.

유중악도 바보가 아닌 다음에야 그런 점을 깨닫지 못했을 리가 없었다. 다만 그의 성격상, 자신의 친우를 의심하는 일은 도저히 할 수 없었기에 그 점에 대해서는 마음 깊숙한 곳에 묻어 두고 있을 뿐이었다.

그런데 오늘 진산월의 말을 듣게 되자, 유중악은 비로소 그간 심중에 묻어 두었던 의문을 풀게 되었던 것이다.

"현우 도장께서는 살아생전에 비룡신군 위해동과 막역한 사이셨소. 그래서 내가 계획을 밝혔을 때, 그분은 친우인 위해동을 동참시키는 게 어떻겠냐고 제안하셨소. 나는 현우 도장과 초 대협만으로도 충분하다고 생각했기에, 비밀 유지를 위해서도 더 이상 다른 사람을 끌어들이는 것은 바람직하지 않은 것 같다고 넌지시 거부 의사를 밝혔소. 그런데 모용 공자의 생일연이 있기 전날 저녁에 위해동이 현우 도장을 찾아와 두 사람은 모처럼 밤늦도록 대화를 나누며 회포를 풀었는데, 다음 날 현우 도장이 나를 대할 때 약간 어색해 하시며 몇 번이나 무슨 말씀인가를 하시려다 망설이는 모습을 보이곤 하셨소. 그때는 영문을 몰랐는데, 지금 생각해 보니 아무래도 그때 현우 도장께서 위해동에게 사실을 밝히고 도움을 청하셨던 모양이오."

"유 대협께서는 위해동이 모용 공자에게 발설한 게 아닌가 의심하시는 것이오?"

"그 외에는 그런 짓을 할 사람이 없소. 그날 위해동의 행동에서 어딘지 모르게 모용 공자를 편들고 나를 배척하는 듯한 느낌을 받았는데, 이제 비로소 당시의 모든 상황들이 명확하게 이해가 되는구려."

유중악의 음성에는 씁쓸함과 분노의 기색이 짙게 배어 있었다.

"현우 도장께서는 위해동을 둘도 없는 절친한 벗으로 생각하셨는데, 위해동은 그분의 우정을 배신했을 뿐 아니라 그분의 시신을 훼손하기까지 했으니 인간으로서 어찌 그런 짓을 할 수 있는지……."

유중악 못지않게 표정이 어두워진 사람은 현수 도장이었다.

"무량수불. 성인(聖人)은 공호천(工乎天)이나 이졸호인(而拙乎人)이라. 성인은 하늘에 관한 일은 잘하나, 사람에 관한 일은 서투르다더니, 현우 사형께서는 누구보다 성품이 충직하시고 인의를 아는 분이셨으나, 사람을 보는 안목은 그에 미치지 못하셨소. 위해동의 관상이 그다지 좋지 못하고 눈빛이 탁해서 사형께 신중히 사귈 것을 말씀드렸으나, 그의 호탕함과 대범함을 칭찬하시고 만남을 이어 가시기에 늘 마음 한구석에 불안함이 있었는데 결국 이런 일이 벌어지고 말았구려."

현우 도장과 초일재의 비참한 죽음을 직접 목격했던 유중악과 임지홍은 당시의 기억이 떠오르는지 표정이 한층 더 침울해졌다.

때마침 진산월이 입을 열지 않았다면 장내의 공기는 한없이 무겁게 가라앉았을 것이다.

"두 분의 죽음을 헛되이 하지 않기 위해서라도 유 대협께서 계획했던 일은 어떤 식으로든 마무리되어야 한다고 생각하오. 유 대협의 의향은 어떠시오?"

아직도 그 일을 계속할 생각이 있느냐는 의미의 물음이었다.

유중악의 눈빛이 여느 때보다 삼엄해지고, 얼굴에는 한 줄기 비장한 표정이 감돌았다.

"당연한 말씀이오. 나는 이미 그 일을 위해서 나의 모든 것을 걸기로 결심한 지 오래요."

결연한 각오가 여실히 느껴지는 단호한 음성이었다. 진산월은 남자다운 기개와 비장함이 엿보이는 유중악의 얼굴을 응시하다가 조용한 음성으로 말했다.

"유 대협께서 그런 희생을 치르면서까지 하려는 그 일이 어떤 것인지 보다 구체적으로 알고 싶소."

유중악은 진산월을 정면으로 바라보며 진중하게 물었다.

"진 장문인께서는 그 말씀이 어떤 의미를 지닌 것인지 알고 계시오?"

유중악의 계획을 알고 싶다는 것은 판단 여부에 따라 그 일에 동참할 수도 있다는 의미였다.

"알고 있소."

"일단 그 일에 대해 듣게 되면 두 번 다시 돌이킬 수 없게 되오."

"유 대협도 그걸 바라고 나를 찾아오신 게 아니오?"

진산월의 직설적인 물음에 유중악은 잠시 입을 다물고 진산월의 두 눈을 뚫어지게 주시하더니, 가벼운 한숨을 내쉬었다.

"옳은 말씀이오. 그런 기대가 없었다면 굳이 야밤에 진 장문인을 찾아오는 무례를 저지르지 않았을 거요."

"그럼 말씀해 주시오. 유 대협께서 모용 공자에 대해 품고 있는 의구심이란 무엇이며, 구궁보에서 모용 대협을 만나 하려 했던 말은 어떤 것이었소?"

평상시의 진산월이었다면 복잡 미묘하고 위태로울 게 뻔한 일에 공연히 먼저 끼어들려 하지 않았을 것이다. 구파 복귀를 위한 일에 온 심력을 집중하는 것만으로도 벅찬 마당에 굳이 다른 사람의 일에 뛰어들어 번잡함을 초래할 이유가 없었던 것이다.

하나 그 대상이 모용봉이라면 사정이 달랐다. 크게는 당금 무림의 정세와 연관이 있을 수 있는 일이고, 작게는 임영옥으로 인해 빚어진 감정의 빚이 얽혀 있는 일이었다.

두 가지 중 어느 것이 그에게 더 큰 비중을 차지하는지는 그 자신조차 정확히 알 수 없지만, 유중악이 자신의 모든 것을 내걸 만큼 중요하게 생각하는 모용봉의 비밀에 대해서 반드시 알아야겠다는 마음만큼은 변함이 없었다.

한동안 침음하던 유중악은 이윽고 천천히 입을 열기 시작했다.

"내가 구궁보의 행사에 의문을 갖기 시작한 것은 사오 년 전부터였소. 언제부터인가 모용 대협이 외부에 모습을 잘 드러내지 않더니, 구궁보도 무림의 일을 수수방관하고 있다는 생각이 들었소. 그 생각이 더욱 짙어진 것은 사 년 전의 무림대집회 때였소. 무림대집회는 당시 무림의 총력을 기울인 중대한 모임이었으니 당연히 구궁보에서도 전력을 기울여야 하건만, 모용 대협은 나타나지도 않고 생색을 내듯 모용 공자와 두 명의 호위만이 참여했을 뿐이었소. 그리고 진 장문인도 알다시피 당시의 일은 별다른 성과 없이 흐지부지 종료되고 말았소."

별다른 성과가 없는 정도가 아니라 철저히 실패로 끝났다는 것을 진산월은 알고 있었으나 굳이 그 점을 밝히지 않았다. 유중악도 아마 대략의 사정은 알고 있을 것이다.

"그때만 해도 나는 약간의 아쉬움은 있을지언정 구궁보나 모용 공자에 대해 어떠한 의구심도 가지고 있지 않았소. 그런데 그때 우연히 한 사람을 만나게 되었소. 그리고 그로부터 내 일생을 걸 만한 중대한 일을 전해 듣게 되었소. 그가 바로 여기 있는 지홍이오."

진산월의 시선이 임지홍에게로 향했다.

흑삼객 임지홍.

솔직히 진산월은 구궁보의 일 이전에는 그의 이름조차 들어 본 적이 없었다. 그가 강서와 복건 일대에서 나름대로 명성을 날린 고수라고 해도, 서안에서 문파의 사활을 걸고 투쟁을 벌이던 진산월이 강남의 한쪽 귀퉁이에서 활동하던 그를 알 리가 없었다.

구궁보를 떠난 후 진산월이 그를 다시 본 것은 청연각에서였다. 그는 곽자령과 제갈도를 비롯한 몇 명의 제갈세가 고수들과 함께 종남파의 거처에 머무르고 있었다. 진산월은 그때 처음으로 임지홍과 짤막한 인사를 나누었다. 임지홍은 곧 곽자령과 함께 유중악이 있는 곳으로 떠났고, 어제의 연회에서 다시 잠깐 얼굴을 비쳤다.

그리고 오늘이 세 번째 만남이었던 것이다.

임지홍은 말이 별로 없고 조용한 인물이었다. 항상 얼굴 한쪽에 그늘이 있어서 쉽게 말을 붙이기도 힘들었다. 그래서 진산월도 아직 그와 사적으로는 말 한마디 주고받은 적이 없었다.

임지홍은 진산월의 시선을 받자 천천히 자리에서 일어났다. 그러고는 그를 향해 정중하게 포권을 하는 것이었다.

"정식으로 인사드리겠소. 악양(岳陽)의 후홍지(侯弘志)라 하오."

"후홍지? 임씨 성이 아니란 말씀이오?"

진산월이 의아한 듯 묻자 임지홍은 숙연한 표정으로 고개를 끄덕였다.

"그렇소. 후홍지, 이것이 나의 본명이오."

유중악이 그의 말을 받았다.

"그는 과거 강호십대고수(江湖十代高手)로 꼽히던 벽력진군(霹靂眞君) 후관일(侯冠日) 대협의 후손이오."

강호십대고수!

너무도 오래되어 지금은 기억조차 제대로 하는 사람이 없지만, 한때는 모든 무림인들의 우상과도 같은 존재들이었다. 하나 태양과도 같이 찬란했던 그들의 명성은 어느 순간에 땅바닥에 곤두박질치고 말았다.

바로 혈마 좌무기 때문이었다.

오십여 년 전, 혈마 좌무기는 단신으로 강호십대고수들을 차례로 연파하여 강호 무림을 공포에 떨게 했다. 그때 그에게 패한 고수들 중 절반 이상이 그의 손에 숨을 거두었고, 살아남은 사람들도 심각한 부상에 시달려야 했다. 그리고 강호 무림이 온통 좌무기에 의해 피로 젖을 때, 혜성같이 나타나 그를 물리친 사람이 바로 검성 모용단죽이었다.

후관일은 당시 좌무기의 손에 패하고도 목숨을 부지한 몇 안 되는 고수들 중 한 사람이었다. 후관일은 좌무기를 꺾은 모용단죽을 평생의 은인으로 생각하고, 매년 모용단죽이 좌무기를 이긴 날이면 모용단죽을 찾아가 인사를 하곤 했다.

그런데 오 년 전에 노구를 이끌고 죽기 전 마지막으로 모용단죽에게 인사를 하겠다며 길을 떠난 후관일은 영영 집으로 돌아오지 않았다.

후관일의 아들은 천풍신객(天風神客) 후천송(侯天松)인데, 그는 인물됨이 정명하고 성격이 호탕하여 따르는 친우들이 많았다.

두 달이 넘도록 후관일이 돌아오지 않자 후천송은 부친을 찾아 구궁보로 떠났다. 그리고 그것이 후천송의 마지막이었다.

후천송의 아들인 후홍지는 당시 무공 수련을 위해 멀리 복건성의 오지에 가 있었다. 조부와 부친의 실종 소식을 뒤늦게 접한 후홍지는 부랴부랴 집으로 돌아왔으나, 누구도 두 부자(父子)의 행방을 아는 사람이 없었다.

후관일은 물론이고 후천송 또한 무공이 고강하고 성격이 충후해서 결코 사고를 저지르거나 남에게 봉변을 당할 사람들이 아니었다. 더구나 한 사람도 아니고 그들 두 사람이 모두 차례로 종적이 끊긴 것은 도무지 이해할 수 없는 일이었다.

후홍지는 두 사람의 실종에 무언가 중대한 비밀이 있음을 직감하고 어머니의 성을 따서 이름을 임지홍으로 바꾸고는 조심스레 조부와 부친의 행방을 찾기 시작했다. 다행인지 어려서부터 집을 떠나 있던 그의 얼굴을 아는 사람이 거의 없어서 신분을 감추는 일은 어렵지 않게 이루어졌다.

몇 달의 수소문 끝에 그는 후관일이 구궁보가 있는 구화산 근처까지 갔었다는 것을 어렵사리 알아냈다. 그런데 이상하게도 후관일은 구궁보로 가지 않고 구화산 입구에서 발을 돌려 막부산(幕阜山) 쪽으로 향했다고 한다. 그리고 그곳에서 실종된 것이다.

부친인 후천송의 행적은 더욱 이상했다.

후천송이 구궁보에 들른 것은 확실했다. 하나 그는 바로 그날 오후에 구궁보를 떠났으며, 구화산 입구에서 한동안 머물렀다. 그러다 갑자기 막부산 방향으로 이동했고, 그것이 그가 마지막으로 목격된 순간이었다.

후홍지는 처음에는 막부산에 의심을 품고 그 일대를 뒤졌으나, 이내 자신이 무언가 큰 착각을 했음을 깨달았다. 두 사람이 비록 막부산 방향으로 이동했으나, 그렇다고 그들의 목적지가 막부산이라는 보장은 없었다. 확실한 것은 두 사람이 모두 구궁보에서 서쪽 방향으로 이동했다는 것뿐이었다.

후천송은 후관일의 행적을 추적하느라 그쪽으로 움직였을 테니, 결국 관건은 후관일이 왜 구궁보로 가지 않고 구궁보의 지척에서 서쪽으로 이동했느냐 하는 것이었다. 모용 대협에게 인사를 하기 위해 길을 떠난 후관일이 구궁보 앞에서 방향을 돌린 것은 쉽게 이해가 되지 않는 일이었다.

그것에는 반드시 곡절이 있을 것이며, 그것을 알게 되면 조부와 부친이 실종된 이유도 알 수 있을 것이다.

후홍지는 그 원인을 구궁보에서 찾을 수 있을 것으로 생각했다.

후관일의 목적지는 구궁보였으니, 그가 구궁보 앞에서 방향을 바꾼 이유도 결국은 구궁보에 있으리라는 것이 그의 추론이었다.

그 추론을 증명하기 위해 후홍지는 상당 기간 구궁보의 근처에서 구궁보를 면밀히 지켜보았다. 그러다 한 가지 이상한 점을 발견했다.

모용 대협이 단 한 번도 구궁보로 출입을 하지 않는다는 것이었다.

아무리 모용 대협이 구궁보에 머물러 있는 것을 좋아한다고 해도 몇 번은 외부 출입을 할 텐데, 구궁보 바깥으로 고정적으로 출입하는 사람은 모용 공자뿐이었다. 그리고 그때마다 강호 무림에는 모용 대협에 대한 이런저런 소문이 들렸다. 그 소문의 출처는 당연히 모용 공자였다.

차츰 모용 공자에 대한 의심이 들기 시작할 무렵, 후홍지는 한 가지 결정적인 단서를 찾아냈다.

조부인 후관일과 함께 강호십대고수의 일인이었으며, 모용 대협의 열렬한 추종자 중 한 사람인 창룡검객(蒼龍劍客) 우지민(宇持敏)이 모용 대협을 찾아왔다. 그는 모용 대협이 자리에 없다는 말에 모용 공자와 면담을 나누고는 구궁보를 떠났다.

후홍지는 무언지 모를 이상한 예감에 우지민의 뒤를 조심스레 밟았다. 구궁보를 나온 우지민은 좌측으로 방향을 틀어 막부산 쪽으로 향했다. 그가 막 막부산의 초입에 다다랐을 때, 복면을 한 누군가가 나타나 그를 암습했다. 복면인의 무공은 실로 놀라워서 검법이 화경에 이른 우지민도 그의 적수가 되지 못했다.

복면인의 손에 쓰러지기 직전에 우지민은 복면인의 정체를 알아차린 듯 경악 어린 표정을 감추지 못했다.

"네가 감히……!"

우지민이 숨을 거둔 후, 복면인은 화골산(化骨散)을 뿌려 시신을 없앴다.

"흐음."

한동안 시신이 녹은 자리를 바라보던 복면인은 한숨인지, 탄식인지 모를 소리를 내뱉고는 이내 장내를 떠났다. 그가 사라진 후에야 비로소 후홍지는 숨어 있던 곳에서 몸을 일으켜 세웠다.

그의 눈에는 도저히 믿기 어려운 일을 본 사람처럼 경악과 불신, 그리고 두려움의 빛이 가득 담겨 있었다. 마지막 순간에 복면을 벗고 신형을 날릴 때 드러난 복면인의 얼굴은 다름 아닌 모용 공자였던 것이다.

"그때의 놀라움은 말로 표현하기 힘든 것이었소. 나는 내 눈이 잘못된 것이 아닌가 의심했지만, 몇 번을 되새겨 보아도 그 복면인은 모용 공자가 분명했소."

후홍지의 음성에는 당시에 느꼈던 당혹과 경악의 감정이 그대로 담겨 있었다.

장내에는 침 삼키는 소리도 들리지 않을 정도로 고요한 적막감이 감돌고 있었다. 그간의 사정을 알고 있는 사람들은 물론이고 그 말을 처음 듣는 진산월 또한 입을 굳게 다문 채 그의 말에 귀를 기울이고 있었다.

후홍지는 잠시 허공을 응시하더니 다시 말을 잇기 시작했다.

"막상 모용 공자가 우 대협을 살해한 현장을 목격했어도 나는 앞으로 어떻게 해야 할지 막막한 심정이었소. 내가 목격한 것을 말해 보았자 사람들이 믿어 주지도 않을 것이며, 그에 대한 증거도 전혀 없기 때문이오. 그때 모용 대협이 떠올랐소. 그분이라면 어떤 식으로든 공정하게 사건을 처리할 것이며, 모용 공자를 징치할 수 있는 유일한 분이라고 믿었기 때문이오."

후홍지의 생각은 타당한 것이었다.

설사 모용 공자가 남들의 눈을 피해 강호의 명숙을 살해한 사실이 알려진다 할지라도 그를 제압하여 잘못을 추궁할 수 있는 사람은 극히 드물 것이다. 강호의 누가 모용 공자의 뒤를 조사하여 그의 죄를 찾아내고 벌할 수 있단 말인가?

있다면 오직 한 사람, 모용 대협뿐이었다.

"나는 모용 대협을 만나기 위해 구궁보로 잠입할 필요성을 느꼈소. 때마침 구궁보의 주방에서 하인을 모집하기에 지원하여 구궁보로 들어갈 수 있었소. 어떻게든 모용 공자의 눈을 피해 모용 대협에게 내가 목격한 일을 고하고, 그 일에 얽힌 진상을 밝히는 것이 나의 목표였소."

하나 어렵사리 구궁보에 들어간 후홍지는 이내 커다란 좌절감을 느껴야 했다. 구궁보에서 하인의 신분으로는 모용 대협을 만나기는커녕 그의 처소 근처에도 접근할 수가 없었던 것이다.

언뜻 보기에는 별다른 경비도 없이 아름다운 화원들로 이루어진 아담한 별장 같았는데, 구궁보의 내부는 온갖 기이한 절진들과 기관 장치로 도배되어 있어 허락을 받지 않은 자는 단 한 걸음도 내부로 들어갈 수 없는 용담호혈과 같았다.

후홍지는 거의 반년이 다 되도록 주방과 하인들이 머무는 거처 외에는 어느 곳에도 가 보지 못했다. 심지어 모용 공자의 얼굴조차 먼발치에서 몇 번 본 것이 전부였다.

후홍지는 포기하지 않고 모용 대협의 행방이라도 알기 위해 은밀히 주위 사람들에게 귀동냥을 했으나, 그들 중 누구도 모용 대협이 구궁보에 있는지를 확인해 주는 사람은 없었다. 다만 한 가지, 구궁보의 모든 일은 모용 공자를 거치게 되었으며, 구궁보 전체가 완벽하게 모용 공자의 지휘하에 있음을 재차 확인했을 뿐이었다.

그런 세월이 몇 달이나 계속되자 후홍지도 지칠 수밖에 없었다. 모용 대협은 흡사 존재 자체가 사라진 사람처럼 구궁보 내의 누구도 그가 정확히 어디 있는지 알지 못했다. 별로 크지도 않은 구궁보에서 반년이 넘도록 모습조차 보이지 않는 것은 아무리 생각해도 이해가 되지 않는 일이었다.

그러던 어느 날, 구궁보 전체가 술렁이는 일이 일어났다. 모용 공자가 소림사의 대집회에 참석하기 위해 측근들과 함께 구궁보를 떠난 것이다.

후홍지는 직감적으로 이것이 자신에게 주어진 마지막 기회임을 알아차렸다. 구궁보를 이끌어 왔던 모용 공자가 자리에 없자 구궁보 전체의 분위기가 느슨하게 풀어지고 내부의 경계 또한 허술해졌던 것이다.

모용 공자가 외부로 나간 지 한 달쯤 지나자 이제는 몇몇 중지(重地)를 제외하고는 특별히 지키는 사람들이 없었다.

후홍지는 달이 뜨지 않는 그믐밤에 비장한 각오를 하고 모용 대협의 거처로 알려진 망천정 너머의 후원으로 잠입했다. 몇 번 발각당할 위험에 처하기도 했으나, 하인으로 일하면서 파악해 둔 지리와 그간 쌓은 무공으로 위기를 넘기고 간신히 후원에 도착할 수 있었다.

그곳에서 그가 본 것은 하나의 작은 초막이었다. 초막 안은 깨끗하게 청소되어 있기는 했으나, 오랫동안 사람이 기거하지 않은 듯 냉기가 감돌고 있었다. 몇 번이나 초막 안을 살펴본 후홍지가 알 수 있었던 것은 모용 대협이 상당한 기간 이 초막에 오지 않았다는 사실뿐이었다.

대체 모용 대협은 어디로 사라진 것일까?

그리고 모용 공자는 모용 대협의 부재(不在)를 왜 철저히 비밀에 붙인 것일까?

숱한 의문이 머리를 어지럽혔으나, 확실한 것은 아무것도 없었다. 결국 후홍지는 허탈한 마음을 가누지 못하고 쓸쓸히 물러설 수밖에 없었다.

며칠 뒤, 후홍지는 구궁보의 하인 생활을 그만두고 강호로 나왔다. 더 이상은 구궁보에서 어떠한 것도 알아낼 수 없다는 생각에서였다.

"구궁보에서의 반년 남짓 되는 세월 동안 내가 알 수 있었던 것은 구궁보가 철저히 모용 공자에게 장악되어 있고, 어디에도 모용 대협의 모습을 찾아볼 수 없다는 것뿐이었소. 심지어는 모용 대협의 이름으로 이루어지는 몇 가지 일들도 사실은 모용 공자의 지시에 의한 것이었소. 그래서 나는 혹시 모용 대협이 뜻밖의 변(變)을 당한 게 아닌가 하고 의심하게 되었소."

후홍지는 강호로 나와 자신을 도와줄 사람을 간절히 찾아다녔다. 후관일의 친구들은 거의 대부분이 세상을 떠났으나, 부친인 후천송의 지인들 중에는 강호에서 활약하고 있는 명숙들이 적지 않았다.

하나 그들 중 모용 공자라는 이름에 눌리지 않고 자신을 도와줄 사람을 찾는 일은 결코 쉽지 않았다. 대부분의 사람들은 그의 말을 아예 믿지 않았고, 이야기를 반도 듣지 않고 오히려 화를 내며 자리를 박차고 일어서는 자들도 적지 않았다. 그때마다 후홍지는 다시 모습을 감추고 한동안 쥐 죽은 듯 숨어 지내야 했다.

그런 세월이 계속되자 후홍지는 점차 암담한 절망감을 느끼기 시작했다. 아무것도 할 수 없다는 무력감과 심한 좌절감에 젖어 있던 그에게 구원의 손길을 내민 사람이 바로 유중악이었다.

"유 대협은 내 이야기를 끝까지 들어 주었을 뿐 아니라 내 말의 진정성을 믿어 주고 지원을 약속했소. 그때부터 우리는 모용 공자와 구궁보를 조심스레 관찰하며 우리의 의견에 동조해 줄 사람들을 물색해 왔소."

유중악은 믿을 만한 친우들에게 사정을 설명해서 동의를 구했고, 그들의 도움으로 몇 명의 유력한 인사들을 포섭할 수 있었다. 그들이 바로 무당파의 현수 도장과 점창의 초일재 대협이었다.

유중악은 비밀리에 숨어서 일을 진행하는 것에는 한계가 있다고 판단하고 정식으로 그 일을 공개하기로 결심했다. 그리고 그 시기를 모용 공자의 생일연으로 잡았다.

만약 모용 대협이 멀쩡하다면 모용 공자의 생일연에 참석하지 않을 리가 없었다. 그리고 그날에도 모용 대협이 모습을 드러내지 않는다면 그것은 모용 대협의 신상에 치명적인 문제가 있는 것이므로 충분히 그에 대한 의문을 제기할 수 있는 것이다.

모용 공자의 생일연에는 그를 축하하기 위해 많은 군웅들이 운집할 것이므로 그 군웅들 앞에서 공개적으로 그 일을 거론한다면 아무리 모용 공자라 해도 그들을 막을 수 없으리라는 것이 유중악의 생각이었다.

현수 도장은 자신보다는 강호에 명성이 더욱 높은 자신의 사형 현우 도장을 추천했고, 현우 도장은 현수 도장의 부탁을 쾌히 승낙했다. 무엇보다 현우 도장은 후천송과 상당한 친분이 있는 사이였기에 후천송의 실종에 나름대로 적지 않은 관심을 가지고 있었던 것이다.

초일재 또한 후천송과 친분이 두터웠던지라 평소 안면이 있는 신불이의 제의에 기꺼이 동참을 약속했다.

하나 그들의 계획은 이루어지지 않았다. 미처 모용 공자에 대한 의문을 제기하기도 전에 뜻밖의 참변이 일어나 현우 도장과 초일재가 모두 비명에 쓰러져 버린 것이다. 그와 함께 후홍지의 오랜 염원도 산산이 깨어져 버렸다.

"현우 도장과 초 대협께서 연거푸 변을 당하시고 유 대협이 흉수로 지목되었을 때, 나는 군웅들 앞에서 모든 사실을 밝히고자 했소. 하나 유 대협께서는 시기상조라 생각하시고 스스로 멍에를 뒤집어쓰는 일을 선택하셨소."

후홍지의 얼굴은 비통에 찬 표정이 가득 떠올라 있었다. 어찌 그렇지 않겠는가? 자신을 돕기 위해 홀연히 나섰던 당대 제일의 기남아가 살인범이라는 누명을 쓰고 오욕의 구렁텅이에 빠지고 말았으니 옆에서 그것을 지켜봐야만 했던 후홍지의 심정은 그야말로 죽음보다 더욱 고통스러웠을 것이다.

"나 때문에 유 대협께서 그런 치욕을 당하고 영명(榮名)을 더럽혔으니, 나는…… 나는……."

후홍지는 차마 말을 맺지 못했다.

그동안 아무런 표정 없이 묵묵히 그의 말을 듣고만 있던 유중악이 담담한 음성을 내뱉었다.

"나 때문에 미안해할 것 없네. 이런 정도의 고난은 자네를 돕기로 결심한 그날부터 이미 각오했던 일이었네."

"유 대협……."

"이것은 단순히 자네 집안의 일이 아니라 강호 무림의 안위를 위협하는 중대한 일이네. 모용 공자와 모용 대협에 대한 의문을 풀지 않고서는 서장 무림과의 싸움에 어떠한 승산도 바라볼 수 없을 걸세."

유중악의 시선이 진산월에게로 향했다.

"진 장문인은 그날 구궁보에서 모용 대협을 직접 만났다고 들었소. 그게 사실이오?"

"모용 공자가 모용 대협의 처소까지 나를 안내해 주었고, 그 안에서 한 사람을 만난 건 사실이오."

진산월의 말속에는 묘한 의미가 담겨 있었다. 유중악은 단번에 숨은 의미를 알아냈다.

"진 장문인은 그때 만난 사람이 진짜 모용 대협인지 확신할 수 있겠소?"

"나는 단지 모용 대협의 처소에 있는 사람을 만났을 뿐이오. 그전에는 단 한 번도 모용 대협을 뵌 적이 없으니 나로서는 섣불리 어느 것도 확신할 수 없소."

유중악의 얼굴은 여느 때보다 진지한 빛이 감돌고 있었다.

"사실 우리는 처음에는 모용 공자가 모용 대협을 강제로 감금한 것이 아닐까 의심했었소. 당시의 모든 정황이 그렇게 보였으니 말이오."

그것은 충분히 납득할 만한 일이었다. 모용 대협이 오랫동안 모습을 드러내지 않았고, 모용 공자가 모용 대협을 대신하여 모든 일들을 주관했다면 누구나가 한 번쯤은 그런 의심을 가질 법도 했다.

"하지만 진 장문인이 모용 대협을 만났다는 말을 듣고는 머리가 복잡해질 수밖에 없었소. 모용 대협이 진짜 영어(囹圄)의 몸이 되어 있다면 모용 공자가 외인을 모용 대협과 만나게 할 리가 없기 때문이오."

"⋯⋯!"

"그러다 며칠 전에 만난 신수옥녀에게서 뜻밖의 말을 들었소. 바로 진 장문인이 만난 모용 대협이 가짜일 가능성이 있다는 것이었소."

진산월이 음양신마와 싸워 그를 격살시킨 후, 유중악은 잠깐 신수옥녀 능자하와 대화를 한 적이 있었다. 아마 그때 능자하는 유중악에게 모용단죽에 대한 비밀 일부를 토설한 모양이었다.

유중악이 구궁보에서 어떤 일을 당했는지 잘 알고 있는 그녀로서는 과거의 연인에게 그 일의 내막에 대한 작은 단서라도 알려주고 싶었을 것이다.

유중악은 진산월의 얼굴을 정면으로 주시했다.

"진 장문인이 조금도 놀라지 않는 것을 보니 진 장문인도 그에 대해 어느 정도 짐작하고 있었던 모양이구려."

진산월은 살짝 고개를 끄덕였다. 하나 자세한 사정은 밝히지 않았다. 그것은 천수관음의 개인적인 문제가 얽혀 있는지라 그녀의 허락을 받지 않고 남에게 발설할 수는 없는 일이었다.

"내가 만난 사람이 진짜 모용 대협이 아닐 거라는 정황 증거가 있기는 하오. 유 대협께서 궁금하시면 다음에 능 여협을 만났을 때 물어보시면 될 거요."

진산월은 넌지시 그 일이 천수관음 사제들과 연관이 있음을 암시했고, 유중악은 그에 대해 충분히 수긍을 했다.

중요한 건 진산월이 만난 모용 대협이 가짜인 이상 모용 공자에 대한 의심은 짙어질 수밖에 없고, 이제는 더욱더 공개적으로 그 일을 밝혀야 할 시기가 되었다는 것이다.

"내가 무당산으로 온 것은 무림집회에서 그 일을 공개적인 안건으로 만들기 위해서였소. 중간에 많은 어려움이 있었으나 진 장문인 덕분에 무사히 무당산에 도착한 이상, 그 일은 반드시 이루어지고야 말 거요."

"앞으로 어떻게 할 계획이시오?"

유중악의 안광이 여느 때보다 예리하게 빛났다.

"모용 공자는 집회의 마지막 날에 참석한다고 하오. 그날 모용 공자에 얽힌 일들을 정식으로 거론할 생각이오."

"쉽지 않은 일이 될 거요."

모용봉의 현재 지위나 강호상에서의 비중으로 보아 그의 죄를 밝히는 일은 결코 수월하게 진행되지 않을 것이다. 대부분의 무림인들은 그에 대해 절대적인 성원을 보내고 있기 때문이었다.

유중악은 결연한 표정으로 말했다.

"알고 있소. 하나 한 분의 도움을 받을 수만 있다면 아무리 모용 공자라도 어쩔 수 없을 거요."

"그분이 누구요?"

유중악은 현수 도장을 돌아보았다. 현수 도장이 살짝 고개를 끄덕이자 유중악은 천천히 한 사람의 이름을 밝혔다.

"환우삼성의 한 분이신 대엽 진인이시오. 내일 현수 도장과 함께 그분을 찾아뵙기로 했소."

제 306 장
계도우도(鷄刀牛刀)

제306장 계도우도(鷄刀牛刀)

한 사내가 서안의 저잣거리를 활개 치듯 걷고 있었다.

두 팔을 휘저으며 팔자걸음으로 걷는 그의 모습은 방만해 보이기도 했고, 다소 우스꽝스러워 보이기도 했다. 어린아이와 어른의 중간쯤 되는 작은 키에 여인처럼 왜소한 어깨, 호리호리한 몸매에 유난히 길쭉한 턱을 가진 그 사내는 얼굴마저 곰보 자국이 가득나 있어 볼품없고 초라해 보였다.

하나 저잣거리의 누구도 그를 흉보거나 멸시의 눈초리를 보내는 사람이 없었다. 오히려 휘적거리며 걷는 그를 피해 모두들 거리 양쪽으로 바짝 붙어서 조심스레 지나가고 있었다. 심지어는 그와 눈을 마주치는 사람도 없었고, 간혹 우연히 눈이라도 마주치게 되면 하나같이 새파랗게 질린 얼굴로 황급히 몸을 돌리는 것이었다.

왜소한 체구의 사내는 그런 사람들의 모습을 볼 때마다 이를 드러내고 웃었는데, 주위 사람들에게는 그 웃음이 마치 거대한 호랑이가 먹잇감을 앞에 두고 으르렁거리는 것처럼 보이는 모양이었다.

사내의 허리춤에는 체구에 어울리지 않는 커다란 칼이 매여 있었다. 칼이 조금만 더 길었다면 바닥에 질질 끌릴 것 같아서, 과연 저걸 뽑을 수나 있을지 의아스러울 정도였다.

사내의 뒤에는 두 명의 인물들이 조용히 뒤따르고 있었다. 한 사람은 고리눈에 수염이 가득 난 우락부락한 용모였고, 다른 한 사람은 얼음장처럼 차가운 눈매에 얼굴 전체에 크고 작은 칼자국이 나 있어 살벌한 인상이었다.

두 사람은 모두 서른 전후쯤 되었는데, 하나같이 체구가 건장하고 키가 훤칠했다. 그래서인지 그들 앞에서 양팔을 내저으며 걷고 있는 사내의 체구가 한층 더 왜소해 보였다.

그것을 아는지, 모르는지 사내는 대로의 한복판을 거침없이 걸어갔다. 저잣거리를 지나 대로 뒤편의 골목에 접어들 때까지도 사내의 모습은 변함이 없었다.

그와 그를 따르는 두 사람이 골목 뒤편으로 사라지자 그제야 저자의 상인들은 안도의 한숨을 내쉬기 시작했다.

"휴우. 흑선방이 모습을 보이지 않으니 저 악귀(惡鬼)들이 더 설치는군."

"쉬이, 들리네. 목소리 좀 낮추게."

"그래도 흑선방이 있을 때는 이 정도까지는 아니었는데 말이지."

"그나저나 북대가(北大街) 쪽에서 횡행하던 자들이 이곳에는 무슨 일이지?"

"아마 또 다른 돈 냄새라도 맡은 모양이지. 돈 버는 일이라면 눈에 불을 켜고 달려드니 말일세."

"그나저나 정말 흑선방은 이대로 사라진 건가? 이렇게 호락호락하게 물러날 자들이 아닌데."

"그야 모르지. 아무튼 빨리 사태가 진정되었으면 좋겠네. 요새 같아서는 언제 피바람이 불지 몰라 하루하루가 가시방석이니 말일세."

상인들의 소곤거리는 소리를 뒤로하고 골목으로 들어선 세 사람의 움직이는 속도가 점차 빨라지기 시작했다. 왜소한 사내의 활개 치듯 걷는 모습은 여전했으나, 움직임은 조금 전과 비교도 할수 없을 만큼 빠르고 민첩했다. 두 사람 또한 그와 보조를 맞췄다.

복잡한 골목을 이리저리 돌아가던 세 사람의 걸음이 멈춘 곳은 하얀색으로 칠해진 대문 앞이었다.

똑똑.

사내가 문을 가볍게 두드리자 문이 열리며 백의인이 모습을 드러냈다. 백의인은 날카로운 눈으로 세 사람을 훑어보더니 이내 턱짓을 해서 그들을 안으로 들어오게 했다.

백의인을 따라 대문으로 들어간 세 사람은 작은 뜨락을 지나 한 채의 아담한 건물 앞에 도착했다. 그동안에 그들은 누구 한 사람 만나지 않았고, 백의인에게서 단 한마디도 들을 수 없었다.

백의인이 건물 안으로 들어가자 세 사람도 따라서 들어가려 했다. 백의인은 고개를 젓고는 손가락으로 왜소한 사내만을 가리켰다. 결국 두 사람은 건물 밖에 머물렀고, 왜소한 사내만이 백의인을 따라 건물 안으로 들어갈 수 있었다.

건물 안에는 커다란 대청이 있었는데, 수십 명이 앉아도 될 만큼 넓은 대청에는 오직 한 사람이 앉아 있을 뿐이었다. 그는 준수한 용모의 중년인이었다. 중년인은 대청 중앙에 있는 의자에 느긋한 자세로 앉아서 차를 마시고 있었는데, 자유스러운 것 같으면서도 절제 있는 모습이었다.

백의인은 이내 머리를 조아리고 대청 밖으로 물러났고, 왜소한 사내는 중년인의 앞에 조용히 서 있었다.

중년인은 그에게는 눈길도 주지 않은 채 조용히 차를 마시고 있었다. 그는 한 모금을 마시고 한동안 허공을 응시하다가 다시 한 모금을 넘겼다. 그 동작이 너무도 완만해서 그가 차를 모두 마시기까지는 일각이 넘는 시간이 소요되었다.

그동안에도 왜소한 사내는 의자에 앉지도 않고 그 자리에 꼼짝도 않고 서 있었다.

마침내 차를 모두 마신 중년인은 혼잣말처럼 나직하게 중얼거렸다.

"강호란 곳은 정말 묘하단 말이야. 힘만 있으면 모든 걸 마음대로 할 수 있을 것 같지만, 그렇지가 않아. 만사불의(萬事不意)랄까? 뜻대로 되는 일을 찾기가 점점 힘들어진단 말이지."

왜소한 사내는 묵묵히 그의 말을 듣고만 있었다.

"손톱 하나로 간단히 짓눌러 버릴 수 있다고 생각했던 놈들에게 한 방 맞았는데, 그게 상당히 아프단 말이야. 그래서 무엇이 잘못되어 일이 이렇게 되었을까 한참을 고민했지. 그래서 마침내 한 가지 결론에 도달하게 되었고."

왜소한 사내는 여전히 입을 굳게 다문 채 아무 말도 하지 않았다.

중년인 또한 그가 아예 눈앞에 없는 것처럼 허공을 올려다보고 있었다.

"모든 도구에는 나름대로의 용도가 있는데, 내가 도구를 잘못 골랐던 거야. 쥐새끼를 잡는 데 소를 잡는 칼을 썼으니 그 쥐를 제대로 잡을 리가 있나? 결국 주위만 어지럽히고 공연히 힘만 뺀 셈이지."

"……."

"흑도의 무뢰배들에게는 흑도의 수법으로 상대해야 하는 거였어. 쥐새끼를 상대하는 데는 쥐새끼가 제격이란 말이지. 그래서 너를 불렀다."

중년인은 천천히 시선을 내려 왜소한 사내를 쳐다보았다. 차갑고 냉정한 시선이었다.

그의 시선을 받자 왜소한 사내는 머리를 조아렸다.

"불러 주셔서 감사합니다."

중년인은 고개 숙인 사내의 머리통을 가만히 바라보다가 불쑥 물었다.

"며칠이면 되겠느냐?"

사내는 주저하지 않고 대답했다.

"칠 일을 주십시오."

중년인은 과연 칠 일 안에 가능한지, 그 방법은 무엇인지 아무것도 묻지 않았고, 사내도 밝히지 않았다. 흑도의 추잡한 일을 백도의 인물이 세세하게 알 필요는 없었다.

"삼 일을 더 주지. 열흘 안에 최동의 목을 가져오면 장안의 뒷골목은 온전히 네 것이다."

중년인의 눈에서 한 줄기 서늘한 빛이 감돌았다.

"만약 그때까지 최동의 목을 가져오지 못하면……."

"제 목을 가져오겠습니다."

중년인은 고개를 저었다.

"네 목은 필요 없다. 다만 적류문이라는 글자는 강호에서 더 이상 존재하지 않게 될 것이다."

숙였던 사내의 고개가 더욱 깊게 숙여졌다.

중년인은 가볍게 손을 내저었다.

사내는 고개를 숙이고 있음에도 그 모습을 본 사람처럼 조용히 몸을 세우고는 대청을 빠져나갔다.

중년인, 철혈의 매화라 불리는 철심혈수 검단현은 멀어지는 사내의 뒷모습을 쳐다보며 아무도 들을 수 없는 음성으로 중얼거렸다.

"네가 어떤 결과를 가져오든 상관없다. 어차피 승부는 다른 곳에서 판가름 날 테니 말이지."

탁!

매정하게 닫히는 하얀 대문을 뒤로하고 왜소한 사내와 두 명의 남자는 올 때와 마찬가지로 다시 골목을 걷기 시작했다.

한동안 묵묵히 사내의 뒤를 따르던 텁수룩한 수염의 장한이 불쑥 입을 열었다.

"저자들은 우리를 벌레 보듯 하는군요. 말 한마디 안 하고 손가락만 까닥거리다니, 저들 눈에는 우리가 사람으로 보이지도 않는 모양입니다."

왜소한 사내는 히죽 웃었다.

"그래서 기분 나쁜가?"

"솔직히 기분이 더럽습니다."

"그래도 어쩌겠나? 참아야지."

텁석부리 장한은 마음속의 울분을 토해 내듯 거친 음성을 내뱉었다.

"대형. 이런 대접을 받으려고 우리가 그들 일을 받아 준 게 아니지 않습니까?"

왜소한 체구의 사내는 문득 걸음을 멈추었다. 그러고는 천천히 몸을 돌렸다.

텁석부리 장한은 무어라고 말을 하려다 왜소한 사내의 얼굴을 보고는 입을 다물었다. 왜소한 사내는 이를 드러내며 활짝 웃고 있었다. 하나 그의 쭉 찢어진 눈에 어른거리는 눈빛은 모골이 송연할 정도로 싸늘했다.

"그들에게 대접을 받고 싶었으면 백도의 인물이 되었어야지."

텁석부리 장한은 고개를 찡그리더니 한숨을 내쉬며 사과했다.

"죄송합니다, 대형. 나는 괜찮지만, 철혈매화도 아니고 화산파의 일개 제자마저 대형을 손가락으로 부리는 모습에 울컥하고 말았습니다."

"손가락이 아니라 발가락으로 부려도 우리는 할 일만 제대로 하면 돼. 흑도에는 흑도의 법칙이 있지. 우리가 적류문을 만들 때 어떤 결심을 했는지 잊지 말게."

"알겠습니다."

"그들이 아무리 우리를 하찮게 여겨도 우리가 없으면 이번 싸움에서 승산을 장담할 수 없네. 우리는 그저 흑선방을 없애고 장안의 흑도를 장악하기만 하면 돼. 그때쯤에는 우리를 대하는 그들의 태도도 조금은 달라져 있을 거야."

텁석부리 장한은 반신반의하는 표정이었다.

"정말 그럴까요?"

"물론이지. 우리의 도움이 없으면 장안을 자기들 뜻대로 경영할 수 없게 될 텐데, 그걸 알면 자연히 우리에 대한 대접도 바뀌게 될 거야."

"겉으로는 더없이 고상한 척해도 참으로 치졸하고 더러운 놈들입니다."

"그게 백도의 생리지."

한쪽에서 묵묵히 그들의 말을 듣고 있던 파면(破面)의 사내가 낮게 가라앉은 음성으로 물었다.

"어떻게 하기로 했습니까?"

"열흘 안에 최동의 목을 갖다 주기로 했네."

"흑선방이 타격을 입었다고 해도 아직은 우리보다 전력이 강합니다. 더구나 최가 놈이 숨어 있는 곳도 파악하지 못했는데, 그때까지 가능하겠습니까?"

"가능한지 불가능한지는 중요한 게 아닐세."

"그럼 무엇이 중요합니까?"

"우리는 무조건 그 일을 해야 한다는 것이지. 그렇지 못하면 우리에겐 파멸뿐이네."

파면의 사내는 살짝 인상을 찡그렸다. 그에 따라 그의 얼굴에 나 있는 수많은 칼자국들이 보기 흉하게 꿈틀거렸다.

"정녕 그 길뿐입니까?"

왜소한 사내는 단호한 어조로 말했다.

"그렇다네. 이번 일이 실패하면 흑선방에게 당하든, 철혈매화의 손에 죽든 결과는 정해져 있네."

파면의 사내와 턱석부리 장한은 한동안 무거운 얼굴로 허공을 노려보더니 이내 결연한 표정을 지었다.

"어차피 흑도에 뛰어들었을 때부터 각오한 일입니다. 흑선방이 정상적인 상태였다면 모르지만, 이미 자금원이 무너지고 삼분지 일 이상이 타격을 받은 이상 우리에게도 충분한 승산이 있습니다. 다만 열흘이라는 시간이 문제로군요."

"그래서 이번에는 특별히 방수(幫手)를 구할 생각일세."

"누굽니까? 어지간한 솜씨로는 별 도움이 안 될 텐데."

왜소한 사내는 자신 있는 얼굴로 고개를 저었다.

"아니, 이번의 방수는 우리에게 절대적인 도움이 될 걸세. 그건 분명히 장담할 수 있지."

"그가 누구입니까?"

왜소한 사내는 한 사람의 이름을 꺼냈다.

"장병기(張秉起)."

그 이름을 듣자 파면의 사내와 텁석부리 장한의 얼굴이 일제히 굳어졌다.

"악살(惡煞) 장병기? 소문삼살(笑門三煞)의 바로 그 장병기 말입니까?"

왜소한 사내는 묵직하게 고개를 끄덕였다.

"바로 그렇다네."

굳어 있던 파면의 사내와 텁석부리 장한은 서로 얼굴을 마주 보더니 누가 먼저랄 것도 없이 무거운 한숨을 내쉬었다.

"그는 정말 큰 도움이 될 테지만…… 그를 감당할 수 있겠습니까?"

왜소한 사내, 적류문의 문주인 혈음도 마강은 단호하게 고개를 끄덕였다.

"그렇게 되도록 해야지. 우리에게는 더 이상 물러설 길이 없으니 말일세."

악살 장병기는 소문삼살의 막내였다.

소문삼살은 단지 세 사람뿐이지만 하나같이 정말 무서운 인물들이었다. 하나 무림인들을 진정으로 두렵게 만드는 것은 그들이 바로 우내사마의 일인이자 천하제일살성(天下第一煞星)인 소마(笑魔) 신지림(申至林)의 제자들이라는 점이었다.

일개 흑도 무리가 초빙하기에는 너무도 큰 거물이 아닐 수 없었다.

장병기가 서안에 오는 순간, 흑선방의 미래는 결정된 것이나 마찬가지였다. 마강과 그의 두 의제들은 그렇게 생각했다.

흑선방의 몰락은 확실하다. 남은 문제는 얼마나 큰 손실 없이 장병기를 떠나보낼 수 있느냐는 것이었다. 그리고 그것으로 적류문의 미래 또한 결정될 것이다.

* * *

마강은 산서성 통화(通化) 출신이다.

어려서부터 체구가 왜소하고 몸이 허약했던 마강은 외모마저 볼품없어서 많은 괄시를 받으며 불우한 어린 시절을 보냈다.

심한 기근으로 부모를 잃고 거리를 전전하던 그가 고향을 떠난 것은 그의 나이 불과 열두 살 때로, 그때부터 그는 산서성 일대를 떠돌며 구걸로 연명했다. 그러다 떠돌이 낭인(浪人)의 뒷수발을 하며 눈치로 어설픈 도법 몇 개를 훔쳐 배워 본격적으로 뒷골목의 거친 세계에 뛰어든 것이 열일곱 살 때의 일이었다.

십 년이 지났을 때, 그는 산서성과 섬서성의 경계에 있는 풍릉도(風陵渡)의 무뢰배들 사이에서 나름대로 상당한 이름을 날리게 되었다. 그러다 무림의 고수 한 사람과 시비가 붙어 밤중에 몰래 그를 살해하고는 몇몇 부하들과 함께 풍릉도를 떠나 섬서성으로 도망을 치는 신세가 되었다.

섬서성 일대를 정처 없이 떠돌던 그가 서안으로 들어온 것은 그로부터 십삼 년이 지난 후였다. 그때 그의 뒤에는 아홉 명의 형제와도 같은 부하들이 따르고 있었다.

당시 서안의 뒷골목은 흑선방이 가장 강한 세력을 형성하고 있었고, 그 외에 다섯 개의 크고 작은 무리들이 나름대로의 구역을 세력권으로 두고 있었다.

마강과 그의 아홉 형제들은 그들의 세력권이 서로 겹치는 지역을 교묘하게 파고들어 조금씩 힘을 키워 나갔다. 그러다 장안대호 이세적의 죽음으로 서안 일대의 혼란이 가중되는 틈을 노려 적류문을 만들고, 본격적으로 세를 확장시키기 시작했다.

하나 그들은 이내 한계에 부딪혀야 했다. 어느 정도 세력이 커지자 흑선방이라는 거대한 벽이 그들을 가로막았던 것이다. 그때의 흑선방은 서안의 흑도를 거의 장악하고 있어서 어느 쪽으로 나아가든 그들과의 충돌을 피할 수 없는 상황이었다.

마강으로서는 흑선방의 밑으로 들어가든지, 그들과 사생결단을 내든지 양자택일을 해야 하는 기로에 서게 되었다. 어느 선택을 하든 그로서는 탐탁지 않은 것이었다.

어려서부터 외모에 심한 열등감을 가지고 있던 마강은 누구보다 자존심이 강해서 남에게 머리 숙이는 것을 죽기보다 싫어했다. 그가 밖으로 나갈 때마다 아홉 명의 형제들 중 가장 체구가 좋은 두 명을 거느리고 나가는 것도 외모 때문에 수모를 받던 어린 시절의 아픈 기억을 보상받기 위함이었다.

그의 성격상 흑선방의 밑으로 들어갈 바에는 차라리 죽음을 각오하고 싸우는 것을 택했을 것이다.

문제는 흑선방이 워낙 강해서 정면으로는 도저히 승리할 가능성이 없다는 것이었다.

고민하고 있던 마강에게 화산파의 손길이 닿은 것은 그즈음이었다. 화산파의 접촉과 은밀한 지원은 막다른 골목에 몰려 있던 마강에게는 죽음의 순간에 하늘에서 내려온 동아줄이나 마찬가지였다.

화산파를 등에 업은 적류문은 무서운 기세로 세력을 확장해 나아갔고, 불과 몇 달 만에 흑선방과 자웅을 겨뤄 볼 만한 문파로 성장했다. 바야흐로 서안의 흑도가 흑선방과 적류문이라는 두 세력의 각축장이 되어 버린 것이다.

그리고 이제 마강은 또 다른 선택을 앞에 두게 되었다.

흑선방을 무너뜨리고 흑선방주 최동을 제거하게 되면 마강은 서안의 흑도를 완벽히 장악하고 명실상부한 서안의 거물 중 한 사람이 될 수 있을 것이다.

반대로 흑선방과의 싸움에서 패하거나 최동을 제거하는 데 실패하면 적류문은 물론이고 그 자신의 목숨 또한 부지할 수 없을 것이다.

승리해서 영화를 누리느냐, 아니면 싸늘한 시신으로 서안의 뒷골목에 쓰러지느냐 하는, 실로 일생일대의 중대한 기로에 서게 된 것이다.

이 싸움은 결코 질 수 없는 것이고, 퇴로 또한 존재하지 않았다.

지금 마강은 그 싸움을 이기기 위해 자신의 아홉 형제들을 모두 불러들였다. 외부에 나가 있는 한 명을 제외한 여덟 명의 형제들을 보자 마강은 한편으로는 든든하면서도, 다른 한편으로는 아쉬운 생각도 들었다.

'믿을 만한 녀석들이긴 하지만, 셋째와 넷째 외에는 무공 실력
이 보잘것없다는 게 정말 안타깝구나. 하다못해 한 놈만이라도 화
산파 일대제자 정도의 실력을 지니고 있으면 좋으련만.'

그런 무공을 지니고 있으면 굳이 뒷골목을 전전하지 않을 테니
자신의 기대가 무리라는 것은 알고 있었다. 그래도 입맛이 씁쓸한
것은 어쩔 수 없었다.

그에 비해 흑선방에는 일류의 무공을 지닌 자들이 제법 있었
다. 방주인 최동은 말할 것도 없고 살수 조직인 잠혼당(潛魂堂)의
고수 몇몇은 마강도 자신할 수 없는 실력의 소유자들이었다.

'잠혼당의 제일가는 살수가 강표라고 했던가? 최동에 버금가
는 고수라고 하던데, 어느 정도의 실력을 지녔는지 궁금하군.'

흑선방 최고의 살수라는 십절수 강표에 대해서는 소문만 무성
할 뿐, 누구도 그의 진실한 얼굴을 아는 사람이 없었다. 혹자는 새
파랗게 젊은 청년이라고도 하고, 혹자는 중년의 노련한 인물이라
고도 했다. 살수답게 변장술이 뛰어나고 행동이 은밀할 뿐 아니라
암습에 능해서 그의 표적이 되면 무림의 일류고수라도 당해 내기
힘들다는 소문이 자자했다.

흑선방의 수뇌들이 완벽하게 잠적하여 행방이 묘연해진 지금,
외부에서 활동하고 있는 흑선방의 유일한 조직이 잠혼당이었다.
엊그제 벌어진 세칭 '지옥의 하루'에서 대부분의 화산파 제자들
을 살해한 자들도 바로 잠혼당의 살수들이었다.

물론 그들 중 적지 않은 수가 그 와중에 정체가 드러나 목숨을

잃었지만, 하루 동안에 화산파의 제자를 열여덟 명이나 살해한 일은 서안은 물론이고 섬서성 일대를 송두리째 뒤흔들기에 충분한 일이었다. 희생자들 중 일대제자가 네 명이나 되었기에 세인들의 놀라움은 더욱 클 수밖에 없었다.

최근 십 년 동안 화산파가 이토록 커다란 피해를 본 적은 없었다. 더구나 그 상대가 무림의 거대 문파도 아니고 서안의 일개 흑도 무리들이었으니, 화산파로서는 그야말로 체면이 형편없이 구겨진 셈이었다.

오죽했으면 그 자존심 강하고 흑도 세력을 발가락 사이의 때처럼 하찮게 여기던 검단현이 마강을 직접 불러 흑선방을 궤멸하라고 강압적인 지시를 내릴 정도였겠는가. 화산파가 느끼는 충격과 당혹감이 얼마나 컸는지 여실히 알 수 있는 부분이었다.

마강은 믿음직한 눈으로 자신의 형제들을 둘러보았다.

첫째인 사열(史烈)은 일이 있어 자리를 비웠지만, 그 외의 다른 형제들은 모두 참석하여 묵묵히 마강을 주시하고 있었다.

주위는 쥐 죽은 듯 조용했지만, 그들 사이에 흐르는 팽팽한 긴장감과 기이한 열기는 전장(戰場)의 그것처럼 뜨거웠다. 모두들 자신들이 일생일대의 위기와 기회를 동시에 맞았다는 것을 알고 있는 것이다.

마강의 시선이 둘째인 하일엽(夏一燁)에게 고정되었다.

"조사한 일은 어찌 되었나?"

하일엽은 하관이 길쭉하고 비쩍 마른 체구의 장한이었다. 신경질적이고 날카로운 성격을 지니고 있지만 그만큼 섬세하고 치밀

해서 정보의 관리나 염탐에 소질이 있었다.

마강은 며칠 전부터 하일엽에게 잠적한 흑선방 수뇌들의 행방을 찾도록 지시했는데, 하일엽은 세 명의 형제들과 함께 서안의 구석구석을 뒤지고 다녔으나 아직 뚜렷한 성과를 내지 못하고 있었다.

하일엽은 특유의 무뚝뚝한 얼굴로 고개를 저었다.

"아무것도 알아내지 못했습니다."

"쌍하보나 철기보 등 철면호의 세력에 편입한 문파들도 조사해 보았나?"

"빠짐없이 했습니다만, 그들 중 어느 곳도 흑선방의 잠적과 관련된 곳은 없어 보입니다."

"그들이 하늘로 솟거나 땅으로 꺼지지 않는 이상 어딘가에 반드시 흔적이 남아 있을 걸세. 한두 명도 아니고 이십 명이 넘는 인원들이 이렇게 감쪽같이 사라질 수는 없는 법일세."

"적어도 장안에 있는 문파들 중에는 흑선방을 숨겨 준 곳이 없을 겁니다. 공식적으로든 비공식적으로든 말입니다."

마강도 그 점은 수긍했다.

흑선방이 비록 철면호 노해광의 수족과 같은 존재들이라고 해도 근본은 흑도의 무리들이며, 더구나 이번에는 화산파의 제자들을 상당수 살해한 판국이었다. 화산파에서 복수를 위해 눈에 불을 켜고 그들을 찾고 있는 것이 뻔한 상황이니, 어떤 문파든 흑선방과 조금이라도 얽히는 것을 꺼릴 수밖에 없을 것이다.

서안이 아무리 넓고 거주하는 사람이 많다고 해도 문파의 비호를 받지 않은 상태에서 스무 명이 넘는 우락부락한 사내들이 몸을 숨기기란 쉬운 일이 아니었다.

마강의 시선이 가장 끝에 앉아 있는 형제에게로 향했다.

"자네 생각은 어떤가?"

그는 마강의 형제들 중 막내로, 설영(薛榮)이라는 인물이었다. 올해 서른으로 가장 나이가 어린 축에 속했으나, 두뇌가 비상하고 잔꾀가 많아서 마강의 신임을 적지 않게 받고 있었다.

설영은 생각해 놓은 것이 있는 듯 망설이지 않고 즉시 대답했다.

"제가 볼 때는 다른 문파의 비호가 전혀 없다면 그들이 숨을 수 있는 곳은 몇 군데로 국한될 수밖에 없습니다."

하일엽은 귀가 번쩍 뜨이는지 황급히 물었다.

"그곳이 어디인가?"

"첫째는 하수창(下水廠)입니다."

하수창이란 말에 마강은 살짝 눈살을 찌푸렸다.

하수창은 서안의 뒷골목에서도 가장 후미지고 지저분한 곳으로, 서안에서 버려지는 각종 오물들이 몰려드는 커다란 하수구 일대를 가리키는 말이었다.

악취는 물론이고 각종 질병을 일으키는 온갖 요소들이 모두 모여 있어서 빈민들도 다가가려 하지 않았다. 그 일대에 살고 있는 자들은 죽을병에 걸려 신음하는 병자들과 더 이상 갈 곳이 없는 최하층의 부류들뿐이었다. 그리고 그들 중 누구도 하수창에서 한 달 이상을 버티지 못하고 떠나거나 차가운 시신이 되어 오물의 일부가 되어 버렸다.

마강은 잠시 생각하다가 고개를 절레절레 흔들었다.

"아무리 종적을 숨기는 게 급하다고 해도 흑선방의 수뇌들이 하수창의 오물 더미 속에 숨어 있는 모습은 상상이 가지 않는군. 다른 곳은 어디인가?"

설영도 하수창은 별로 가능성이 없는 곳이라고 생각했는지 마강의 말을 부인하지 않고 다시 입을 열었다.

"두 번째 생각해 볼 수 있는 곳은 마안거(馬安居)입니다."

"마안거?"

"장안 북쪽의 마장 중 하나인데, 세워진 지는 오래되었지만 지금은 거의 유명무실해져서 이름만 겨우 남아 있는 곳입니다."

"그곳을 생각한 이유는 뭔가?"

"최동이 처음 장안에 왔을 때 제일 처음 머물렀던 곳입니다. 최동은 마안거에서 삼 년 정도 일을 하다가 본격적으로 흑도에 뛰어들었지요."

"그런데 지금은 거의 망했다고 하지 않았나?"

"그것이 더욱 의심되는 이유입니다. 최동이 흑선방을 세우고 장안의 흑도를 장악할 때부터 마안거가 쇠퇴하면서 사람들의 관심에서 점차 멀어졌습니다."

마강은 알겠다는 듯 눈을 반짝 빛냈다.

"최동이 마안거를 비상시에 안가(安家)로 쓰기 위해 작업을 했단 말이로군."

"그렇습니다. 그렇지 않고서는 마안거의 쇠퇴가 납득이 되지 않습니다. 당시만 해도 마안거는 열 손가락 안에 드는 제법 잘 나가는 마장이었는데, 불과 몇 년 사이에 이름조차 알려지지 않을 정도로 몰락했습니다. 최동의 입김이 닿지 않고서는 불가능한 일입니다."

마강은 그의 말에 일리가 있다고 생각했다. 실제로 마강도 마안거란 이름을 오늘 처음 들어 보았던 것이다.

마강은 혹시나 하여 물었다.

"셋째도 있나?"

"가능성은 희박하지만 철면호가 수작을 부렸을 수도 있습니다."

"어떻게 말인가?"

"철면호는 원래부터 이곳 장안 태생이고, 수십 년 전부터 장안 일대를 구석구석 누비고 다녔던 자입니다. 그러면 남들이 모르는 비밀 장소 몇 군데쯤은 가지고 있을 겁니다."

마강은 고개를 갸웃거렸다.

"아무리 철면호라도 그건 좀 무리인 것 같은데?"

"저도 화산파가 이를 갈고 있는 상황에서 그가 흑선방 무리들을 숨겨 주었을 가능성은 희박하다고 봅니다. 만에 하나 그 사실이 발각되면 정파의 비난을 한 몸에 받을 게 뻔하니 말입니다. 다만 그럴 가능성이 아주 없다고 무시할 수는 없으니 염두에 둘 필요는 있다는 의미에서 말씀드렸습니다."

"그렇다면 역시 마안거부터 시작해야겠군."

"저도 그렇게 생각합니다."

마강은 잠시 생각에 잠겨 있더니 중앙에 앉아 있는 형제를 향해 입을 열었다.

"이번 일은 자네가 해 줘야겠군. 자네가 알고 지내는 강호인들이 몇 사람 있다고 했지?"

중앙에 앉아 있는, 얼굴이 네모진 중년인이 힘차게 고개를 끄덕였다.

"예. 명성은 그리 대단하지 않지만 나름대로 솜씨가 있는 자들입니다."

"그들과 함께 마안거로 가게."

"제가 어떻게 하면 되겠습니까?"

마강은 씨익 웃었다. 먹이를 앞에 둔 굶주린 늑대를 연상케 하는 살벌한 웃음이었다.

"우리의 방식이 있지 않나? 다 때려 부수고 한 놈도 살려 두지 말게. 흑선방의 무리들이 숨어 있다면 나오지 않고는 배기지 못하도록 말일세."

네모진 얼굴의 중년인은 순간적으로 머뭇거리다가 물었다.

"만약 그곳에도 흑선방이 없다면 어쩌시렵니까?"

마강은 여전히 웃고 있었지만, 눈빛만큼은 여느 때보다 무서운 빛으로 이글거리고 있었다.

"그때는 철면호를 쑤셔 봐야지. 어차피 우리에게는 더 물러설 곳도 없으니 말이야."

제 307 장
강호인물(江湖人物)

제307장 강호인물(江湖人物)

무당산의 아침은 언제나 청명하다.

오늘의 무당산은 평상시와 다른 활력이 넘쳐 났다. 아직 여명이 밝아 오기 전부터 제법 많은 사람들이 활발하게 움직이고 있었다.

남해일(南海日)은 한 차례 기지개를 켠 후 주위를 둘러보고는 혀를 내둘렀다.

"아직 해도 뜨지 않았는데 다들 부지런하구나."

그렇게 말을 하는 그 자신도 남들과 마찬가지로 새벽부터 나와 있다는 것을 의식하지 못하는 모양이었다.

숙소를 벗어나 조금 걸으니 넓은 자소전 앞의 공터가 시야에 들어왔다.

이른 예배를 드리기 위해 걸음을 재촉하는 도인들의 모습도 보였지만, 그보다는 몸을 풀거나 이야기를 나누는 무림인들이 훨씬 더 많았다.

다양한 복장을 한 각양각색의 무림인들을 보자 남해일의 가슴은 세차게 뛰기 시작했다. 비로소 한 가지 사실이 피부에 절실히 와 닿았던 것이다.

'바로 오늘이로구나.'

유월 일 일.

드디어 무림집회의 날이 밝은 것이다.

이번 집회는 사 년 전에 소림사에서 벌어졌던 집회와는 여러 가지 면에서 차이가 있었다.

사 년 전에는 참여를 원하는 모든 무림인들이 자유롭게 모여들었는데, 이번에는 초청을 받은 사람들만이 참여할 수 있었다. 사파와 마도의 무림인들이 철저히 배제되었던 사 년 전과는 달리 이번의 집회에는 그들도 상당수가 참석한다는 소문이 자자했다.

무엇보다도 흥분되고 들떠 있었던 당시의 분위기와는 판이하게 오늘은 차분하면서도 어딘지 모르게 무거운 분위기가 감돌고 있었다. 서장과의 싸움에서 승리를 확신했던 당시와는 달리 이번에는 누구도 승리를 예측할 수 없다는 것이 그런 분위기를 만들어내는 데 일조를 한 것 같았다.

남해일은 설레는 와중에도 사람들의 얼굴에 서려 있는 긴장감을 알아차리고 새삼 이번 무림집회가 얼마나 중요한 자리인지 깨달았다.

그때 멀지 않은 곳에 서성이고 있던 청년 한 사람이 그를 보더니 빠르게 다가왔다.

"혹시 청성파의 신성(新星)이신 창천신룡(蒼天神龍) 남해일 소협이 아니시오?"

남해일은 그의 얼굴이 눈에 익은 것을 보고는 반색을 했다.

"오, 점창파의 사인기 형이셨구려. 이곳에서 사 형을 다시 보게 되다니 정말 반갑소."

사인기는 엷은 미소를 지어 보였다.

"만난 지 일 년이 넘었는데도 용케도 나를 기억하고 있었구려."

"사 형이야말로 멀리서도 한눈에 나를 알아보았으니 눈썰미가 대단하시오."

"하하. 남 소협은 어디에 있어도 인중용같이 두드러져 보이는 사람이니 내가 모를 리 있겠소? 그에 비해 나는 몇 번을 만나도 기억해 주는 이가 별로 없는 평범한 소졸일 뿐이오."

"그럴 리가 있겠소? 사 형의 실력은 내가 잘 아는데, 머지않아 강호 무림에 혁혁한 명성을 날릴 게 분명하오."

"우리 서로 얼굴에 금칠은 그만하기로 합시다. 진짜 고수들이 비웃겠소."

두 사람은 나이도 비슷하고 같은 구대문파의 일대제자 신분이어서 이내 쉽게 어울릴 수 있었다. 점창파와 청성파는 거리도 그리 멀지 않고 문파 간의 관계도 나쁜 편이 아니어서 강호에서 만나게 되면 동행하는 경우도 곧잘 있었다.

남해일 또한 작년에 우연히 사인기와 며칠 여정을 함께한 적이 있었는데, 평범한 외모와 달리 침착한 성격에 높은 무공을 지닌 그에게 깊은 인상을 받았었다.

남해일은 청성파의 최고 고수인 청성칠자(靑城七子) 중 한 사람인 벽영자(碧英子)의 제자로, 강호에 출도한 지 삼 년 만에 누구나가 인정하는 청성 제일의 후기지수(後起之秀)가 되었다. 인물됨이 관옥(冠玉) 같고 행동거지가 비범할 뿐 아니라 검법 또한 탁월해서 청성파 모든 문인들의 기대를 한 몸에 받고 있는 인재였다.

청성파에서는 이번 집회에 장문인인 벽성자(碧聖子)를 위시해서 모두 여덟 명의 고수들이 왔는데, 남해일은 그들 중 가장 젊은 축에 속했다.

일행의 대부분이 손위 어른이거나 사형들이어서 항상 긴장해야 했던 남해일은 동년배에 비슷한 처지의 사인기를 만나자 흥이 날 수밖에 없었다. 사인기 또한 주변에 특별히 아는 사람이 없어서 다소 의기소침해 있다가 남해일과 어울리게 되니 무척이나 반가워하는 모습이었다.

어느덧 해가 모두 떠올라서 주위가 환하게 밝아지자 자소전 앞의 공터에 모여드는 사람들의 수가 부쩍 늘어났다. 그때까지도 이런저런 이야기를 나누고 있던 남해일은 무심코 고개를 돌렸다가 이내 한쪽으로 시선을 고정시켰다.

사인기는 그가 보고 있는 사람이 날카롭게 생긴 비쩍 마른 체구의 청년임을 알아차리고 조용한 음성으로 물었다.

"매서운 기세를 지닌 사람이구려. 아는 분이시오?"

남해일은 살짝 고개를 끄덕였다.

"사 형도 공동산에 사나운 매 한 마리가 살고 있다는 말은 들었을 거요."

사인기의 눈이 반짝 빛났다.

"그럼 저 사람이 바로 독표응(毒豹鷹) 양수(梁秀)란 말이오?"

"그렇소."

그들의 대화를 듣기라도 한 듯 청년이 남해일과 사인기 쪽을 바라보았다. 특히 남해일을 노려보는 청년의 눈빛이 어찌나 날카롭고 매서웠는지 금시라도 칼을 뽑아 들고 달려들 듯했다.

원래 공동파와 청성파는 같은 도문(道門)이긴 해도 대대로 사이가 그다지 좋지 못했다. 특히 독표응 양수는 공동삼도의 한 사람인 불치도인(不恥道人)의 수제자여서 오래전부터 남해일과 비교되고는 했었다. 무공 실력은 엇비슷하다는 평가를 받았으나, 훤칠한 키에 준수한 용모를 지닌 남해일에 비해 왜소하고 강퍅한 인상의 양수에 대한 사람들의 관심이나 호응은 떨어질 수밖에 없었다. 그래서인지 양수는 늘 남해일에게 불꽃같은 경쟁심과 호승심을 가지고 있었다.

지금도 양수는 남해일을 보자마자 눈에 불을 켜고 그를 쏘아보고 있었다. 하나 웬일인지 다가오지는 않았다. 자세히 보니 그의 사형인 듯한 삼십 대 초반의 장한이 그의 소매를 살짝 잡고 있었다.

남해일은 이내 다른 곳으로 시선을 돌려 버렸으나, 양수는 한참 동안이나 남해일에게서 시선을 떼지 못하고 있었다.

그러는 동안에 자소전 앞의 드넓은 공터가 사람들로 메워지기 시작했다.

남해일은 주위를 둘러보고는 혀를 내둘렀다.

"오늘은 분명 구대문파를 비롯한 정파의 무림인들만 모인다고 들었는데, 벌써 모여든 사람들의 수가 적지 않구려."

"내가 듣기로는 구파일방 외에 열두 개의 문파가 더 참석하고, 서른두 분의 명숙들도 오신다고 하오. 그러니 오늘 집회에 오는 사람들은 얼핏 계산해도 이삼백 명은 족히 될 거요."

"그럼 사 년 전에 소림사에서 있었던 무림대집회와 별반 차이가 없겠구려?"

무공을 수련하느라 사 년 전의 무림대집회에 참석하지 못했던 남해일이 눈을 휘둥그레 뜨고 묻자, 사인기는 고개를 흔들었다.

"그때와는 비교할 수 없소. 그때 모인 무림인들의 수는 수천 명에 달했고, 참석한 문파는 헤아릴 수도 없을 정도였소. 오죽했으면 서른두 개 문파만 따로 선정하여 자리를 배정했겠소?"

"정말 그랬단 말이오?"

"그렇소. 당시에는 심지어 종남파조차도 자리를 배정받지 못하고 일반인 석에 머물렀다고 들었소."

남해일은 도저히 믿지 못하겠다는 표정이었다.

"그럴 리가. 종남파가 아무리 구대문파에 속해 있지 않다고 해도 설마 서른두 개의 문파에도 선정되지 않았을 리가 있겠소?"

사인기는 쓸쓸하게 웃을 수밖에 없었다.

"그때는 모두들 그게 당연하다고 생각했었소. 아마 당시 모였던 무림인들 중에는 종남파가 참석했는지조차 몰랐던 사람들이 대부분이었을 거요."

"······!"

"지금은 상상도 할 수 없는 일이겠지만, 그때의 종남파는 무림에서 그 정도 위치였소. 종남파가 지금과 같은 위세를 보이게 되리라고는 일 년 전에는 그 누구도 상상조차 하지 못했을 거요."

남해일은 멍하니 그의 말을 듣고 있다가 무언가가 떠오른 듯 손뼉을 탁 쳤다.

"그러고 보니 작년 이맘때쯤 종남파가 멸문했다는 소문을 들었던 것 같소. 그때는 지나가는 말처럼 흘려들어서 뜬소문인 줄 알았는데, 아주 거짓은 아니었던 모양이구려?"

사인기는 당시 종남파의 사정을 잘 알고 있었던지 그에 대해 짤막하게 설명해 주었다.

"그렇소. 그때 그들은 강북삼보의 하나였던 초가보의 습격에 본산마저 빼앗기는 어려운 싸움을 했으나, 결국 종남혈사라 불릴 정도로 무서운 격전 끝에 그들을 물리쳤다고 하오."

"그럼 그들은 그 짧은 시간 동안에 무너졌던 문파를 부흥시키고 지금의 자리에 올라서게 되었단 말이구려."

"그렇소. 정말 대단하지 않소?"

"그건 대단한 정도가 아니라 기적과도 같은 일이오."

남해일의 준수한 얼굴이 흥분을 이기지 못하고 약간 상기되었다.

"내가 견문이 짧아서인지는 모르지만, 망해 가는 문파가 일 년도 되지 않아 화려하게 재기함은 물론이고 강호를 송두리째 뒤흔드는 거대 문파가 되었다는 말은 아직 들어 보지 못했소. 더구나 그들의 장문인인 신검무적은 젊은 나이에 강호제일검객으로 불리고 있으니, 이건 그야말로 하나의 신화(神話)로 사람들의 뇌리에 영원히 기억될 거요."

남해일이 열띤 음성으로 말하자 사인기가 조용히 웃었다.

"남 소협은 신검무적을 흠모하는 모양이구려."

"흠모하다 뿐이오? 그는 기꺼이 경배를 받아 마땅한 인물이오. 일전에 사숙을 모시고 주루에 들렀다가 신검무적을 눈앞에 두고도 미처 알아보지 못하고 그냥 지나친 적이 있었는데, 얼마나 원통했던지 그날 밤에 잠을 제대로 잘 수가 없을 정도였소."

"하하. 그런 일이 있었구려. 안심하시오, 이번에는 반드시 신검무적을 지척에서 볼 수 있을 거요."

남해일의 얼굴에 한 줄기 기대와 걱정 어린 빛이 동시에 떠올랐다.

"그렇지 않아도 그 점을 간절히 갈망하고 있었소. 하지만 참석 인원이 이렇게 많다면 인사라도 제대로 할 수 있을지 모르겠구려."

청성파의 제일가는 기재이며 사천 땅에서 누구보다 혁혁한 명성을 날리고 있는 창천신룡이 강호의 고수를 동경하는 어린 소년처럼 가슴 설레어 하는 모습은 다소 우스꽝스러우면서도 인상적인 것이었다. 사인기도 입가에 미소를 짓고 있으면서도 마음 한편으로는 신검무적에 대한 강호인들의 호감이 얼마나 큰지를 새삼 깨닫고 놀라움을 금치 못했다.

특히 검을 배운 무림인들의 지지는 가히 절대적인 것이었다.

그때 사인기가 무엇을 보았는지 눈을 빛내며 남해일의 어깨를 가볍게 두드렸다.

"걱정 마시오. 이번에는 무슨 일이 있어도 남 소협이 신검무적을 만나는 일이 꼭 이루어지고야 말 거요."

사인기의 자신 있는 말에 남해일은 약간 어리둥절하면서도 반색을 했다.

"그렇소? 혹시 사 형도 신검무적을……."

그때 사인기 앞으로 한 사람이 성큼 다가왔다.

"사 소협이 아니시오?"

다가온 사람은 보는 이의 눈이 번쩍 뜨일 만큼 준수한 미남자였다. 사인기는 조금 전에 이미 그 사람을 발견했는지 평소에는 좀처럼 볼 수 없는 환한 얼굴로 그를 맞이했다.

"낙 소협. 다시 만나게 되었구려."

두 사람은 서로 손을 맞잡은 채 반가운 표정을 감추지 못했다.

남해일은 사인기의 대인 관계가 그다지 넓지 못하고 성격 자체도 상당히 무뚝뚝한 구석이 있다는 걸 알고 있기에, 그가 이토록 반갑게 맞이하는 사람이 누구인지 궁금함을 참기 어려웠다.

사인기와 손을 잡고 있는 사람은 외모에 자신을 가지고 있는 남해일도 한발 물러설 정도로 뛰어난 외모에 당당한 체구를 지닌 청년이었다. 별빛같이 빛나는 얼굴이 환하게 웃자 주위 여인들의 시선이 온통 그에게 쏠리는 것 같았다.

절세의 옥안(玉顔)이라고 표현해도 될 만큼 준수한 그를 보자 남해일은 문득 떠오르는 이름이 있었다.

그리고 그의 그런 짐작을 증명이라도 하듯 사인기가 활짝 웃으며 입을 열었다.

"소개해 줄 사람이 있소. 남 소협, 인사하시오. 신검무적의 사제이며 강북의 제일권사(第一拳士)로 떠오르고 있는 옥면신권 낙일방 소협이시오."

절세 옥안의 미남자는 남해일을 향해 너무 과하지도, 모자라지도 않는 절제된 동작으로 인사를 했다.

"종남의 낙일방이오."

남해일은 정색을 하며 황급히 답례했다.

"청성의 남해일이라 하오."

준수한 용모의 두 남자가 서로 인사하는 모습이 인상적이었는지 주위의 시선이 온통 그들에게 쏠렸다. 특히 여인들의 시선은 따가울 정도였다.

남해일은 낙일방의 준수한 외모와 건장한 체구, 그리고 소년처럼 반짝이는 눈빛과 솔직함이 그대로 묻어나는 얼굴 표정이 너무 인상적이어서 절로 그에 대한 호감이 일어났다.

"사 형이 낙 소협과 친분이 있을 줄은 몰랐소. 그동안 낙 소협에 대한 신화 같은 이야기를 듣고 늘 만나기를 갈망해 왔는데, 오늘 이렇게 보게 되니 얼마나 기쁜지 모르겠소."

낙일방 또한 남해일의 명문정파 제자다운 단정하고 예의 바른 자세와 맑고 총명한 눈빛, 그리고 선한 인상이 마음에 드는 모양이었다.

"과찬의 말씀이오. 나야말로 사천의 용이라는 창천신룡의 명성을 듣고 꼭 한 번은 만나고 싶었소."

사인기가 두 사람을 보고 웃었다.

"잘난 두 분이 서로 잘났다고 치켜세우니 나 같은 사람은 옆에서 듣기 민망하구려, 하하."

"사 소협이야말로 숨은 기인 같은 분인데, 그런 말씀을 하면 어쩌시오? 일전에 내가 자리에 없을 때 찾아오셨다고 들었소. 공연히 헛걸음하게 해서 미안하오."

낙일방이 정색을 하며 대꾸하자 사인기가 손사래를 쳤다.

"아니오. 연락도 없이 불쑥 찾아간 나의 잘못이오. 그나저나 이렇게 다시 낙 소협을 보게 되니 그동안 신수가 더 훤해진 것 같구려."

"사 소협이야말로 두 눈에 정광(精光)이 잘 갈무리되어 있는 걸 보니 그동안 무공에 상당한 진전이 있는 것 같소."

"솔직히 약간의 진전이 있어서 이제는 낙 소협과 제대로 맞서 볼 수 있지 않을까 은근히 기대하고 있었는데, 막상 낙 소협을 직접 눈앞에 두고 보니 도저히 상대할 자신이 안 생기는구려. 사별삼일이면 괄목상대라더니 낙 소협을 두고 하는 말인 듯하오."

"그럼 잠시 후에 가볍게 손이라도 한 번 풀어 보는 게 어떻겠소?"

낙일방이 눈을 반짝이며 말하자 사인기는 씁쓸하게 웃으며 고개를 저었다.

"그러고 싶긴 하지만 이번에는 힘들 것 같소. 자리가 자리인지라 자칫하다가는 엉뚱한 오해를 사게 될지도 모르니 말이오."

낙일방도 막상 말을 내뱉고는 아차 싶었던지 멋쩍게 웃으며 뒤통수를 긁적였다.

"반가운 마음에 그 생각을 미처 못했구려. 무당산의 집회가 끝나면 자리를 마련해 봅시다."

사인기는 흔쾌히 고개를 끄덕였다.

"좋은 생각이오."

낙일방이 사인기를 처음 만난 곳은 낙양의 석가장이었다. 그곳에서 뜻하지 않게 그와 비무를 벌여야 했으나, 당시 그가 보여 준 품성과 행동거지가 마음에 들었던 낙일방은 언제고 그를 다시 만나기를 고대해 왔다. 그래서 오늘 아침에도 일찍 일어나자마자 혹시나 하는 생각에 자소전 앞을 서성거리다 그와 재회하게 되었던 것이다.

강호에 그다지 아는 사람도 없고 교제 범위도 극히 좁아서 대인 관계에 소극적이었던 낙일방에게서는 좀처럼 볼 수 없었던 적극적인 모습이었다.

사인기 또한 회남에 있을 때 낙일방을 보기 위해 일부러 종남파가 머무르는 곳을 찾아갔을 정도로 그에 대한 호감이 컸던지라 평상시와는 달리 얼굴 가득 미소를 지으며 그를 만난 즐거움에 젖어 있었다.

남해일은 두 사람의 그런 모습을 보고 한편으로는 부러우면서도 한편으로는 재미있게 생각되었다. 준수하기 그지없는 낙일방과 평범한 외모에 표정이 별로 없는 사인기가 서로를 보며 웃는 모습이 마치 오랫동안 헤어졌다 다시 만난 연인들을 연상케 했던 것이다.

'듣기로는 점창파와 종남파가 몇 차례나 비무를 벌였다고 해서 두 파의 사이가 나쁜 줄 알았는데, 그렇지도 않은 모양이구나.'

그때 갑자기 커다란 북소리가 들려왔다.

둥!

사람들의 시선이 모두 소리가 들려온 곳을 향했다.

자소전 앞의 돌계단 위에 한 명의 청년 도인이 큰 북채를 든 채 우뚝 서 있었다.

"일각 후 집회가 시작될 예정이니 강호의 동도(同道)들께서는 자소전으로 들어오시기 바라오!"

그의 낭랑한 외침이 드넓은 자소전 앞의 광장 구석구석까지 선명하게 울려 퍼졌다.

남해일은 짐짓 탄성을 터뜨렸다.

"이렇게 떨어진 거리에서도 목소리가 이토록 선명하게 들리는 걸 보니 얼마나 정순한 내공을 지녔는지 알겠소. 사 형은 혹시 저 도인이 누구인지 아시오?"

사인기는 그 도인을 유심히 바라보다가 입을 열었다.

"무당십이검 중 한 분인 청평 도장(靑平道長)이 아닌가 싶소."

남해일의 눈이 크게 뜨여졌다.

"오, 청평 도장이라면 서열은 비록 무당십이검의 막내이지만 무공 실력만큼은 세 손가락 안에 든다는 불령검(不靈劍) 아니오?"

불령검 청평 도장은 무당십이검 중에서도 상당히 널리 알려진 인물이었다.

그는 어려서부터 총명이 과인하고 무공에 대한 재질이 탁월하여 주위의 기대를 한 몸에 받았다. 무림에 출도할 때가 되자 그의 스승인 현성 진인(玄聖眞人)이 '신령(神靈)'이라는 호를 하사하려 했으나, '아직 어리석어 깨우치지 못했다[大愚不靈]'며 '불령(不靈)'이라는 이름을 자처하여 불령검으로 불리게 되었다.

많은 무림인들은 그의 나이가 불과 이십 대 중반임을 감안하여 그가 지금처럼 겸손한 모습으로 무공에 정진한다면 머지않아 무당십이검의 일인자가 될 거라고 믿고 있었다.

사인기는 주위의 무림인들이 자소전으로 올라가는 광경을 보고 낙일방을 돌아보았다.

"우리도 이제 슬슬 가 봐야 할 것 같구려."

세 사람은 무림인들을 따라 자소전 쪽으로 걸음을 옮겼다.

"이번에 점창파에서는 어느 고인들이 오셨소?"

낙일방이 문득 생각난 듯 묻자 사인기는 주저하지 않고 대답했다.

"장문인께서 두 분의 장로와 함께 오셨소."

점창파의 장문인은 인망이 두텁고 현명하기로 유명한 장거릉이었다. 그는 좀처럼 점창파를 떠나지 않는다고 알려져 있었는데, 이번의 집회에는 모처럼 모습을 드러낼 모양이었다.

"두 분의 장로라면?"

"둘째 장로와 넷째 장로이시오."

점창파의 둘째 장로는 강호의 유명한 검객인 추혼신풍검(追魂神風劍) 도군홍이었다. 그는 장문인인 장거릉의 사형으로, 무공 실력이 장거릉보다 뛰어나 실질적인 점창제일검으로 불리는 절세의 검객이었다.

그리고 넷째 장로는 소림사에서 보았던 독검취웅 백리장손이었다.

그들 세 사람은 점창파의 가장 핵심 되는 인물들이어서 그들이 모두 점창파를 비운 적은 거의 없었다. 아무리 이번 집회가 중요하다고 해도 다소 뜻밖의 일이 아닐 수 없었다.

사인기는 갑자기 목소리를 낮추었다.

"원래 장문인께서는 외부의 출행을 그다지 즐기지 않으시는지라 이번에도 둘째 장로를 수장으로 보내려고 하셨소. 그런데 한 가지 일 때문에 직접 나오기로 결심하신 거요."

"한 가지 일이라면?"

사인기의 표정이 한층 더 무거워졌다.

"낙 소협도 알고 있을 거요. 구궁보에서 본 파의 장로 한 분이 참변을 당하신 일 말이오."

낙일방은 그제야 사정을 알아차리고 짤막한 신음성을 토해 냈다.

"음. 비류단홍검 초일재 대협을 말씀하시는 거라면 물론 알고 있소. 사실 그분이 참변을 당한 현장에 나도 있었소."

"그랬구려. 아무튼 본 파의 초 장로께서 변을 당하시고 본 파의 제자들이 피해를 입었으니 장문인으로서는 자세한 연유를 파악하고자 직접 나설 수밖에 없게 된 거요."

사인기의 눈빛이 매섭게 빛났다.

"무당파에서도 호법진인이 변을 당한 일 때문에 본 파에 다소

간의 의혹을 가지고 있다고 알고 있소. 그런 의혹을 해소하고 초장로님의 명예를 회복하기 위해서라도 장문인께서는 이번에 반드시 당시의 일에 대한 내막을 샅샅이 캐내려 하실 것이오."

낙일방은 사인기의 말을 듣자 내심 걱정되는 마음이 있었다. 당시의 일에 연관된 자들 중에는 종남파와 뗄 수 없는 관계인 곽자령도 포함되어 있기 때문이었다. 게다가 낙일방은 흉수로 몰렸던 유중악에 대해 얼마쯤 동정하는 마음도 있었기에 자칫 일이 크게 번지지 않을까 우려하지 않을 수 없었다.

'장거릉 대협은 인품이 뛰어나고 누구보다 현명한 분이라고 하니 섣불리 사태를 판단하지는 않을 것이다. 그나저나 이번 집회는 여러모로 복잡한 일들이 많이 벌어지겠구나.'

당장 종남파만 해도 이번 기회에 형산파와의 묵은 원한을 반드시 풀려고 하지 않는가?

이런저런 이야기를 나누는 사이 그들은 자소전 앞에 도착하게 되었고, 그곳에서 잠시 헤어져야 했다. 문파마다 이미 자리가 배정되어 있어서 각자의 소속 문파가 있는 곳으로 가야 했기 때문이다.

자소전은 상당히 커다란 건물이었으나, 그렇다고 수백 명이 한꺼번에 모여 있기에는 다소 비좁았다. 그래서 중앙에 각파의 수뇌 인물들과 무림 명숙들을 위한 의자를 배치하고, 그 외의 인물들은 뒤쪽에 서 있어야만 했다.

자소전 안으로 들어선 낙일방이 종남파의 자리를 찾기 위해 주위를 두리번거리고 있을 때, 어느 사이에 동중산이 그에게 다가왔다.

"한참 찾았습니다. 이쪽으로 오시지요."

동중산의 안내를 받고 가 보니 '종남파'라고 적힌 작은 팻말 앞에 진산월을 비롯한 일행들이 있었다.

낙일방은 진산월을 향해 계면쩍은 웃음을 흘렸다.

"제가 조금 늦은 모양입니다."

"집회가 아직 시작되지 않았으니 상관없다. 그나저나 어디에 있었던 게냐?"

"점창파의 사인기 소협을 만나 잠시 이야기를 나누었습니다."

진산월은 사인기를 말할 때 낙일방의 얼굴이 환하게 밝아지는 것을 보고 내심 흐뭇하면서도 걱정스런 마음이 들었다.

'보아하니 일방이 처음으로 마음에 드는 벗을 만난 모양이구나. 사 소협이라면 일방의 좋은 친구가 될 수 있겠지. 모쪼록 험한 강호에서 두 사람의 관계가 타의에 의해 멀어지는 일은 없어야 할 텐데……'

진산월은 무심코 점창파가 있는 곳으로 고개를 돌렸다. 그리고 이내 섬뜩한 눈으로 자신을 노려보고 있는 한 사람을 발견했다.

시선이 마주치자 그는 이내 고개를 돌렸으나, 진산월은 그가 누구인지 어렵지 않게 알 수 있었다. 그 인물은 다름 아닌 독검취응 백리장손이었다.

진산월은 한동안 가만히 백리장손을 응시하고 있다가 자연스레 그의 옆에 앉은 인물에게로 시선을 돌렸다.

체구가 건장하고 검은 수염을 탐스럽게 기른 준수한 용모의 중년인이 단정한 자세로 앉아 있었다. 진산월은 하나의 잘 벼린 보검을 보는 것 같은 느낌에 그를 유심히 바라보다가 자신의 뒤에 서 있는 동중산에게 물었다.

"백리장손의 옆에 앉은 자가 누구인지 아느냐?"

동중산은 이내 나직하게 대답했다.

"저 사람이 바로 점창파의 제일검객이라는 추혼신풍검 도군홍입니다."

도군홍의 명성은 진산월도 몇 번 들은 적이 있었다. 하나 직접본 것은 이번이 처음이었다. 알려지기로 도군홍의 나이는 백리장손보다 몇 살 많다고 하는데, 실제로 본 도군홍은 백리장손보다 오히려 훨씬 더 젊은 것 같았다.

도군홍의 옆에는 살집이 넉넉한 푸근한 인상의 중년인이 느긋한 자세로 앉아 있었다. 인상 좋은 주방장같이 생긴 그 중년인은 진산월과 시선이 마주치자 이내 빙긋 웃으며 살짝 고개를 숙여 보였다.

진산월도 무심결에 그와 눈인사를 나누고는 속으로 실소를 금치 못했다.

가볍게 눈만 마주쳤음에도 자연스레 상대의 반응을 이끌어 내는 것은 그만큼 중년인의 친화력이 대단하다는 뜻이었다. 첫눈에 상대의 호감을 사는 중년인의 기질은 쉽게 보기 어려운 것이었다.

'저자가 바로 점창파의 장문인인 장거룡인 모양이군. 별호가 무등거사(無等居士)라고 했던가?'

혹자는 무골거사(無骨居士)라고 놀리기도 했다. 성격 좋고 좀처럼 화를 내는 법이 없어 명문정파의 장문인으로는 어울리지 않는다는 평을 받기도 했으나, 점창파 내에서 그의 입지는 절대적인 것이었다. 점창파의 제자들은 그의 명령이라면 섶을 지고 불길에 뛰어드는 일도 주저하지 않을 정도로 그를 신임하고 있으며, 그는 그들의 기대에 어긋나지 않게 점창파를 잘 이끌어 왔다.

진산월이 직접 본 장거릉은 소문대로 사람 좋아 보이는 인상이었다. 부드럽게 휘어진 눈매에 늘 미소가 매달린 입가는 사람들의 호감을 사기에 족했고, 혈색 좋은 얼굴에 살집 있는 넉넉한 몸매는 여유로움을 느끼게 했다.

하나 단순히 성격이 좋은 것만으로는 점창파 같은 거대한 문파를 이끌어 나갈 수는 없었다. 장거릉은 상당히 두뇌가 비상하고 일 처리가 분명해서 신상필벌(信賞必罰)이 엄격한 인물로 알려져 있었다.

장거릉은 백리장손과 몇 마디 말을 주고받고 있었는데, 가끔 그들의 시선이 진산월을 향하는 것으로 보아 진산월에 대한 이야기를 하는 것 같았다.

백리장손이 진산월에 대해 호의적으로 평할 리는 없었는데, 그래도 진산월을 바라보는 장거릉의 표정은 변함 없이 부드러웠고 입가에는 여전히 사람의 마음을 편안하게 하는 미소를 머금고 있었다.

점창파의 옆에는 청성파 고수들이 앉아 있었다. 그들 중에는 진산월이 일전에 청연각에서 보았던 검은 수염의 중년인도 있었다. 진산월은 나중에야 그 중년인이 청성칠자의 한 사람인 벽공자(碧空子) 순우태(淳于泰)임을 알게 되었다.

순우태의 옆에는 수려한 용모를 지닌 중년의 도인이 단정한 자세로 앉아 있었는데, 그가 바로 당대의 청성파 장문인인 벽성자였다. 벽성자는 특이하게도 도가명보다는 일품군자(一品君子)라는 속가의 별호로 더욱 유명한 인물이었다. 신법이 빠르고 검법이 뛰어날 뿐 아니라 인물 자체가 비범하여 많은 사람들의 칭송을 받는 뛰어난 고수였다.

청성파 옆은 곤륜파의 자리였다. 곤륜파의 고수들은 대부분이 하얀색 옷을 입고 있었는데, 하나같이 소맷자락이 유난히 넓은 것이 특이했다.

곤륜파의 유명한 절학인 운룡대팔식(雲龍大八式)은 허공에서의 움직임이 유독 많은 무공이었다. 그래서 곤륜파의 고수들은 소맷자락을 이용해 공중에서 몸의 움직임을 조정하는 방법을 자주 이용하고는 했다. 알려지기로는 운룡대팔식이 절정에 달하면 땅에 내려서지 않고도 끊임없이 상대를 공격할 수 있다고 하는데, 지난 백 년간 그 경지의 인물이 강호에 나타난 적은 없었다.

이번에 무당파에 온 곤륜파의 숫자는 불과 여섯 명으로, 구대문파 중 가장 적은 인원이 참여했다. 그것은 거리상의 문제이기도 했지만, 그만큼 곤륜파가 중원 내부의 일에 개입하는 것을 꺼려했기 때문이기도 했다.

곤륜파는 문파의 번영보다는 개인적인 수양(修養)에 더 중점을 두는 기풍이 있어서 평상시에도 강호에서 좀처럼 모습을 보기 힘들었다.

이번에 온 곤륜파 고수들의 수장은 장문인인 태허 진인(太虛眞

人)이었다. 사 년 전의 소림사 집회 때에는 장로 중 한 사람인 태성 진인(太聖眞人)이 왔던 것을 생각해 보면 곤륜파에서 이번 집회에 나름대로 상당한 신경을 쓴 것임을 알 수 있었다.

공동파 고수들은 곤륜파의 옆에 자리하고 있었는데, 아마도 사이가 나쁜 청성파와 붙어 있지 않게 하려는 무당파의 배려 때문인 듯했다.

공동파의 고수들 중에는 유난히 깡마르고 눈빛이 예리한 도인이 시선을 끌었다. 도인의 나이는 육십쯤 되어 보였는데, 공동파 특유의 검은색 도복 때문인지 날카롭고 매서워 보이는 인상이었다.

진산월이 그 노도인을 잠시 바라보고 있자 동중산이 눈치 빠르게 그 노도인의 신분을 알려 주었다.

"저 노도인은 공동삼도의 한 사람인 불치도인입니다. 공동파 장문인인 흑우신도(黑牛神道) 명량자(明亮子) 대신 공동파 문인들을 이끌고 왔다고 하더군요."

구대문파 중 이번 집회에 장문인이 참가하지 않은 문파는 공동파가 유일했다.

하나 무림인들은 그 사실을 별로 이상하게 생각하지 않았다. 공동파를 실질적으로 이끌고 있는 자들이 바로 공동삼도이며, 그 중에서도 불치도인의 영향력이 가장 강하다는 것을 알고 있기 때문이었다.

공동삼도는 명량자의 사형들로, 허울 좋은 장문인 자리에 마음 약한 사제를 앉히고 자신들이 공동파를 마음대로 쥐고 흔들고 있다는 악평을 받기도 했다. 하나 그들 개개인의 무공이 워낙 뛰어나고 강호에서의 명성도 대단해서 누구도 감히 그들 앞에서 그런 말을 입에 담지 못했다.

불치도인은 공동삼도의 첫째로, 많은 사람들이 아마 공동파의 제일고수일 거라고 생각하는 인물이었다.

우연히 불치도인의 시선이 진산월과 동중산을 잠시 머물렀다가 지나갔다. 불치도인의 눈에는 아무런 감정의 빛도 담겨 있지 않았다. 장거릉 같은 호의가 담긴 것도, 백리장손처럼 차갑고 냉랭한 것도 아닌 아주 무감각하고 의미를 알 수 없는 눈빛이었다.

진산월이 그들을 찬찬히 훑어보고 있을 때, 사시(巳時)가 되었음을 알리는 북소리와 함께 집회가 시작되었다.

예전의 소림사에서 있었던 무림대집회와는 달리 이번 집회는 성대한 개회사도 없었고, 무림인들의 환성이나 박수 소리도 들리지 않는 차분한 분위기였다.

무당에서 유일하게 남은 호법진인인 현성 도장이 진행을 맡은 것도 다소 특이한 일이었다. 현성 도장은 장문인인 현령 도장의 사제이며, 인망 또한 두터워서 따르는 사람들이 많았다.

원래 이런 집회의 진행은 일대제자들 중 뛰어난 인물이 맡거나 좀 더 젊은 사람이 하는 게 일반적이었는데, 무당파에서도 최고의 수뇌 중 한 사람인 현성 도장이 직접 나선 것만 보아도 무당파에서 이번 집회에 얼마나 신경을 기울이고 있는지 여실히 알 수 있었다.

현성 도장은 차분한 음성으로 이번 집회가 열리게 된 경위를 설명하고 무림맹주인 위지립을 소개하는 것으로 자신의 임무를 모두 마쳤다.

위지립은 중앙의 자리에서 일어나 한쪽을 향해 정중하게 포권을 했다.

"무림맹을 맡고 있는 위지립이오. 우선 어려운 자리를 마련해 주신 무당파의 현령 장문인께 진심으로 감사의 말씀을 드리겠소."

현령 도장이 살짝 고개를 숙여 인사를 받자 위지립은 이내 형형한 눈빛으로 주위의 군웅들을 훑어보았다.

"아실지 모르겠지만, 서장 무림의 세력들이 이미 상당수 중원으로 들어와 있어, 강호 무림에 크고 작은 분란이 끊이지 않고 있소. 이러다가는 본격적인 싸움이 시작될 중추절이 되기도 전에 중원의 정기가 큰 손상을 입게 될 것이 분명하오. 그래서 어떤 식으로든 그에 대한 대책을 강구하지 않을 수 없게 되었소."

장내에는 적지 않은 수의 무림인들이 있었지만 숨소리조차 들리지 않을 정도로 고요한 정적에 잠겨 있었다. 위지립의 묵직한 음성만이 넓은 자소전 안을 울리고 있을 뿐이었다.

"우선은 다소 느슨하게 운영되었던 무림맹의 조직을 보강하고 확실한 역할 분담을 해야 할 필요가 있다고 생각하오. 사실 무림맹은 사 년 전에 만들어진 후 그 이름과는 달리 별다른 활동을 못하고 유명무실해진 지 오래요. 그 안에는 여러 가지 이유가 있겠지만, 맹을 이끌어 가는 이 사람의 부족함을 먼저 꼽지 않을 수 없소. 그 점에 대해 이 자리를 빌려 강호의 동도들에게 진심으로 사과의 말씀을 드리겠소."

자존심 강하기로 유명한 위지립이 선뜻 자신의 잘못을 시인하며 사방을 향해 고개를 숙이자 무림인들은 다소 뜻밖이라고 생각하면서도 흔쾌히 그의 사과를 받아들였다. 사실 적지 않은 무림인들이 그동안 무림맹의 지지부진한 활동에 대해 불만을 가지고 있었기에 위지립이 사과하지 않았다면 자칫 그에 대한 성토가 줄을 이었을지도 몰랐다.

그런 점에서 본다면 확실히 위지립은 시세를 파악할 줄 아는 인물이었다.

자신에 대한 시선이 다소 부드러워진 것을 확인한 위지립이 다시 말을 이었다.

"사 년 전에는 강호 무림을 열 개의 지단으로 나누어 조직을 구성했으나, 그것은 한시적인 성격이 강했소. 더구나 당시 지단을 맡았던 단주들 중 신상에 문제가 생겨 활동을 할 수 없게 된 분들도 적지 않게 계시오. 그래서 이름뿐인 십대지단을 폐하고, 비대하고 방만하게 운영되었던 무림맹의 조직을 보다 효율적으로 정비하려 하오."

위지립의 말은 듣기에 따라서는 상당히 위험한 발언이었다.

십대지단은 당시 무림인들의 중지를 모아서 만든 조직 체계였다. 그런데 위지립은 독단적으로 그 체계를 허물고 새로운 조직을 편성하겠다고 하는 것이다.

그런데도 주위의 아무도 그에 대한 반론을 제기하거나 의문을 표하는 사람이 없었다. 특히 십대지단의 단주를 맡고 있는 자들이라면 자신들의 지위가 없어지는 것에 불만을 가질 법도 한데, 누구도 그런 의사를 나타내지 않았다.

그것은 사전에 위지립이 어떤 식으로든 그들의 불만을 잠재울 당근을 제시하며 설득했기 때문일 것이다. 앞으로 조직될 무림맹의 체계 또한 이미 위지립을 위시한 몇몇 인물들에 의해 완벽하게 짜인 상태임이 분명했다.

진산월은 새삼 무림의 집회라는 것은 허울 좋은 이름일 뿐, 정작 중요한 사항은 이미 시작도 하기 전에 물밑으로 모두 결정된다는 것을 깨달았다. 자기 자신도 선봉의 자리를 맡기로 사전에 약조되지 않았던가?

그것을 알고 나니 집회에 대한 흥미도가 급격히 떨어져 버렸다.

위지립은 열심히 새로운 조직 체계에 대한 당위성을 설명하고 있지만, 진산월의 귀에는 더 이상 그 목소리가 들리지 않았다.

대신 그는 머릿속으로 전혀 다른 생각을 하고 있었다.

이곳에 모인 군웅들은 당금 무림에서 가장 큰 세력을 형성하고 있는 거대 문파의 수뇌들이었다. 그들 중 몇몇은 진산월도 만난 적이 있었지만, 그 수는 얼마 되지 않았다.

이번에 종남파는 어떤 식으로든 최대한 자신들에 우호적인 문파의 수를 늘려야 할 필요성이 있었다.

다행히 오늘 아침에 아미파에서 임영옥과 친분이 두터운 흑미륵 원정을 통해 이번에도 종남파를 지지하겠다는 의사를 은밀히 보내왔다. 소림과 아미의 변함없는 지지를 확인한 것은 반가운 일이었으나, 그들 외에 뚜렷하게 종남파를 지지할 만한 문파가 없다는 것은 명백한 불안 요소라고 할 수 있었다.

진산월은 다시 한 번 점창파부터 청성파, 곤륜파, 공동파의 고수들을 차례로 살펴보았다.

그들 중 적어도 두 개 문파가 찬성해야만 종남파의 구파 복귀가 가능해질 수 있었다. 곤륜파가 비록 이십 년 전에 종남파의 손을 들어 주었다고 해도 이번에도 그러리라는 보장은 전혀 없었다.

무엇보다 그들은 무림의 일에 개입하는 것을 극도로 꺼려하기 때문에 구대문파의 자리에 변동이 일어나거나 무림이 풍파에 휩쓸리는 것을 그다지 탐탁지 않게 생각했다. 그렇다면 이십 년 전과 마찬가지 이유로 이번에도 형산파를 탈락시키고 종남파를 복귀시키는 일에 반대할 가능성도 충분히 있었다.

무림집회의 일정은 단 사흘뿐이다. 짧은 시간 동안 그들 네 문파를 모두 신경 쓸 수는 없었다. 이제는 선택과 집중을 해야 할 시간이었다.

그들 중 어느 문파를 골라서 접근해야 할지 진산월은 고민스럽지 않을 수 없었다.

그러다 문득 생각이 나서 한곳으로 시선을 돌렸다. 마침 드넓은 자소전의 가장 반대편 위치에 앉아 있던 그 사람도 진산월을 쳐다보는 중이었다.

두 사람의 시선이 허공에서 교차되었다.

수정처럼 차고 맑은 시선이었다. 잡티 하나 없는 깨끗한 얼굴에 단정한 용모의 그 사람은 차갑고 냉정한 눈빛만큼이나 앉아 있는 자세도 바르고 곧았다.

그 사람은 묵묵히 진산월을 바라보다 천천히 고개를 돌렸다.
진산월도 무심한 얼굴로 시선을 거두었다.

비록 아무 대화도 없는 짧은 시간 동안의 시선 교환이었지만,
진산월은 그것으로 다시 한 번 분명하게 알 수 있었다. 적어도 화
산파는 이번에도 절대로 종남파의 손을 들어 주지 않으리라는 것
을.

수정처럼 차가운 눈빛의 그 사람은 다름 아닌 화산파의 장문인
이자 무림구봉의 검봉으로 불리는 육합신검 용진산이었던 것이
다.

제 308 장
일다지약(一茶之約)

제308장 일다지약(一茶之約)

첫날의 집회는 불과 한 시진 만에 끝이 났다.

위지립이 무림맹의 새로운 조직 체계를 설명하고, 각 파의 수뇌들이 그 의견을 검토하여 약간의 수정을 거친 후에 이틀 후의 총회에서 최종 결정하기로 한 것이다. 그런 의미에서 본다면 오늘의 집회는 본회에 앞선 사전 모임의 성격이 강했다.

집회가 끝난 후 자소전을 벗어나기 위해 자리에서 일어서던 진산월은 많은 시선이 자신에게 향해 있음을 알아차렸다. 직접 말을 걸어오는 사람은 없었으나 대부분의 무림인들이 은밀히 혹은 유심히 그를 바라보고 있었다.

누가 무어라 해도 진산월은 당금 무림에서 가장 유명한 인물이었으며, 그의 일거수일투족은 무림인들의 관심의 대상이었다. 주위의 따가운 시선에서 새삼 진산월은 그 사실을 깨달았다. 이제는 행동거지 하나하나와 내뱉는 말 한마디에도 신중을 기해야 할 판이었다.

자소전을 나오니 유난히 파란 하늘이 눈에 가득 들어왔다. 집회가 워낙 빨리 끝나서 이제 겨우 정오가 되었을 뿐이었다. 한낮의 햇살은 제법 따가웠으나 공기가 워낙 맑아서인지 덥다는 느낌은 들지 않았다.

진산월이 막 자소전의 계단을 내려왔을 때, 누군가가 그에게로 다가왔다. 동중산이 부지불식간에 다가온 인물의 앞을 막아섰다.

그는 청삼에 청건을 한 각진 얼굴의 사나이였다. 그의 허리춤에 매달린 장검에 네 개의 매듭이 묶인 푸른 수실이 유난히 눈길을 끌었다.

동중산은 한눈에 그를 알아보았다.

"형산의 황일기 소협이구려. 이제 보니 사결검객이 된 모양인데, 진심으로 축하를 보내겠소."

"감사합니다. 동 대협도 그동안 무탈하신 것 같군요."

사나이는 다름 아닌 황일기였다. 동중산은 사 년 전에 소림사에서 그를 보았었는데, 그때에 비해 한결 침착하고 차분해진 그의 모습에 내심 고개가 끄덕여졌다. 아마도 사결검객에 올랐다는 자부심과 긍지가 그의 태도와 행동거지를 변모시킨 것 같았다. 그만큼 형산파 제자들에게 사결검객이 상징하는 의미는 남다른 것이었다.

주위를 지나던 많은 무림인들이 걸음을 멈춘 채 그들을 지켜보고 있었다. 가뜩이나 신검무적에게 관심을 기울이고 있는 상황에서 형산파의 고수가 찾아온 광경을 보았으니 그들의 이목이 집중되지 않을 수 없었을 것이다.

"그런데 본 파에는 무슨 일이시오?"

동중산의 물음에 황일기는 한 장의 배첩을 내밀었다.

"본 파의 수석장로께서 진 장문인께 만남을 청하셨습니다."

뜻밖의 말에 동중산은 그가 내민 배첩을 슬쩍 쳐다보았다.

종남파 장문인 친전.

형산 용성음(龍晟音) 배상.

대충 써 갈긴 듯한 글씨였음에도 은은한 품격이 느껴졌다.

형산파의 수석장로라면 무림구봉 중 일인으로 유명한 용선생이었다.

용성음은 아마도 용선생의 본명일 것이다.

용선생이 복잡한 자소전에서 이 배첩을 썼을 리는 없으니 아마도 미리 써 온 모양이었다. 그러고 보니 동중산은 자소전에서 용선생을 본 기억이 없었다. 용선생은 오늘의 집회가 예비 모임의 성격이 강한 것을 알고 참석하지 않은 게 분명했다.

"잠시만 기다리시오."

동중산이 배첩을 가져오자 진산월은 배첩을 펼쳐 보았다. 배첩의 내용은 짤막했다. 두 파의 현안을 논의하기 위해서 만남을 요청하는 글귀였다.

진산월은 황일기의 앞으로 다가왔다.

황일기는 정중하게 인사했다.

"진 장문인을 뵙니다."

예전과는 다른 예의 바른 모습이었다.

"오랜만일세. 그간 자네의 진경이 남달라 보이는군. 사결에 오른 걸 축하하네."

"감사합니다."

진산월은 거두절미하고 물었다.

"용선생께선 어디에 계시나?"

"수석장로께서는 우적지(禹迹池) 옆의 정자에서 장문인을 기다리고 계십니다."

"혼자 계시나?"

"그렇습니다."

"알겠네. 찾아뵙도록 하지."

진산월은 이내 종남파의 고수들에게 먼저 숙소로 가 있으라고 지시했다. 낙일방이 따라올 기색을 비췄으나 동중산이 한발 앞서 재빨리 나섰다.

"제가 장문인을 모시겠습니다."

진산월은 황일기의 안내를 받으며 우적지로 향했다.

주변에서 이를 지켜보던 무림인들이 웅성거리는 소리가 여느 때보다 크게 들렸다. 아마 조만간 무당산 전체가 지금의 일로 술렁거릴 게 불을 보듯 뻔했다.

우적지는 자소궁에서 조금 떨어진 곳에 위치해 있었다. 무당산 깊은 곳에서 흐르는 계곡물이 지나는 곳으로, 주위의 풍광이 뛰어나서 예로부터 명승지로 널리 알려져 있었다.

우적지 옆에는 제법 오래된 정자 하나가 놓여 있었는데, 정자 위에 푸른 학창의를 입은 초로의 중년인 한 사람이 단정한 자세로 앉아서 차를 마시고 있었다. 정갈하게 뒤로 묶은 머리에 한 마리 학을 연상케 하는 고고한 인상의 중년인이었다.

황일기와 동중산이 아래에 머물고 진산월이 혼자 정자 위로 오르자 중년인은 들고 있던 찻잔을 내려놓으며 담백한 눈으로 그를 바라보았다.

"이제야 만나게 되었군."

맑고 차분한 음성이었다.

진산월은 사 년 전에 멀리서 용선생을 본 적이 있었으나 가까이에서 만난 것은 이번이 처음이었다. 사 년 전이나, 지금이나 용선생은 달라진 것이 없어 보였다. 젊은이의 그것처럼 탄력 있고 혈색 좋은 피부도 그대로였고, 고고한 기상을 느낄 수 있는 현오한 눈빛과 차분한 음성도 마찬가지였다.

진산월이 알기로 용선생의 나이는 거의 구십에 가깝다고 했는데, 겉으로 보이는 그의 모습은 아무리 보아도 오십 대의 중년인이었다.

용선생은 진산월의 사조인 천치검 하원지보다도 배분이 높았고, 환우삼성과 동시대의 인물이었다. 형산파에서 그의 위치는 절대적이었고, 신망 또한 높았다.

아무리 진산월이 일파의 장문인이라고 해도 무림의 대선배 격인 그를 함부로 대할 수는 없었다.

"종남의 진산월입니다."

진산월이 정중하게 포권을 하자 용선생은 조용히 웃었다.

"반갑네. 내가 형산의 용성음(龍晟音)일세."

짐작대로 용선생의 본명은 용성음이었다.

"자리에 앉게."

진산월이 용선생의 앞에 마주 앉자 용선생은 예의 차분한 눈길로 그를 응시했다.

"자네에 대한 소문을 듣고 언제고 꼭 만나고 싶었네. 이제 이렇게 자네를 대하고 보니 마음이 무척이나 설레는군."

"좀 더 조용한 자리였으면 더 좋았을 것입니다."

"아무려면 어떠한가? 오늘같이 화창한 날에 이런 풍광 아래에서 만나는 것도 운치 있는 일이 아니겠나?"

진산월은 천천히 주위를 둘러보았다. 주변의 경치는 확실히 좋았다. 멀리 떨어진 숲과 우적지를 가로지르는 우적교 곳곳에서 적지 않은 사람들의 시선이 느껴졌으나, 풍광 자체는 나무랄 데가 없었다.

용선생도 보이지 않는 곳에 숨어서 자신들을 지켜보고 있는 많은 사람들의 시선을 느꼈는지 가볍게 혀를 찼다.

"쯧. 어차피 나중에 시간이 흐르면 알려질 일인데 어지간히도 성가시게 몰려드는군. 자네가 불편하면 사람들의 시선을 피할 수 있는 곳으로 자리를 옮겨도 좋네."

"저는 상관없습니다."

"그러면 좀 더 머물러 있도록 하지. 이 정자는 제법 노리는 사람들이 많아서 오늘같이 비어 있는 자리를 차지하기란 쉬운 일이 아니거든."

진산월은 문득 떠오르는 생각에 그를 쳐다보았다.

"그러면 오늘 집회에 나오지 않으신 것이……."

용선생은 희미하게 웃으며 고개를 끄덕였다.

"남들이 다 집회에 참석할 때 이곳의 빈자리를 차지하기 위해서였지. 쓸데없이 번잡스럽기만 한 모임에 억지로 나가는 것보다는 훨씬 더 유익한 일이었다고 생각하네."

"확실히 나쁘지 않은 선택이군요."

"자네도 그렇게 생각할 줄 알았네."

용선생은 찻주전자를 들어 보였다.

"용정차일세. 한 잔 마실 텐가?"

"사양하지 않겠습니다."

용선생은 진산월의 앞에 놓인 찻잔에 차를 따랐다. 그윽한 다향이 우러나오자 진산월은 서슴없이 찻잔을 들어 입가로 가져갔다.

"좋은 차로군요."

"이 근처에 괜찮은 약수터가 있다고 해서 그곳에서 찻물을 가져왔네. 그래서인지 오늘따라 차 맛이 일품일세. 나도 벌써 다섯 잔이나 마셨다네."

용선생은 비어 있는 그의 잔에 차를 따르고 자신도 한 잔 따라서 천천히 마셨다.

"흠. 이런 날 이런 곳에서 이런 차를 마실 수 있다는 것도 행복이지. 더구나 그 상대가 자네라니 모든 조건이 너무도 완벽하군."

진산월도 나쁜 기분은 아니었다.

용선생은 강호에 알려진 놀라운 위명과는 달리 소탈하고 쾌활한 사람이었다. 공연히 사람을 부담스럽게 하지도 않았고, 음침한 구석도 없었으며, 나이만큼 늙고 고루해 보이지도 않았다. 그리고 그의 말마따나 오늘의 날씨는 너무도 좋았고, 우적지의 경치는 감탄이 나올 정도로 뛰어났으며, 차 맛은 더할 수 없이 훌륭했다.

두 사람은 몇 잔의 차를 마시며 이런저런 담소를 나누었다. 모르는 사람들이 그들을 보았다면 친한 벗 두 사람이 뛰어난 경승을 배경으로 한적한 오후의 한때를 보내고 있는 것으로 생각할지도 몰랐다.

제법 큰 주전자의 물이 모두 떨어질 때가 되자 용선생은 가벼운 한숨을 불어 내쉬었다.

"후우. 이처럼 느긋하게 차를 마신 적이 언제였는지 기억도 나지 않는군. 요새는 영 이런저런 일로 심사가 복잡해서 말일세."

"무슨 심사가 그리도 복잡하셨습니까?"

용선생은 짐짓 진산월을 흘겨보며 가볍게 투덜거렸다.

"그게 모두 자네 때문이 아닌가? 목구멍 바로 밑에 칼날이 다가오는 것 같아서 늘 신경이 곤두서 있을 수밖에 없었네."

"어떻게 하면 그 칼날이 치워지겠습니까?"

"그거야 자네가 더 잘 알 게 아닌가?"

진산월은 담담한 시선으로 그의 눈을 가만히 들여다보았다.

"제가 치워 드린다고 해서 신경이 가라앉으시겠습니까?"

용선생은 피하지 않고 그의 시선을 받고 있더니 이윽고 고개를 끄덕였다.

"자네 말대로 칼날이 있든 없든 내 신경은 늘 곤두서 있겠지. 하지만 칼날이 눈앞에서 어른거리지만 않는다면 적어도 차 한 잔을 즐길 여유는 가질 수 있을 걸세."

"조만간 칼날은 치워지게 될 겁니다."

"언제 말인가?"

"선배님께서 정하시지요."

용선생은 희미하게 웃었다.

"배려해 주는 건가?"

"저야말로 그쪽의 배려를 바라고 있습니다."

"그렇게까지 말하니 무작정 기간을 늘릴 수는 없겠군. 삼 일 후가 어떤가? 시간도 이 시간으로 말일세."

"적당하다고 봅니다."

"방식은?"

"예전의 방식이 어떻습니까?"

용선생은 고개를 살짝 저었다.

"셋은 너무 적지 않은가? 다섯으로 하세."

"그렇게 하겠습니다."

"장소는 자네가 정해 보게."

진산월은 한 차례 주위를 둘러보았다.

"이곳의 풍광이 마음에 드는군요."

"역시 그렇지? 자네는 확실히 나와 통하는 데가 있군."

용선생은 혼잣말처럼 중얼거리더니 다시 한 차례 한숨을 내쉬었다.

"후우. 막상 정해지고 나면 마음이 가벼울 줄 알았는데 별로 그렇지도 않군."

"하지만 그 후에는 적어도 눈앞의 칼날은 보이지 않을 겁니다."

"그렇겠지. 하지만 어느 쪽이든 마음속의 칼날은 더욱 날카롭게 벼려지고 있을 걸세."

"강호에 몸을 담고 있는 한 그건 어쩔 수 없는 일이겠지요."

용선생은 물끄러미 진산월을 쳐다보고 있더니 이윽고 낮게 가라앉은 음성으로 말했다.

"자네는 나이답지 않군. 마치 오래된 옛 벗을 만난 것 같은 느낌이야."

"칭찬의 말씀으로 듣겠습니다."

"그렇다네. 다음에도 자네와 차 한 잔을 마실 기회가 있길 바라겠네."

"저는 아무 때고 상관없습니다."

"내가 문제란 말이겠군. 정말 그런가?"

용선생은 고개를 갸웃거리더니 피식 웃었다.

"삼 일 후를 기대해 보겠네."

"이만 가 보겠습니다. 그날 뵙도록 하지요."

진산월은 자리에서 일어나 그를 향해 정중하게 인사를 했다.

용선생은 가볍게 고개를 끄덕이는 것으로 그의 인사를 받았다.

진산월이 정자를 내려오자 딱딱하게 굳은 얼굴의 동중산이 그를 맞이했다.

"장문인."

진산월은 그의 어깨를 가볍게 두드렸다.

"오래 기다리느라 수고가 많았구나. 숙소로 돌아가자."

동중산은 무언가 하고 싶은 말이 많은 표정이었으나 아무 말도 하지 않고 진산월을 따라 몸을 움직였다. 우적지의 곳곳에 숨어서 정자를 지켜보던 많은 시선들이 그들에게 집중되었으나, 동중산의 신경은 온통 다른 것에 집중되어 있었다.

형산파와의 비무가 드디어 정해진 것이다.

날짜는 삼 일 후 정오.

장소는 이곳 우적지.

양 파에서 다섯 사람씩 나와서 승부를 가르는 방식이었다.

두 문파의 미래가 걸린 중요한 싸움이 예상치 못한 장소에서 너무도 갑작스레 결정되어 버린 것이다. 후일 많은 사람들이 '차 한 잔의 약속[一茶之約]'이라고 부르는 악산대전의 서막은 이렇게 시작되었다.

숙소로 돌아오는 길은 조용한 가운데 무거운 분위기였다. 항상 침착하고 차분했던 동중산은 연신 진산월의 기색을 살피고 있었고, 진산월은 무언가 깊은 상념에 잠긴 모습이었다.

"휴우."

몇 번이나 진산월에게 무어라고 말을 꺼내려다 입을 다문 동중산이 자신도 모르게 조그맣게 한숨을 내쉬자 진산월이 슬쩍 그를 쳐다보았다.

"할 말이 있으면 해 보거라. 비천호리답지 않게 무얼 그리 혼자

끙끙거리고 있는 게냐?"

동중산의 얼굴에 멋쩍은 미소가 떠올랐다.

"장문인의 표정이 너무 엄숙해 보여서 말씀을 건네기가 어려웠습니다."

"몇 가지 생각할 것이 있었다. 무슨 말을 하고 싶었던 게냐?"

동중산은 잠시 머뭇거리다가 어렵사리 입을 열었다.

"이번 일이 너무 순조롭게 진행되는 것 같아 오히려 마음이 불안합니다. 형산파와 싸우게 될 때까지 험난한 과정을 무수히 겪어야 할 줄 알았는데, 이렇게 쉽게 비무가 결정되리라고는 정말 상상도 못 했습니다."

진산월은 다소 어두워진 동중산의 표정을 가만히 바라보았다.

"형산파가 순순히 본 파와의 비무에 응하려고 나선 것이 이상하단 말이냐?"

"그렇습니다. 그들로서는 굳이 이렇게까지 하지 않아도 되는데 수석장로인 용선생이 직접 나서서 먼저 본 파와의 비무를 거론했으니, 그 속에 그들의 다른 의도가 숨어 있는 게 아닌지 불안한 생각이 들지 않을 수 없습니다."

진산월의 입가에 희미한 미소가 떠올랐다.

"재인(才人)은 다사(多思)가 병(病)이라고 하더니, 너는 정말 생각이 너무 많은 게 문제로구나."

동중산도 따라서 웃었으나 여전히 얼굴 한쪽에는 긴장한 기색이 역력했다.

"제가 재인은 아니지만 걱정이 많은 건 확실합니다. 그래서인지 이번 일에 대한 여러 가지 의심이 계속 생기는군요."

"어떤 점이 그리도 의심스러운 것이냐?"

"황일기는 중인환시리에 장문인을 찾아왔습니다. 용선생이 장문인을 기다리고 있던 우적지의 정자도 사람들의 시선이 쉽게 집중되는 장소였습니다. 제자는 그들이 너무 노골적으로 무림인들의 이목을 끌어모으고 있다는 것에 의구심이 듭니다."

"그리고 또?"

"아직 본 파에서 정식으로 안건을 제기하지도 않았는데 용선생이 먼저 본 파와의 비무로 이번 일을 결정짓자는 제안을 해 왔습니다. 구대문파에서 어떠한 의사도 내비치지 않은 상태에서 형산파가 독단적으로 이번 일에 대한 결정을 내린 셈입니다. 그간 그들이 본 파에 행한 여러 가지 일들을 생각해 보면, 그러한 그들의 의도가 마냥 순수한 것이라고는 믿어지지 않습니다."

진산월은 여전히 엷은 미소를 지은 채 동중산을 응시하고 있었다.

"그럴듯하구나. 또 있느냐?"

"용선생은 삼 일 후로 비무 날짜를 잡았는데, 그날은 곧 무림집회의 총회가 끝난 직후입니다. 따라서 무림집회에 참석했던 모든 무림인들의 이목이 자연스레 본 파와 형산파와의 비무에 집중될 것입니다. 그것은 자칫 비무의 분위기를 과열시킬 수 있으며, 어느 쪽이든 패한 문파에는 치명적인 결과를 초래하게 될 것이 분명합니다. 그들이 일부러 이렇게 백척간두(百尺竿頭)의 상황을 만든 것은 본 파와의 비무에서 승산을 장담하지 않고서는 이해하기 어려운 일입니다."

"……."

"게다가 비무에 출전할 고수들의 수가 다섯 명으로 늘어난 것도 형산파에 이로울 수밖에 없습니다. 본 파에서 비무에 참가할 인물은 대부분 정해져 있는 상황이니, 그들로서는 얼마든지 자신들에 유리한 상대를 골라 출전시킬 수 있게 되었습니다."

동중산은 마음속에 담은 말을 모두 토해 내듯 단숨에 꺼낸 후 무거운 한숨을 내쉬었다.

"이런 여러 가지 점들을 생각해 보니 제자로서는 우려하는 마음이 들지 않을 수 없습니다."

진산월은 조용한 음성으로 물었다.

"본 파가 그들에게 패할 것이 두려운 게냐?"

"본 파의 역량을 의심하지는 않습니다. 다만 제자는 자칫 그들의 술수에 빠져 본 파가 제 실력을 발휘하지 못하는 상황이 오게 되지 않을지 걱정스러울 뿐입니다."

진산월은 한동안 묵묵히 동중산을 바라보더니 이윽고 담담한 음성으로 입을 열었다.

"네가 걱정하는 바는 잘 알겠다. 사실 나도 그들의 의도가 마냥 순수하거나 올바르다고는 생각지 않는다. 겉으로는 단순한 제안인 것 같아도 여러 가지의 은밀한 노림수를 내포하고 있겠지. 하지만 어차피 결과는 양 파의 대결로 결정될 것이다. 가장 순수하고 절대적인 무림의 법칙으로 판가름 난다는 말이지. 형산파도 그것을 알고 있기에 더 이상의 불필요한 시비를 벌이지 않고 선뜻 비무를 제안해 온 것일 게다."

진산월의 음성은 그리 크지 않았으나 동중산의 귀에는 다른 어떤 울림보다도 묵직하고 진중하게 들려왔다.

"변칙은 한순간의 이로움을 줄지 몰라도 결국은 정도(正道)를 당해 내지 못한다. 우리가 정도를 꿋꿋이 걷는다면 그들이 어떠한 수를 부린다 할지라도 반드시 승리를 쟁취할 수 있을 것이다. 그리고 이번 일에는 다른 무엇보다도 정도가 필요한 법이다."

구대문파를 위시한 모든 무림인들이 형산파와 종남파의 일거수일투족에 온통 관심을 집중시키고 있었다. 이런 상황에서 섣부른 수작을 부리거나 술수를 쓰려 한다면 오히려 주위의 비난을 받거나 낭패스런 처지에 빠지게 될지도 몰랐다. 그러니 형산파가 바보가 아니라면 세간의 이목이 몰려 있는 이런 상황에서 허튼수작을 부리려 하지는 않을 것이다.

동중산도 그 점을 알고 있지만 그래도 마음속에 한 가닥 불안감은 가시지 않았다.

그것은 그만큼 이번 일에 너무도 많은 것이 걸려 있기 때문이었다.

종남파가 비무에서 승리한다면 형산파에 빼앗겼던 구대문파의 자리를 되찾을 수 있을 것이다. 그것은 오랫동안 모든 종남파의 문인들이 너무도 간절히 갈구해 왔던 염원이었으며, 그것을 위해서는 어떠한 희생도 치를 각오가 되어 있었다.

형산파 또한 마찬가지였다. 만일 형산파가 비무에서 승리한다면 턱밑의 칼날 같았던 종남파를 따돌리고, 구대문파 내의 지위를 확고히 할 수 있을 것이다.

문제는 어느 누구도 비무의 승패를 예측하기 힘들다는 것이었다.

신검무적이라는 절대적인 패(牌)를 가지고 있는 종남파와의 대결에 형산파가 선뜻 나섰다는 것은 그들이 무언가 그에 맞설 수 있는 비장의 한 수를 지니고 있다는 의미였다.

동중산은 용선생이 오 대 오(五對五)의 비무를 제안한 것이 그 수의 일환이 아닐까 생각하고 있었다.

신검무적을 제외하고 종남파에서 확실하게 내세울 수 있는 고수는 성락중과 낙일방뿐이다. 그들은 형산파의 오결검객에 뒤지지 않는 무공을 지니고 있으나, 그렇다고 우세를 장담할 수 있는 수준도 아니었다.

만에 하나 그들 중 한 사람이라도 패하게 된다면 아무리 신검무적이 있는 종남파라고 할지라도 치명적인 열세에 놓이게 될 것이다.

반면에 그들 두 사람이 모두 승리를 하게 된다면 종남파가 절대적인 우세를 점하게 될 것이 분명했다.

그렇다면 혹시 형산파는 성락중과 낙일방에게 승리할 확고한 자신을 가지고 있는 것이 아닐까?

동중산이 우려하는 것도 바로 이 점이었다. 동중산은 형산파가 이미 비무에 대한 절대적인 승산을 염두에 두고 이번 일을 진행하는 것이 아닐까 하는 의구심 때문에 불안함을 감추지 못하고 있는 것이다.

하나 어찌 되었든 비무는 결정되었다.

이제는 정말 진검승부만이 남았을 뿐이었다. 그리고 그것은 출전자들이 자신의 모든 것을 내건 혼신의 대결일 것이다.

동중산으로서는 그저 그 대결에서 종남파가 승리할 수 있게 되기를 간절히 바랄 수밖에 없었다.

동중산이 가슴 한구석에 도사리고 있는 불안감을 씻지 못하고 근심 어린 표정을 짓고 있을 때였다. 멀지 않은 곳에서 일단의 무리들이 자소전 쪽으로 걸어가고 있었다.

주위에 있던 무림인들이 그들을 보고 웅성거리는 소리에 문득 정신을 차린 동중산은 그들이 하나같이 거친 인상에 날카로운 눈빛을 지닌 고수들임을 알아차리고 내심 의아함을 금치 못했다.

'처음 보는 자들이로군. 기세가 거친 걸 보니 정파의 인물들은 아닌 것 같은데, 대체 어느 파의 고수들이지?'

그들은 모두 다섯 명의 남자들이었는데, 의복도 제각각으로 달랐고 나이나 기풍도 판이해서 외관만으로는 도저히 어느 문파의 고수들인지 짐작도 가지 않았다.

그들 중 가장 뒤쪽에 짙은 청삼을 입은 중년인 한 사람이 유유자적한 걸음으로 걷고 있는 모습이 유난히 시선을 끌었다.

청삼 중년인은 다른 네 사람과는 달리 이목구비가 수려하고 기풍이 부드러워서 그들과 전혀 어울려 보이지 않았다.

그때 청삼 중년인의 시선이 동중산 쪽으로 향했다.

청삼 중년인의 눈빛이 유난히 날카롭게 번뜩인다고 생각한 순간, 그의 입가에 한 줄기 희미한 미소가 떠올랐다. 그것은 무어라고 표현하기 힘든 야릇한 미소였다.

생면부지의 인물이 자신을 향해 기이한 미소를 지어 보이자 동중산은 의아한 표정이 되었다가 문득 떠오르는 생각이 있어 자신의 뒤를 돌아보았다. 그의 뒤에는 진산월이 서 있었다. 그제야 동중산은 청삼 중년인이 웃어 보이는 상대가 자신이 아니라 진산월임을 알아차렸다.

진산월의 얼굴은 여전히 무심했으나, 동중산은 그의 눈빛이 여느 때보다 차갑게 굳어 있음을 알 수 있었다.

동중산이 그 눈빛에 서린 기운에 순간적으로 멈칫거릴 때, 귓전으로 진산월의 전음이 들려왔다.

─저들이 누구인지 알아보도록 해라.

동중산은 살짝 고개를 끄덕이고는 이내 한쪽으로 걸음을 옮겼다.

진산월은 그때까지도 청삼 중년인에게서 시선을 떼지 못하고 있었다. 청삼 중년인은 그를 향해 다시 한 차례 의미를 알기 힘든 미소를 지어 보이고는 자소전 쪽으로 사라져 갔다.

진산월은 누구보다 침착하고 냉정한 사람이었으나, 지금은 순간적으로 마음속의 격동을 억누르기 힘들었다.

청삼 중년인은 바로 당각과의 대결 전야에 그를 찾아와 여섯 개의 발자국을 남기고 사라진 신비의 인물이었던 것이다.

진산월은 그 여섯 걸음이 무염보의 후반부라고 추측하고 있었다. 이백 년 동안이나 강호에서 사라졌던 무염보의 비밀을 알고 있으리라 짐작되는 그인데, 정체는 물론이고 정확한 이름도 알지 못해서 그동안 진산월은 마음속의 답답함이 이루 말할 수 없을 정도였다.

한데 뜻밖에도 무당파의 본거지 한복판에서 그를 다시 보게 되었으니 진산월로서는 대체 그의 진실한 정체가 무엇인지 궁금하지 않을 수 없었다.

과연 청삼 중년인이 남긴 여섯 개의 발자국은 무염보의 흔적이 맞는 것일까? 만약 그렇다면 청삼 중년인은 어떻게 이백 년간이나 실전되었던 무염보를 알고 있는 것일까?

그가 그날 밤에 진산월을 찾아온 이유는 무엇이며, 그가 밝히지 않은 종남파에 관한 옛이야기와 보법에 얽힌 사연은 무엇일까?

그때 그는 진산월에게 자신의 이야기를 듣고 싶으면 살아남으라고 말했다.

진산월은 당각과의 대결에서 살아남았고, 전혀 뜻하지 않은 곳에서 그를 다시 만나게 되었다. 이것은 모두 그의 의도인가? 아니면 순전히 우연인가?

숱한 의문이 머리를 어지럽히고 있을 때, 때마침 동중산이 돌아왔다.

진산월은 나직한 음성으로 물었다.

"그들이 누구인지 알아보았느냐?"

"예. 다행히 그들의 등장이 워낙 소란스러워서 어렵지 않게 알 수 있었습니다."

"그들이 누구냐?"

동중산의 대답은 진산월의 예상을 벗어난 것이었다.

"그들은 강북녹림맹의 고수들입니다. 내일의 집회에 참석하기 위해 왔다고 하더군요. 그리고 청삼인은 강북녹림맹의 총표파자라고 합니다."

"강북녹림맹의 총표파자?"

"예. 그가 바로 십절산군 사여명입니다."

제 309 장
고인고사(古人古事)

제309장 고인고사(古人古事)

숙소로 돌아온 진산월은 제일 먼저 사숙인 성락중을 찾아갔다.

조용히 진산월의 말을 듣고 있던 성락중은 그의 말이 끝나자 진중한 표정으로 입을 열었다.

"생각보다 수월하게 자리가 마련되었군. 수고가 많았네. 이제 문제는 삼 일 후의 비무에서 어떤 결과를 얻게 될 것인가일 텐데, 각 파에서 다섯 명씩 나오기로 한 게 마음에 걸리는군. 자네의 생각은 어떠한가?"

성락중의 말마따나 오 대 오의 대결은 종남파에 불리한 면이 적지 않았다. 형산파에서는 다섯 명 모두 오결검객이 나올 게 뻔한데, 종남파의 고수들 중 그들과 대결할 수 있는 사람은 장문인인 진산월 외에 성락중과 낙일방 정도였다.

진산월은 생각해 놓은 것이 있는지 주저하지 않고 말했다.

"우선은 육 사숙의 도움을 받을까 합니다."

육천기는 경요궁의 궁주이며 당금 무림에서 수공에 관한 한 최절정의 고수로 알려져 있었다. 비록 그가 종남파에 입문한 시기는 얼마 되지 않았으나, 그의 성정으로 보아 이번 비무에 기꺼이 참여할 것이 분명했다.

성락중은 고개를 끄덕였다.

"그분이라면 능히 한 자리를 담당할 수 있겠지. 남은 한 자리는 누구를 생각하고 있나?"

진산월을 바라보는 성락중의 얼굴에는 전흠이 들어오길 바라는 마음과 바라지 않는 마음이 엇갈리는 듯한 표정이 떠올라 있었다.

사부인 전풍개의 일과 조부의 염원을 이루어 주려는 전흠의 사정을 생각해 본다면 마땅히 그가 선발되기를 바라야 하나, 그의 무공이 아직 형산파의 오결검객을 당해 내기에는 무리가 있다고 보기에 저어하는 마음도 없지 않았던 것이다.

이번 대결은 단순한 비무가 아니라 문파의 부흥을 결정짓는 너무도 중차대한 싸움이었다. 만약 전흠이 나섰다가 패하기라도 한다면 그 개인이 받는 타격도 엄청날뿐더러 자칫 비무 전체의 승패가 갈릴지도 모르는 일이었다.

하지만 그렇다고 전흠을 제외한 다른 사람을 고른다는 것도 쉬운 일은 아니었다. 벼르고 별렀던 형산파와의 싸움에서 출전조차 하지 못하게 된다면 전흠의 실망감과 좌절감은 이루 말할 수 없을 것이다.

게다가 전흠 외에는 임영옥이 있을 뿐인데, 그녀의 무공 수준이 어느 정도인지 정확히 알 수 없다는 것도 불안한 일이었다.

한수에서 잠깐 실력의 일단을 드러냈던 그녀는 어찌 된 일인지 그 후로는 거의 방 안에 칩거하여 좀처럼 바깥출입을 하지 않고 있었다. 그래서 다른 사람들은 그녀의 몸 상태가 썩 좋지 않은 것은 아닌지 걱정하고 있는 실정이었다.

"일단은 두 사람과 이야기를 나누어 보고 결정할 생각입니다. 그리고 그 때문에 사숙께 한 가지 양해를 구해야 할 것이 있습니다."

"무언가? 말해 보게."

진산월은 천천히 자신의 생각을 털어놓았다.

그녀의 방문이 보이자 진산월은 한 차례 숨을 가다듬었다.

그녀를 만날 때마다 늘 가슴이 설레면서도 묘한 긴장감이 느껴지고는 했다. 특히 최근에는 더욱 그러했다.

진산월은 굳이 그 이유를 알고 싶지 않았다. 그저 자신의 마음이 움직이는 대로 따라가고자 했다. 물론 그것은 쉽지 않은 일이었다.

지금도 마찬가지였다. 편안한 얼굴로 그녀와 마주해 이번 일에 대한 그녀의 의중을 물어야겠다고 생각했지만, 막상 그녀의 방문을 보자 또 마음이 흔들렸다.

그는 다시 한 차례 숨을 찬찬히 내쉰 후 그녀의 방문을 두드렸다.

"사매, 나야."

조용한 그녀의 음성이 들려왔다.

"들어오세요."

진산월은 방문을 열고 안으로 들어갔다.

그녀 특유의 향내가 은은히 느껴지자 그의 입가로 자신도 모르게 엷은 미소가 떠올랐다. 언제 맡아도 사람의 마음을 평안하고 아늑하게 만들어 주는 내음이었다.

촛불 아래 내비치는 그녀의 눈빛은 유난히 영롱하게 반짝였다. 진산월은 가만히 그 눈을 바라보다가 그녀의 앞에 가서 앉았다.

두 사람의 시선이 흐릿한 촛불과 뒤섞이자 무어라 형용키 어려운, 부드럽고 따스한 기운이 감도는 것 같았다.

흔들리는 촛불이 그녀의 얼굴에 짙은 음영(陰影)을 드리우자 그녀는 한없이 창백하고 핼쑥해 보였다. 그리고 그만큼 아름다워 보였다.

진산월은 나직한 음성으로 물었다.

"몸은 어때?"

그녀는 살짝 미소 지었다.

"많이 좋아졌어요."

한수에서 전흠을 구하기 위해 무공을 사용한 후 그녀는 솟구치는 음기를 다스리는 데 애를 먹고 있었다. 며칠간 그녀가 바깥출입을 자제하고 방에만 머물러 있는 것도 음기를 가라앉히기 위한 운공에 몰두해 있기 때문이었다.

진산월은 그녀에게 손을 내밀었다. 그녀는 피하지 않고 마주 잡았다. 그녀의 손은 여전히 차가웠으나, 며칠 전에 비해서는 그래도 약간의 온기가 감돌고 있었다.

이대로 요양을 계속한다면 음기를 잠재우는 일은 어렵지 않을 것이다. 비록 음기와 양기의 충돌이라는 근본적인 문제는 여전히 남아 있겠지만, 적어도 그녀의 신상에 당장의 큰 위험은 없을 것이다.

무공만 사용하지 않는다면 말이다.

진산월은 그녀의 손을 잡은 채로 형산파의 용선생을 만나고 온 이야기를 해 주었다.

조용히 그의 말을 듣고 있던 그녀는 나직한 음성으로 물었다.

"비무에 나갈 사람은 모두 정했나요?"

진산월은 그녀의 두 눈을 빤히 응시하다가 천천히 고개를 끄덕였다.

방금 정했다. 그녀의 손을 잡은 직후에 말이다.

그녀는 다시 물었다.

"전 사제는?"

진산월은 묵묵히 고개만 끄덕거렸다.

그녀는 갑자기 나직한 한숨을 내쉬었다. 진산월은 묻지 않아도 그 한숨의 의미를 알 수 있었다.

진산월은 그녀의 손을 쓰다듬었다.

"너무 걱정하지 마. 전 사제에게까지 무거운 짐이 돌아가는 일은 없도록 할 거야."

그녀는 아무 말 없이 고개를 숙였으나 얼굴에는 숨길 수 없는 수심이 감돌고 있었다. 그토록 바라왔던 구대문파로의 복귀가 코앞으로 다가왔는데, 자신이 아무런 역할도 할 수 없다는 것이 그녀를 한없이 우울하게 만들었다. 그리고 그 때문에 문파의 다른 사람들에게 너무 무거운 책임을 지게 한 것이 가슴을 아프게 했다.

진산월은 그녀의 몸을 품 안으로 끌어당겼다. 그녀는 아무런 저항도 없이 안겨 왔다. 진산월은 아무 말 없이 그녀의 머리를 쓰다듬었다.

어설픈 위로의 말 따위는 하지 않았다. 그저 그녀가 이 자리에 있는 것만으로도 충분한 가치가 있다는 것을 그녀가 알기를 바랐다.

잃어버린 본산을 찾기 위해 한겨울의 매서운 산바람을 맞으며 종남산 자락을 내려다보던 그 순간에 그녀가 옆에 있어 주기를 얼마나 간절히 바랐던가? 몇 사람 되지 않는 제자들만으로 거대한 초가보를 공격하기 위해 산문을 등지고 나설 때에도 그녀의 빈자리로 인해 얼마나 공허했던가?

이제 그녀는 자신의 품속에 있다. 그녀가 곁에 있다는 것만으로도 진산월은 천군만마를 얻은 것처럼 다른 어떤 것도 두렵지 않았다.

자신의 그런 심정이 그녀에게 전해지기를 바라는 것처럼 그는 그녀를 힘껏 끌어안았다. 그녀의 몸은 여전히 차가웠지만 그에게는 다른 어떤 여인의 몸보다 부드럽고 따스하게 느껴졌다.

"무당산의 일이 모두 끝나면 강남 지방에 가 보자."

난데없는 말에 그녀는 살짝 고개를 들어 그를 올려다보았다.

그녀의 기다란 속눈썹이 가늘게 떨렸다.

"본 파로 돌아가지 않고 말이에요?"

"절강성에 있는 보타산 청조각의 신공이 음한지기를 다스리는 데는 최고라고 하더군. 그들의 신공이라면 사매의 몸도 완치시킬 수 있을 거야."

그녀의 눈빛이 잠시 아련해졌다.

"보타산이라……. 너무 먼 길이네요."

"한수에서 배를 타고 장강을 거슬러 가면 그리 오래 걸리지도 않을 거야."

임영옥은 여전히 근심 어린 기색이었다.

"그들이 선뜻 자신들의 신공을 알려 주려고 할까요?"

"성 사숙의 말씀이 사실이라면 그 신공이 본 파의 무공과 어떤 식으로든 관련이 있을 거야."

"만약 그들이 그 사실을 부인한다면?"

진산월은 한동안 입을 다물고 있다가 이윽고 낮게 가라앉은 음성으로 말했다.

"그들의 신공이 본 파의 무공과 아무 관련이 없다는 증거가 있기 전에는 감히 그러지 못할 거야. 그게 아니라면, 어느 쪽이든 슬픈 일이 벌어지겠지."

임영옥은 그의 손을 꼬옥 잡았다.

"너무 무리하게 일을 진행하지는 마요."

진산월은 희미하게 웃었다. 왼쪽 뺨의 칼자국 때문에 어딘지 모르게 결연한 빛이 느껴지는 웃음이었다.

"청조각의 전인에게 신세 진 일도 있는데, 그들을 강제하지는 않을 거야. 그들에게 진상을 밝힐 충분한 기회를 줘야지."

임영옥은 아무리 그가 강제하지 않는다고 해도 신검무적이라는 그의 명성으로 볼 때 그가 청조각을 찾아가는 일 자체가 그들에게는 말할 수 없는 압력이 될 것이라고 생각했으나, 굳이 그 점을 입에 꺼내지는 않았다.

대신 다른 이야기를 했다.

"청조각의 전인이라면 이동심 소저 말이군요."

"그래."

"그러고 보니 청조각에서는 이번 집회에 오지 않았군요."

"나도 은근히 그들이 오기를 기대했는데 조금 아쉽더군. 그랬다면 어쩌면 절강성까지 가지 않아도 되었을 텐데 말이지."

임영옥은 차가운 손으로 그의 손등을 가만히 어루만져 주었다.

"나 때문에 너무 서두르거나 초조해 하지 마요. 나는 충분히 기다릴 수 있으니."

진산월은 고개를 끄덕였다.

"그렇게 할게."

진산월이 그녀의 방에서 나온 것은 밤이 제법 깊은 시각이었다.

그녀의 방에 촛불이 꺼진 것을 보고서야 그는 자신의 방으로 돌아갔다. 달도 없는 어두운 밤하늘을 잠시 올려다보는 그의 눈빛은 유난히 침침하게 가라앉아 있었다.

막 방문을 열고 자신의 방으로 들어가려던 진산월은 잠시 손을 멈추었다. 그러다 천천히 방문을 열었다.

칠흑같이 어두운 방의 한쪽 의자에 한 사람이 앉아 있었다. 유난히 눈부신 청삼이 시야에 가득 들어왔다. 시선이 마주치자 그 사람은 하얀 이를 드러내며 살짝 웃었다.

"주인도 없는 방에 허락도 없이 들어와 있어 미안하네. 아무리 기다려도 자네가 오지 않기에 잠시 실례를 했네. 주위의 시선을 의식하지 않을 수 없어서 말이지."

특유의 조용하고 차분한 음성이었다.

진산월은 묵묵히 그를 보고 있다가 천천히 방 안으로 들어왔다.

그러고는 담담한 눈으로 그를 바라보았다.

"귀하가 조만간 나를 찾아올 거라고 생각했소. 사 맹주, 아니면 사백이라고 불러야 하오?"

청삼 중년인, 강북녹림맹의 총표파자인 십절산군 사여명은 한 동안 아무 대꾸 없이 진산월을 응시하더니 이윽고 한숨을 불어 내 쉬었다.

"사백이라. 내게는 너무도 낯선 단어로군. 내 정체를 어떻게 알았나?"

"당신이 남겨 준 여섯 발자국이 무염보라는 걸 알았을 때, 무염보를 얻을 수 있을 만한 사람이 누구일까 생각했소. 그리고 이십여 년 전에 네 권의 무공비급과 함께 갑작스럽게 사라진 누군가가 떠올랐지."

진산월은 사여명의 얼굴을 뚫어지게 바라보았다.

"다시 묻겠소. 내가 귀하를 무어라고 불렀으면 좋겠소?"

사여명은 잠시 눈을 감았다가 다시 떴다. 그 순간 사여명은 평상시의 냉정하고 침착한 모습으로 되돌아와 있었다.

"맹주라 불러 주게. 나는 이미 오래전에 종남파를 떠난 사람이니까."

사여명은 다름 아닌 종남파의 전대 고수인 운중안 강일비의 분신이었다.

강일비는 진산월의 사부인 태평검객 임장홍의 사형이었으며, 한때 종남파에서 가장 촉망받는 최고의 기재였다. 하나 모든 사람의 기대를 한 몸에 받았던 그는 기산취악이 벌어진 후 방황하다 종남파를 등졌고, 그 뒤로 소식이 끊기고 말았다.

나중에야 진산월은 강일비의 형인 강일산을 통해 강일비가 우연히 종남오선의 일인인 비선 조심향의 네 가지 무공비급을 입수했으며, 그 사실을 종남파에 알리라는 강일산을 뿌리치고 모습을 감추었다는 것을 알게 되었다.

그때 강일비가 입수한 네 가지 비급 중 하나가 바로 '무염보요결'이었다.

진산월은 자신에게 무염보를 알려 준 청삼 중년인의 정체를 고민하다가 오래전에 사라진 강일비를 떠올리게 되었던 것이다. 친형마저 뿌리치고 홀연히 모습을 감춘 강일비가 어떻게 이십 년 만에 강북녹림맹의 총표파자가 되어 나타났는지는 알 수 없었지만, 진산월로서는 어떤 식으로든 강일비와의 관계를 정립할 필요가 있었다.

그리고 강일비는 지금 분명한 대답을 했다. 자신은 더 이상 종남파의 운중안이 아니며, 강북녹림맹의 총표파자인 십절산군 사여명이라고.

　그 순간 진산월의 마음 한구석에 휘몰아친 감정이 어떠한 것이었는지는 누구도 알지 못할 것이다. 이렇게 종남파의 옛사람 하나가 또 떠나간다는 아쉬움인지, 아니면 종남파의 실전된 무공을 지니고 있는 자가 종남파의 문하임을 부인하는 것에 대한 실망감인지.

　진산월은 의미를 알 수 없는 눈으로 강일비를 가만히 바라보다가 낮게 가라앉은 음성으로 입을 열었다.

　"귀하의 의견을 존중하겠소. 우선 일전의 도움에 감사드리오. 덕분에 당각과의 대결에서 승리할 수 있었소."

　진산월은 그를 향해 정중하게 포권을 했다. 격식 있고 예의를 갖춘 인사였으나, 그것은 상대를 같은 문파의 어른이 아닌 타인으로 대접하겠다는 의사 표시나 마찬가지였다.

　강일비의 얼굴에 한 줄기 고소가 스치고 지나갔다.

　"그건 모두 자네의 공일세. 나야 그저 가벼운 조언 몇 마디를 했을 뿐이지."

　"가벼운 건 아니었소."

　강일비는 피식 웃고 말았다.

　"그렇다고 해 두지."

　"사 맹주께서 나를 다시 찾아온 건 내가 귀하와 이야기를 나눌 자격이 되었기 때문이오?"

강일비는 이미 오래전에 종남파를 떠났다고 스스로의 입으로 말했으나, 막상 진산월의 입에서 '사 맹주'라는 말이 나오자 가슴 한구석에 묘한 씁쓸함이 느껴졌는지 눈빛이 깊게 가라앉았다.

"그 말이 신경 쓰였던 모양이군."

"한 문파의 장문인으로서 의당 알고 있어야 할 문파의 옛이야기를 들을 자격조차 없다는데 아무렇지도 않을 수는 없지 않겠소?"

"자네 입장에서는 그렇게 생각할 수도 있겠군. 나는 단지 대적(大敵)을 앞에 두고 자네가 다른 일에 너무 신경을 곤두세우지 않기를 바랐던 것일세. 확실히 이제 자네는 내 이야기를 들을 자격이 되었네."

"경청하겠소."

"어떤 것이 듣고 싶나?"

"사 맹주께서 하고 싶은 이야기를 해 주시오."

강일비는 허공을 올려다보며 소리 없이 웃다가 고개를 절레절레 흔들었다.

"정말 만만치가 않은 사람이군. 그럼 오늘은 두 가지에 대해서만 이야기해 주겠네."

"그게 무엇이오?"

"무염보와 난화지일세."

두 가지 무공 모두 비선 조심향 이후 사라진 종남파의 전설적인 신공절학이었다. 최고의 보법이라는 무염보와 당시 강호제일의 지법으로 알려졌던 난화지. 당대에 조심향이 무염보를 밟으며 다가와 난화지를 펼치면 주위가 온통 꽃 그림자로 뒤덮였고, 그 안에 갇힌 자는 전신이 피로 물든다고 했다.

강일산에게 듣기로 강일비가 얻은 네 가지 무공비급은 무염보와 난화지 외에 염화옥수와 칠음진기에 대한 것이었다. 진산월은 강일비가 사대절학을 얻은 것이 맞는다면 다른 무엇보다 칠음진기에 대한 것을 알고 싶었다. 그리고 강일비가 지난 세월을 어떻게 보내 왔는지, 몇십 년간 친형인 강일산을 이씨세가의 감옥에 방치해 둔 이유가 무엇인지도 궁금했다.

"다른 이야기는 하지 않을 셈이오?"

강일비는 살짝 고개를 저었다.

"다른 이야기는 다음에 하지."

"내가 그 이야기들을 들을 자격이 안 되기 때문이오?"

"자격 문제가 아니라 시기 문제라고 해 두세."

"어떤 시기 말이오?"

강일비는 대답하지 않고 엉뚱한 이야기를 꺼냈다.

"삼 일 후에 형산파와 비무를 한다고 하더군. 그게 사실인가?"

진산월은 이미 그에 대한 소문이 무당산 전체에 파다하게 퍼져 있음을 알기에 주저하지 않고 고개를 끄덕였다.

"그렇소."

"그 비무에서 이기면 자네가 듣고 싶은 이야기를 해 주겠네. 그러니 오늘은 내가 하고 싶은 이야기만 듣도록 하게."

진산월은 강일비의 의중을 파악하려는 듯 그를 가만히 바라보았으나, 그의 얼굴에는 엷은 미소만이 떠올라 있을 뿐이어서 속마음을 전혀 짐작조차 할 수 없었다.

"만약 비무에서 패하게 되면 더 이상의 이야기는 들을 수 없는 거요?"

강일비의 미소가 조금 더 짙어졌다.

"승리할 자신이 없나?"

"강호의 싸움이라는 것이 자신감만 가지고 이기는 것은 아니라서 말이오."

"신검무적답지 않은 말이로군."

"강호에서 절대적인 것은 없지 않겠소?"

강일비는 더 생각할 것도 없다는 듯 이내 단호한 음성으로 잘라 말했다.

"승리가 없다면 해야 할 이야기도 없네. 우리는 그저 각자의 길을 가면 되는 걸세."

"지금처럼 말이오?"

"그렇지."

"그러면 이제 무염보에 대한 이야기를 들어 봅시다."

막상 이야기할 때가 되자 강일비는 잠시 허공을 응시한 채 무언가 상념에 잠긴 모습이었다. 진산월은 조용한 눈으로 그를 지켜보고만 있었다.

잠시 후, 다시 시선을 내린 강일비는 이윽고 천천히 입을 열었다.

"무염보는 비선의 절학으로 유명하지만, 원래 그 연원은 종남파의 팔대(八代) 제자였던 임소군(任素君)까지 거슬러 올라가네.

임소군은 신법과 보법에 특히 재질이 뛰어나서 산화삼십육보(散花三十六步)라는 절학을 만들었는데, 그 보법을 후대에서 계속 발전시켜 나갔네. 그러다 십대(十代)의 옥시음(玉時音)이 서른여섯 걸음을 스물네 걸음으로 줄였고, 말년에 자신이 평생 연구한 보법의 이론을 심득으로 남겼네. 그리고 그녀의 심득을 정리하여 무염보란 이름을 붙인 사람은 십일대 장문인이었던 유백석이었네."

유백석은 종남파의 최고 고수들인 종남오선을 실질적으로 키웠을 뿐 아니라, 종남파가 강호제일의 문파가 되는 초석(礎石)을 다진 인물이었다.

유백석은 옥시음의 심득을 연구하여 몇 가지 개념을 정립했고, 그것을 신법에 특출한 재질을 지닌 조심향에게 전수해 주었다.

하나 옥시음의 심득은 너무 막연했고, 유백석 또한 그 보법에 대한 개념만 정리했을 뿐 막상 체계화시키지는 못한 상태였다. 막연한 보법의 이론을 실제로 현실화시킨 것은 순전히 조심향 본인의 재질과 노력 덕분이었다.

그녀는 다소 난삽했던 무염보의 걸음을 열여덟 걸음으로 줄였고, 그 보법으로 한 시대를 풍미했다. 그녀가 사라진 후 종남파에서 무염보의 맥이 끊어진 것도 그녀 외에 누구도 무염보를 완벽하게 터득하지 못했기 때문이었다.

무염보의 내력에 대한 이야기는 제법 흥미로웠으나, 진산월이 진정으로 궁금한 것은 그것이 어떻게 종남파와는 아무런 관련도 없는 낙양 석가장의 철혈홍안에게 전해졌느냐는 것이었다. 또한 강일비가 그 비급을 얻은 것이 순전한 우연인지도 의문스러웠다.

"무염보에 대한 이야기는 그게 끝이오?"

진산월이 다소 실망스럽다는 표정을 숨기지 않자 강일비는 고개를 저었다.

"아직 한 가지가 더 남았네."

"그게 무엇이오?"

"무염보가 어떻게 지금까지 남아 있게 되었는지에 대한 이야기일세."

진산월의 눈빛이 여느 때보다 날카롭게 빛났다.

"말씀해 보시오."

"무염보의 주인은 비선 조심향일세. 그리고 조심향은 자신의 절학을 후인(後人)에게 남겼네."

항상 침착함을 잃지 않았던 진산월도 지금은 놀라움을 금할 수 없었다.

"비선에게 후인이 있었단 말이오?"

"그녀도 사람인데 어찌 후인이 없겠나?"

"그 후인이 누구요?"

진산월이 급히 물었으나 강일비는 얄밉도록 냉정하게 잘라 말했다.

"그건 무염보와 관련이 없는 이야기일세."

진산월로서는 맥이 풀릴 수밖에 없었다.

"그 이야기도 시기가 필요한 거요?"

"그렇다고 해 두세."

"그래서 무염보는 비선의 후인들에게 대대로 전해져 온 거요?"

"한동안은 그렇게 내려왔지. 그러다 어느 순간에 후인들 사이에 분란이 생겼네. 그들은 두 파로 갈렸고, 무염보요결도 두 개로 나뉘었지."

"그중 하나가 사 맹주께 전해진 것이오?"

"결론적으로 말하면 그렇지."

"그게 무슨 말이오?"

"중간에 여러 가지 일들이 있었다는 뜻일세. 아무튼 나는 운 좋게도 무염보의 여섯 걸음을 얻게 되었고, 그걸 자네에게 전한 걸세."

"그럼 내가 얻었던 열두 걸음은 다른 한쪽으로 전해진 것이었단 말이오?"

강일비는 빙글거리며 웃었다.

"자네가 그걸 어디서 얻었는지 내가 어떻게 알겠는가?"

진산월은 그의 눈을 뚫어지게 바라보다가 한 자 한 자 분명한 음성으로 말했다.

"나는 낙양 석가장의 철혈홍안에게서 열두 걸음을 배웠소. 그럼 그녀가 비선의 후예 중 하나란 말이겠구려?"

"나는 그녀가 아닌데 그녀가 누구의 후예인지 어떻게 알겠나? 정 궁금하면 당사자에게 직접 물어보도록 하게."

진산월이 다시 무어라고 물으려 할 때 강일비는 재빨리 화제를 바꾸었다.

"그럼 이제 난화지에 대한 이야기를 해 주겠네."

진산월로서는 그저 아쉬움의 목소리를 속으로 삼킬 수밖에 없었다.

"난화지는 원래 옥시음의 취란십이수(聚蘭十二手) 중의 절초인 난향만적(蘭香滿跡)에서 파생된 무공일세. 옥시음의 취란십이수는 여인들이 익히기에 적합한 무공이긴 했지만, 위력 자체는 그다지 강하지 않았네. 하나 마지막 초식인 난향만적만큼은 다른 어떠한 절학에 뒤지지 않는 뛰어난 위력을 지니고 있었지. 옥시음은 이 난향만적만을 따로 떼어 내어 하나의 무공으로 만들려고 했고, 자신의 유진(遺眞) 말미에 그에 대한 심득을 적어 놓았지."

취란십이수는 진산월도 처음 들어 보는 무공이었다. 아마도 위력이 뛰어나지 않다 보니 옥시음 사후에 자연스럽게 실전된 모양이었다.

솔직히 진산월은 난화지에 얽힌 내력 같은 건 그다지 궁금하지 않았다. 그리고 강일비가 왜 난화지가 만들어진 경위를 이렇듯 구구절절하게 설명하는지도 이해가 되지 않았다. 하나 그렇다고 해서 그의 말을 막을 수도 없어서 묵묵히 듣고만 있었다.

"무염보를 연구하던 비선이 나중에 그 심득을 발견하고 그것에 관심을 가지게 되었네. 난향만적은 이름 그대로 단 일수에 사방을 온통 손 그림자로 뒤덮이게 하는 초식으로, 변화가 다양하고 투로를 예측하기 힘들어서 누구도 완벽하게 막기가 힘든, 뛰어난 무공이었네. 반면 일격에 상대를 쓰러뜨리는 강맹함이 부족하여 상승(上乘)의 절학(絶學)이라고 하기에는 미흡한 면이 있었지."

비선 조심향은 몇 년간 난향만적의 위력을 끌어 올릴 방법을 연구했으나, 뚜렷한 성과를 보이지 못했다. 위력을 강하게 하다

보면 필연적으로 난향만적 특유의 장점인 변화무쌍함이 떨어지게 되었던 것이다.

그렇다고 위력을 죽였다가는 지금처럼 겉보기에만 화려한 무공이 되고 말았다. 지금의 변화를 유지하면서 보다 빠르게, 보다 강력하게 펼치게 할 무언가가 필요했다.

그녀가 그 해답을 찾은 것은 어느 해 초겨울 날이었다. 갑자기 추워진 날씨에 첫눈이 내려 주위가 온통 하얗게 덮여 있었다. 해답 없는 고민 때문에 시름에 잠겨 있던 그녀는 충동적으로 밖으로 나가 내리는 눈을 맞으며 정원 위에 우두커니 서 있었다.

바람을 따라 이리저리 휘돌며 떨어지는 눈송이는 무질서해 보였으나, 그만큼 신비롭고 아름다웠다. 그녀는 무심결에 자신의 눈앞에 떨어지는 눈송이 하나를 손으로 잡아 보려 했다. 눈송이는 그녀의 손을 피해 옆으로 떨어져 내렸다. 눈송이를 잡기 위해서는 손을 아주 빨리 움직이거나 반대로 아주 천천히 움직여야 했다.

그녀는 마치 눈을 처음 본 어린 소녀처럼 손을 이리저리 움직여 자신의 주위에 떨어지는 눈송이를 움켜잡았다. 그러다 문득 손으로 잡는 것보다는 손가락으로 찌르는 것이 훨씬 더 수월하다는 것을 깨달았다.

그 순간, 그녀의 머릿속에는 폭죽이 피어오르듯 한 가지 생각이 강렬하게 떠올랐다.

'꼭 난향만적을 수공으로 펼칠 필요는 없지 않은가?'

손보다는 손가락이 훨씬 더 빠르게 움직일 수 있다. 그리고 지공이라면 변화를 줄이지 않고도 얼마든지 그 위력을 강하게 할 수 있는 것이다.

그녀는 난향만적이 수공보다는 지법에 더 어울린다는 것을 깨닫고 그것을 지법으로 바꾸기 위해 노력했다. 과연 지법으로 변모한 난향만적은 훨씬 더 변화무쌍하고 빨랐으며, 위력적이었다.

하나 그녀는 아직도 아쉬움을 느꼈다. 속도는 분명히 빨라졌으나 위력은 그녀의 마음에 흡족하지 않았다. 그녀는 일단 격중되면 어떠한 호신강기라도 종잇장처럼 뚫어 버릴 수 있는 절대적인 강력함을 원했던 것이다.

그러던 그녀의 눈에 우연히 한 가지 무공이 들어왔다. 파홍지(破虹指)라는 것이었다. 그것은 단 일지(一指)로 금석(金石)이라도 뚫을 수 있는 강력한 지공이었다.

하나 한 가지 문제가 있었다.

그 파홍지는 한 집안의 독문무공이었고, 그 무공의 주인은 종남파와 친분이 두터운 인물이라는 것이었다. 그녀가 그 무공을 알게 된 것도 그 인물이 파홍지를 펼치는 광경을 직접 눈앞에서 보았기 때문이었다.

난향만적의 지법을 완성하기 위해서는 파홍지의 강력함이 반드시 필요했다. 그렇다고 한 가문의 독문무공을 달라고 할 수는 없었다.

무공에 대한 욕심이 누구보다 강했던 그녀는 고민 끝에 그 사람을 찾아가서 한 가지 흥정을 했다. 파홍지의 가장 중요한 구결인 파천공(破天功)을 얻는 대신, 난향만적의 요결 중 하나인 방향결(芳香訣)을 알려 주기로 한 것이다.

파천공의 구결을 입수한 그녀는 난향만적의 위력을 극대화시킬 수 있었으며, 그로부터 얼마 후에 자신의 마음을 완벽하게 충족시키는 하나의 지법을 완성시킬 수 있었다. 그것이 바로 난화지의 탄생이었다.

일단 펼치면 천변만화의 변화를 일으키며 누구도 벗어나지 못하는 혈화(血花)를 선사하는 난화지는 무염보와 함께 그녀의 가장 큰 성명절기가 되었다.

강일비의 이야기가 끝났음에도 진산월은 한동안 아무 말도 하지 않은 채 여러 가지 상념에 잠겨 있었다.

단순히 비선의 절학으로만 알았던 난화지에 그러한 내력이 있을 줄은 상상도 못 했다. 그녀가 난화지를 완성시키기 위해 문파의 고수가 아닌, 외부인과 요결의 일부를 교환했다는 것은 상당히 충격적이었다.

그만큼 절실했던 그녀의 심정이 이해되지 않는 것은 아니었지만, 문파의 무공에 다른 사람의 입김이 들어갔다는 것에는 씁쓸함을 느끼지 않을 수 없었다.

그러다 문득 한 가지 생각에 신경이 집중되었다.

비선이 다른 사람의 도움으로 난화지를 완성했다는 것은 비록 뜻밖이긴 했지만, 이백 년이 흐른 지금에는 그다지 중요한 일이 아니었다. 곧 이백 년이나 종남파의 누구도 익히지 못하고 사라져 버린 난화지의 탄생비화를 일부러 야밤에 찾아와 알려 줄 필요까지는 없는 것이다. 그런데 강일비는 왜 지금 시점에서 난화지의 내막을 알려 준 것일까?

떠오르는 이유는 한 가지뿐이었다.

"비선에게 파천공의 요결을 전해 준 사람이 누구인지 궁금하구려. 사 맹주께서는 그가 누구인지 아시겠지요?"

언뜻 강일비의 얼굴에 엷은 미소가 떠올랐다.

"역시 자네는 대화가 통하는 사람일세. 물론 알고 있지. 그래서 자네를 만나려고 했던 걸세."

강일비의 말인즉, 그가 오늘 자신을 찾아온 것은 바로 그 이야기를 해 주기 위함이라는 뜻이었다. 그러니 진산월로서는 묻지 않을 수 없었다.

"그가 누구요?"

강일비는 전혀 뜻밖의 이야기를 했다.

"비선의 정인(情人)이었던 검선에게는 두 명의 절친한 친구가 있었네."

진산월은 비선의 정인은 매종도가 아니라 혈선 정립병이었다고 말하고 싶은 충동이 들었으나, 묵묵히 그의 말을 듣고 있었다.

"그들은 바로 종리표와 용태린이라는 인물들일세. 종리표는 곤륜파의 장로였고, 나중에 그의 제자가 곤륜파의 장문인이 되었지."

곤륜의 종리표가 매종도의 친한 친구였다는 것은 진산월도 과거에 종남연기(終南年紀)에서 읽은 적이 있었다. 하나 그가 곤륜파의 장로이며, 장문인의 사부였다는 것은 알지 못했다.

진산월은 곤륜파가 대대로 종남파에 호의적이었던 것도 바로 그 이유 때문이 아니었을까 하는 생각이 들었다.

"검선의 또 다른 친구인 용태린은 용씨세가(龍氏世家)의 십일 대 가주였네. 당시에는 강북 무림의 십대고수 중 한 사람으로 불릴 정도로 뛰어난 고수였다고 하더군. 용씨세가는 두 가지 무공으로 유명했는데, 그게 바로 십절파천검(十絕破天劍)과 파홍지일세."

매종도는 고고한 성품답게 따르는 사람이 많았으나, 막상 친하게 지내는 친구는 종리표와 용태린뿐이었다. 종리표는 멀리 곤륜산에서 기거하기에 자연히 그와 왕래가 잦은 사람은 지척인 화음현에 살고 있는 용태린이었다.

어느 날 용태린이 매종도를 찾아왔을 때, 마침 조심향은 매종도와 함께 있었다. 그곳에서 서로 무리(武理)를 토론하던 세 사람은 각자 자신의 무공 한 가지씩을 펼쳐 보였는데, 그때 용태린이 사용한 것이 바로 파홍지였다.

파홍지를 보는 순간, 조심향은 그것이 자신을 오랫동안 고민스럽게 만들었던 난향만적의 해법임을 깨닫게 되었다. 며칠간의 고민 끝에 용태린을 찾아간 조심향은 그에게 난향만적의 핵심이 되는 방향결을 알려 주고 파홍지의 가공할 위력의 근간인 파천공의 구결을 전해 들을 수 있었다.

"여기서 문제 하나를 냄세. 비선은 난향만적에 파천공의 구결을 담아 난화지를 만들어 내었네. 그렇다면 방향결을 얻은 용태린은 어땠을 것 같나?"

강일비의 물음에 진산월은 짤막하게 대답했다.

"그도 파홍지를 더욱 발전시켰겠구려."

"그렇다네. 바위도 뚫을 만큼 위력이 강한 대신 단조로웠던 파홍지에 기기묘묘한 변화가 담긴 걸세. 그것은 능히 난화지에 비견되는 놀라운 절학이었네. 용태린은 그 수법을 자신의 둘째 아들에게 전해 주었네."

"왜 첫째 아들이 아닌 둘째 아들이오?"

"첫째 아들은 용씨세가를 물려받아야 하니 타파의 비전이 담긴 무공을 전해 줄 수는 없었던 게지. 둘째 아들은 그 무공을 익힌 후 분가(分家)하여 용씨세가가 있는 화음현을 떠나 강남으로 갔네."

주의 깊게 그의 말을 듣고 있던 진산월의 뇌리에 문득 떠오르는 생각이 있었다.

화음현, 그리고 용씨세가!

"그렇다면 혹시 화산파의 당대 장문인인 용진산이……."

강일비는 고개를 끄덕였다.

"용진산은 용씨세가의 십칠대 후계자일세. 다시 말해서 용태린의 육대손인 셈이지."

진산월은 뜻밖의 사실에 침음하다 다시 물었다.

"둘째 아들은 어떻게 되었소?"

"둘째 아들은 용태린에게 배운 수법을 더욱 갈고닦아서 하나의 독창적인 지법을 만들어 내었네. 그리고 그것에 '월광조산하(月光照山河)'라는 멋들어진 이름을 붙였지."

월광이 산하를 비춘다!

확실히 멋진 이름이기는 했다.

"지법이라기에는 다소 특이한 이름이구려."

"그래서 주위 사람들은 월광지(月光指)라고 불렀다네."

진산월의 얼굴이 자신도 모르게 살짝 굳어졌다.

"월광지라면?"

강일비는 의미심장한 눈으로 진산월을 바라보았다.

"자네도 들어 본 모양이군."

"그건 바로 형산 용선생의 독문지법이 아니오?"

강일비는 놀란 얼굴로 반문하는 진산월을 정면으로 응시하며 묵직한 표정으로 고개를 끄덕였다.

"바로 그렇다네. 용선생은 강남으로 분가한 용태린의 둘째 아들의 후손일세. 다시 말해서 용진산과 용선생은 서로 같은 혈족이란 말이지."

제 310 장
은원무궁(恩怨無窮)

제310장 은원무궁(恩怨無窮)

무림집회의 둘째 날은 파란의 연속이었다.

이미 강북녹림맹에서 총표파자를 비롯한 수뇌부들이 대거 참여한다는 것은 어제 알려졌지만, 오늘은 신목령의 고수들이 모습을 드러내 세인들을 놀라게 했다.

특히 오천왕 중 일인인 광풍서생 양척기와 십이사자 중 세 명이 한꺼번에 나타나는 바람에 집회장이 온통 술렁이기도 했다.

그중에서도 신목령주의 대제자인 신목일호 백자목에게 많은 무림인들의 이목이 집중되었다. 정파의 구성(救星)인 구궁보의 모용봉에 비견되는 인물이 마도의 백자목이었다. 그동안 명성만 자자했을 뿐, 좀처럼 강호에서 보기 힘들었던 백자목의 모습을 보기 위해 많은 사람들이 눈에 불을 켜고 모여들었다.

사 년 전의 소림집회에서는 코빼기도 보이지 않았던 사파와 마도의 세력들이 연이어 등장하자 무당산의 분위기는 점차 달아오르기 시작했고, 집회에 대한 기대감도 덩달아 커져 갔다. 많은 무림인들은 이번 무당산의 집회가 사 년 전과는 달리 커다란 성과를 낼 것이라고 믿기 시작했고, 이번에야말로 정과 사가 어우러져 중원의 힘이 제대로 발휘될 거라고 떠들어 댔다.

주위가 온통 주전자 뚜껑처럼 요란스레 들끓고 있을 때, 유난히 조용한 곳을 찾아 발길을 서성이는 한 사람이 있었다. 푸른 신록이 끝없이 펼쳐진 무당산의 유월 하늘은 더없이 청명하기만 한데, 인적 없는 산길을 걷고 있는 청년의 얼굴에는 무언지 모를 수심이 담겨 있었다.

청년의 이름은 전흠. 당금 무림을 위진시키고 있는 종남파의 일대제자이며, 해남검파 장문인의 둘째 아들이기도 했다. 폭뢰검객이라는 별호로 혁혁한 명성을 쌓고 있으며, 누구보다도 전도양양한 젊은이였다. 거칠 것 없는 성격에 앞날이 창창해서 아무 걱정도 없을 것 같은 그가 홀로 사람 없는 산길을 거닐며 고민에 잠겨 있는 모습은 상당히 특이한 광경이라 하지 않을 수 없었다.

"흐음……."

전흠의 입을 뚫고 가슴 깊은 곳에서 흘러나오는 듯한 무거운 신음성이 흘러나왔다. 평소의 그에게서는 좀처럼 보기 힘든, 어두운 표정이었다.

오늘 아침에 전흠은 장문인인 진산월에게서 이틀 앞으로 다가온 형산파와의 비무에 자신이 출전하게 될 것이라는 말을 들었다.

당연히 출전하리라고 믿고 있었지만 그래도 혹시나 하는 불안감에 은근히 가슴을 졸이고 있던 전흠으로서는 한시름 놓는 순간이었다.

그런데 이상한 일이 아닐 수 없었다. 막상 형산파와의 비무에 출전이 확정되고 나자 그때부터 가슴이 두근거리며 좀처럼 진정되지가 않는 것이다. 한동안 방 안에서 흔들리는 마음을 가라앉히려고 노력했던 전흠은 결국 실패하고 숙소를 빠져나와 무당산의 후미진 산길을 서성이게 되었던 것이다.

전흠 자신도 왜 이렇게 가슴이 떨리고 마음이 가라앉지 않는지 이해가 되지 않았다. 그토록 바라 왔던 순간이 드디어 코앞으로 닥쳐왔는데, 마치 지옥 굴에 들어가는 사람처럼 불안함과 초조함에 사로잡혀 흔들리는 마음을 주체하지 못하고 있으니 정말 한심스러운 일이 아닐 수 없었다.

'내가 이렇게 나약한 놈이었나?'

전흠은 씁쓸하게 웃으며 허탈한 표정을 감추지 못했다.

어젯밤만 해도 혹시라도 진산월이 자신을 출전시키지 않는 것은 아닐까 하고 노심초사했던 자신이 지금은 오히려 묘한 두려움으로 떨고 있는 것이다.

그렇다. 그것은 두려움이었다.

전흠은 솔직히 인정했다.

'지금 나는 두렵다.'

비무에 나올 형산파의 오결검객들이 두려운 것이 아니었다. 그들에게 패배할 것이 두려운 것도 아니었다. 다만 만에 하나라도 자신 때문에 종남파가 형산파와의 비무에서 승리하지 못하게 될 것이 두려웠던 것이다.

전흠은 누구보다 용맹하고 거칠 것이 없는 사람이었지만, 문파의 운명이 걸린 일전(一戰)을 앞에 두니 무거운 중압감을 느끼지 않을 수 없었다. 그것은 두려움을 몰랐던 그에게 두려움을 알게 해 주었고, 자기 자신을 보다 냉철하게 돌아보게 해 주었다.

책임을 진다는 것이 이토록 무겁고 두려운 일이라는 것을 전에는 미처 알지 못했었다. 그러고 보니 문득 평생을 이러한 책임감 속에서 살아왔을 한 사람이 뇌리에 떠올랐다.

'장문 사형은 항상 이런 중압감을 견뎌 내며 지내 왔을 게 아닌가?'

문파의 재건이라는 거대한 짐을 양어깨에 짊어진 채 실낱같은 희망 하나를 가슴에 안고 험한 가시밭길을 걸어온 장문인을 생각하자 어쩐지 지금 자신의 고민이 사치스럽게만 느껴졌다.

전흠이 흔들리는 마음을 가다듬으며 스스로 심기일전을 다짐하고 있을 때였다.

우웅!

어디선가 괴이한 음향이 들려왔다. 마치 벌 떼가 우는 듯한 그 음향은 그리 크지 않았으나 듣는 사람의 모골을 송연하게 하는 기이한 힘이 담겨 있었다.

전흠은 오싹한 기분에 자신도 모르게 숨을 들이마셨다. 문득 소매를 걷어 보니 팔에 소름이 잔뜩 돋아 있었다.

'이게 무슨 일인가?'

전흠은 눈을 번뜩이며 주위를 둘러보다 멀지 않은 곳의 숲 속으로 시선을 돌렸다. 그 미지의 음향이 그쪽에서 들려오고 있음을 알아차린 것이다.

우우웅……!

그가 보고 있는 동안에도 울림이 계속 이어졌다. 그러다 갑자기 씻은 듯이 사라져 버렸다. 고요한 적막이 사위를 짓누르고 있었으나, 전흠은 그 자리에 못 박힌 듯 꼼짝도 않고 서 있었다. 아직도 나직한 음향이 전신을 짓누르고 있는 듯한 기분이 들었던 것이다.

그가 문득 정신을 차리고 숲 속을 향해 걸음을 옮기려 할 때, 숲 속에서 한 사람이 불쑥 나타났다. 그는 훤칠한 키의 남삼 중년인이었다.

대충 빗어 넘긴 머리에 거칠고 투박한 용모를 지니고 있었는데, 두 팔이 유난히 길어서인지 한층 더 크고 사나워 보이는 인물이었다.

남삼 중년인은 숲 속을 헤치고 나오다가 한쪽에 서 있는 전흠을 발견하고는 그를 힐끗 쳐다보았다. 칼날같이 차갑고 예리한 시선이 전흠의 전신을 훑고 지나갔다.

"제법 기세가 괜찮은 젊은이로군."

남삼 중년인은 혼잣말처럼 중얼거리고는 이내 긴 팔을 휘적거리며 그의 앞을 지나 산길을 내려갔다. 전흠은 그가 시야에서 사라질 때까지도 그 자리에 우두커니 선 채 그의 뒷모습을 바라보고 있었다.

뇌전을 맞은 듯한 전율이 그의 몸을 지배하고 있었다. 조금 전에 눈이 잠깐 마주쳤을 때, 전흠은 하마터면 검을 뽑아 들 뻔했었다. 그만큼 중년인의 눈빛에서 강렬한 압박감을 느꼈고, 전신을 바늘로 찌르는 듯한 무시무시한 살기가 피부로 전해졌던 것이다.

단순히 시선이 마주친 것만으로도 이럴진대, 검을 마주 들고 그와 마주 선다면 과연 어떤 기분이 될지 전흠으로서는 상상도 가지 않았다.

이와 같이 강렬한 기운을 흘려 낼 수 있는 자는 틀림없이 평생을 검과 함께 살아온 절세의 검객일 것이다. 같은 길을 걷고 있는 사람으로서 전흠은 남삼 중년인의 가공할 기세에 감탄하는 한편으로 그의 정체가 무엇인지 궁금하지 않을 수 없었다.

대체 남삼 중년인은 숲 속에서 무엇을 한 것일까?

그리고 조금 전에 들려왔던 기이한 음향은 과연 무엇 때문에 생긴 것일까?

전흠은 무언가에 홀린 사람처럼 남삼 중년인이 나온 숲 속으로 걸어 들어갔다. 십여 장을 가니 암벽으로 둘러싸인 작은 공터가 나왔다. 높다란 절벽에 가로막힌 반경 오 장쯤 되는 공간이었다. 아마 남삼 중년인이 나오지 않았다면 산길 근처에 이런 공간이 있다는 것을 전혀 알아차리지 못했을 것이다.

무심코 주위를 둘러보던 전흠의 시선이 한군데에 고정되었다.

이십여 장쯤 되는 가파른 암벽의 한쪽에 작은 자국 몇 개가 나 있었다. 전흠은 천천히 그곳을 향해 걸음을 옮겼다.

오랜 풍상을 겪은 듯 매끄러워진 암벽의 한 부분에 손톱으로

후벼 판 듯한 자국이 나 있었다. 얼핏 보기에는 세월의 모진 풍상을 이기지 못하고 자연스레 갈라진 것 같기도 했고, 한편으로는 원숭이가 손장난을 해 놓은 흔적 같기도 했다.

손을 내밀어 그 자국을 만져 보던 전흠의 눈빛이 가늘게 떨렸다.

'이건 검기의 자국이다. 그런데 검기의 흔적이 이토록 예리하고 매끄러울 수 있을까?'

전흠의 손가락을 타고 차갑고 서늘한 기운이 느껴졌다. 흔적 안에 아직도 이와 같은 기운이 담겨 있다는 것은 실로 놀라운 일이 아닐 수 없었다.

그러다 문득 전흠은 그 흔적 중 하나가 조금 특별하다는 것을 알아차렸다. 다른 것은 암벽을 살짝 깎고 지나간 것에 불과했는데, 그 자국은 암벽 안으로 깊게 파여 있었다. 깎여 나간 흔적 한쪽에 마치 실금이 그어진 듯 새겨져 있기에 지금처럼 손으로 만져 보지 않았다면 그냥 지나쳤을지도 몰랐다.

그 자국을 만져 보던 전흠의 얼굴이 딱딱하게 굳어졌다.

그것은 바로 검이 뚫고 들어간 흔적이었다. 실금처럼 보였던 것은 워낙 얇고 폭이 좁은 협봉검(狹鋒劍)의 일종을 사용했기 때문이었다. 그와 같은 검으로 암벽에 이처럼 깊은 구멍을 낸다는 것은 지금의 전흠으로서는 불가능에 가까운 일이었다.

대체 검기가 얼마나 강력하기에 암벽을 두부처럼 뚫고 들어가 이런 자국을 남길 수 있단 말인가?

엄청난 내공의 소유자가 오랫동안 갈고닦은 검기를 극도로 압

축시켜야만 이러한 일이 가능할 것이다.

'그렇다면 조금 전의 그 소리는 검기를 압축할 때 발생한 것이 란 말인가?'

충분히 가능한 추정이었다. 자신이 그 음향을 듣고 순간적으로 소름이 돋았던 것도 그 음향 안에 필설로 형용키 어려운 가공할 기운이 서려 있음을 본능적으로 깨달았기 때문일 것이다.

이 흔적들은 모두 조금 전의 남삼 중년인이 남겨 놓은 것이 분명했다. 대체 그의 정체가 무엇이기에 이런 놀라운 흔적을 남길 수 있었는지 전흠은 다시 한 번 궁금해지지 않을 수 없었다.

바로 그때 누군가의 음성이 들려왔다.

"이건 원영만기(猿影滿氣)의 흔적이군."

느닷없이 들려온 음성에 전흠은 황급히 고개를 돌려 보았다.

언제 나타났는지 그에게서 멀지 않은 곳에 한 명의 회의인이 우뚝 서서 그처럼 암벽에 새겨진 흔적을 바라보고 있었다. 유난히 넓은 회의인의 소맷자락이 제일 먼저 시선을 끌었다.

회의인의 나이는 대략 이십 대 후반쯤 되어 보였는데, 특이하 게도 머리를 하나로 묶어 허리 아래까지 길게 늘어뜨리고 있었다.

전흠이 아무리 암벽의 흔적을 보느라 정신이 없었다고 해도 상 대가 이토록 가까이에 나타날 때까지 알아차리지 못했다는 것은 놀라운 일이 아닐 수 없었다. 그것은 회의인의 신법이 그만큼 뛰 어나다는 방증일 수도 있고, 전흠이 남삼 중년인에게서 받은 충격 이 정신을 놓을 정도로 컸다는 의미일 수도 있었다.

어느 경우이든 전흠으로서는 입맛이 씁쓸하지 않을 수 없었다.

자연히 전흠의 입에서 흘러나오는 음성은 퉁명스러울 수밖에 없
었다.

"귀하는 누구요?"

회의인은 여전히 암벽에 시선을 고정시킨 채 무심한 음성으로
말했다.

"지나가다 특이한 검향(劍響)이 들려서 와 본 것이니 신경 쓸
필요 없소."

전흠은 한 가지를 알게 되었다.

'조금 전과 같은 소리를 검향이라고 하는구나.'

그러고 보니 아주 어렸을 때 조부인 전풍개에게서 절정의 검객
이 검을 펼칠 때는 검이 움직이는 소리만으로도 능히 상대를 제압
할 수 있다는 말을 들은 기억이 났다. 그때는 별다른 관심이 없어
자세히 듣지 않았는데, 확실히 그런 괴이한 음향을 지척에서 듣는
다면 심신이 흔들려서 제대로 실력을 발휘하지 못할 게 분명했다.

전흠은 잠시 생각에 잠겨 있다가 다시 회의인에게 시선을 주었
다. 어쩌면 회의인에게서 남삼 중년인의 정체에 대한 단서를 얻을
수 있을 지도 몰랐다.

"원영만기란 게 대체 뭐요?"

회의인은 여전히 암벽의 자국을 살펴보고 있었는데, 전흠의 질
문을 받자 그를 힐끔 쳐다보았다. 차갑고 예리한 눈빛이었다.

"원영만기는 원공검법이 절정의 경지에 도달한 자만이 발출할
수 있는 특출한 검기요."

뜻밖의 말에 전흠의 입에서 놀란 음성이 흘러나왔다.

"원공검법? 형산파의 원공검법 말이오?"

회의인은 딱딱하게 굳어진 전흠의 얼굴을 묵묵히 바라보더니 무심한 음성으로 말했다.

"그럼 원공검법이 형산파 말고 달리 있다는 말이오?"

전흠의 얼굴 표정이 몇 차례 변했다.

회의인의 말이 사실이라면 조금 전의 남삼 중년인은 바로 형산파의 인물이라는 말이 아닌가?

'그렇다면 그자는 형산파의 오결검객 중 하나로구나.'

전흠은 가슴이 철퇴에라도 맞은 듯 쿵 내려앉았다. 막연하게 상대할 만하다고 생각했던 형산파의 오결검객이란 존재가 갑자기 거대한 벽처럼 느껴졌던 것이다.

회의인은 심각하게 굳어진 전흠의 표정을 보고는 무언가를 짐작한 듯 눈을 빛냈다.

"형산파의 검법이라는 말에 놀라는 걸 보니 혹시 종남파의 제자인가?"

그의 말투가 미묘하게 변했으나, 당혹감에 차 있던 전흠은 미처 느끼지 못했다.

전흠은 흔들리는 마음을 억지로 추스르며 어깨를 펴고 그에게 자신의 신분을 분명하게 밝혔다.

"나는 종남파의 이십일 대 제자인 전흠이라 하오."

당당한 종남파의 제자가 형산파의 검법을 보고 놀라서야 말이 되겠는가?

회의인의 입꼬리가 살짝 말려 올라가며 냉랭한 미소가 떠올랐다.

"그렇단 말이지? 마침 잘됐군."

그제야 전흠은 상대의 말투가 어느새 평대로 바뀌었음을 알아차렸다. 자연히 그의 입에서 나오는 말투도 달라질 수밖에 없었다.

"당신은 누군가?"

회의인은 그의 말에는 아무런 대답도 하지 않고 품속에서 하나의 편지를 꺼냈다.

"그렇지 않아도 종남파의 장문인에게 전할 게 있어서 종남파의 숙소를 찾아가야 하나 고민 중이었네. 장문인에게 전해 주게."

전흠은 회의인이 내민 편지를 받을 생각도 하지 않고 오히려 매서운 눈빛으로 그를 쏘아보았다.

"누군지도 모르는 자의 편지를 장문인께 전할 수는 없지. 정 전하고 싶으면 직접 가서 전하던지 하게나."

전흠의 퉁명스러운 말에 회의인은 한동안 의미를 알기 힘든 눈으로 그를 물끄러미 바라보다가 이내 희미하게 웃었다. 차가운 웃음이었으나, 어딘지 모르게 약간은 흥에 겨운 듯 보이기도 했다.

"폭뢰검객이라고 했던가? 소문으로 듣던 대로 종남파 제자답지 않게 성정이 거친 친구로군."

전흠의 짙은 눈초리가 세차게 꿈틀거렸다.

"감히 본 파를 능멸하는 건가?"

"능멸이 아니라 사실을 말하는 걸세. 종남파는 장문인부터 제자들까지 다들 너무 얌전하고 고분고분한 게 아쉬웠는데, 자네는 조금 다른 것 같아서 하는 말일세."

"대체 본 파의 제자 누구를 보고 그따위 말을 하는지 모르겠군. 장문인은 물론이고 본 파의 누구도 얌전하다거나 고분고분하다는 말 같은 건 들어 본 적이 없는데 말이지."

회의인의 입가에 떠올라 있는 웃음이 조금 더 짙어졌다.

"다들 예전과는 달라졌다는 건가? 요즘 들리는 소문대로라면 그럴지도 모르겠군. 하지만 그렇다고 본성이 어디로 가는 것은 아니지."

이제는 거리낌 없이 하대하는 회의인의 말투에 전흠은 한편으로는 화가 치밀어 오르면서도 다른 한편으로는 그의 정체에 대한 궁금증이 더욱 커졌다. 그의 말속에서 그가 종남파의 인물들에 대해 어느 정도 알고 있다는 느낌을 받았던 것이다.

"대체 언제 적 얘기를 하는지 모르겠군. 본 파에 대해서 그렇게 잘 알고 있는 척 제멋대로 떠들면서 자기가 누구인지 밝힐 용기는 없는 건가?"

전흠은 그를 자극하여 제대로 된 대답을 들으려 했으나, 회의인은 전혀 표정의 변화가 없었다.

"격장지계가 서툴군. 그저 한때 종남파의 몇 사람을 알고 있었을 뿐이니 나에 대해 너무 신경 쓸 필요는 없네. 그보다 자네 장문인에게 전하는 편지를 받지 않을 셈인가?"

회의인이 다시 편지를 내밀자 이번에는 전흠도 망설이지 않을 수 없었다.

회의인은 어떤 식으로든 장문인과 안면이 있는 사이임이 분명해 보였다. 그렇다고 정체도 모르는 자가 주는 편지를 넙죽 받을 수도 없어서 순간적으로 머뭇거리고 있자 회의인은 다시 차갑게 웃었다.

"전해 주든지 말든지 자네가 알아서 하게."

그는 슬쩍 손을 휘둘렀다. 그러자 그의 손에 들린 편지가 빠른 속도로 전흠의 코앞으로 날아들었다. 전흠은 무심결에 편지를 받아 들다가 눈을 살짝 찌푸렸다.

편지에 담긴 경력이 의외로 강력해서 손바닥이 얼얼했던 것이다. 그와 동시에 회의인의 신형이 한 차례 흔들렸다.

"감히……!"

전흠이 버럭 노성을 지르려는 순간, 눈앞에 있던 회의인의 모습이 갑자기 사라져 버렸다.

전흠은 움찔하여 검을 뽑아 들려다 손을 멈추었다. 암습이라도 하려는 줄 알았는데, 회의인의 신형은 어느새 숲 속의 한편으로 날아가고 있었던 것이다. 순식간에 시야에서 멀어지는 회의인의 신법은 가히 놀랍기 그지없는 것이었다.

전흠은 갑자기 봉투만을 날려 보낸 채 사라져 버린 회의인의 행동에 어이가 없는지 그 자리에 우두커니 서 있다가 문득 수중에 들고 있는 편지를 내려다보았다. 겉에 아무런 글자도 쓰여 있지 않은 편지는 단단히 밀봉되어 뜯어 보기 전에는 무슨 내용이 쓰여 있는지 알아볼 수 없었다.

"이것 참……."

전흠은 일이 뜻대로 되지 않는 것이 못마땅한지 눈살을 찌푸리고 있다가 다시 주위를 둘러보았다. 그의 시선에 암벽 한쪽에 새겨진 흔적들이 다시 들어왔다.

한참 동안이나 그 흔적을 바라보던 전흠은 한 차례 짤막한 한숨을 내쉬고는 이내 몸을 돌려 공터를 벗어나기 시작했다.

전흠이 숙소로 돌아왔을 때, 마침 몇 명의 인물들이 종남파의 고수들이 머무르고 있는 건물로 들어서고 있었다. 그들은 다름 아닌 천봉궁의 선자들인 백봉 정소소와 옥봉 누산산이었다.

"전 소협. 마침 장문인을 뵈러 왔는데, 장문인은 안에 계신가요?"

누산산이 살짝 눈웃음을 치며 묻자 전흠은 무뚝뚝한 음성으로 말했다.

"나도 나갔다가 막 들어온 길이라 장문인이 계신지 알지 못하오. 잠시만 기다리면 곧 사람을 보내겠소."

전흠이 자기 할 말만 하고 안으로 휑하니 사라지자 누산산의 아미가 살짝 찌푸려졌다.

'아니, 저자가 무슨 일이지?'

며칠 전만 해도 자신을 볼 때마다 환하게 웃으며 말 한마디라도 더 건네 보려고 애를 썼던 전흠이 평상시와는 달리 퉁명스럽기 그지없는 말을 내뱉고 등을 돌렸으니, 누산산으로서는 마치 뺨이라도 맞은 듯 얼떨떨할 수밖에 없었다.

정소소 또한 다소 의아하기는 마찬가지였으나, 차분한 성격답게 이내 마음을 가라앉혔다.

"아마 형산파와의 대결이 코앞으로 닥쳐오자 긴장감이 고양된 모양이다. 종남파의 고수들이 모두 비슷한 심정일 테니, 오늘은 쓸데없는 말로 그들을 자극하지 말거라."

누산산은 입을 삐죽거렸다.

"쳇, 그렇다고 자기들을 응원해 주러 온 우리를 저렇게 문전박대하듯이 대한단 말이에요? 틀림없이 밖에 나갔다가 무언가 마음에 차지 않는 일을 당하고 심통이 잔뜩 난 상태였을 거예요."

"대적을 앞둔 무림인들이 어떤 마음가짐인지 모르는 게냐? 오늘은 아무 소리 말고 조용히 있도록 해라."

정소소가 평소와는 달리 엄격한 음성으로 말하자 누산산도 더는 무어라고 투덜거리지 못하고 얌전하게 고개를 끄덕였다.

"알았어요. 조심하도록 할게요."

잠시 후에 전흠 대신 낙일방이 준수한 모습으로 나타났다.

"두 분 소저께서 오셨군요. 장문인께서 만나겠다고 하시니 안으로 드시지요."

그녀들을 대하는 낙일방의 태도는 평상시와 다름이 없어서 그녀들은 속으로 안도의 한숨을 내쉬었다. 겉으로 표현은 안 해도 종남파 전체의 분위기가 살벌하게 굳어져서 자신들의 방문을 거절하면 어쩌나 하여 은근히 걱정스러웠던 것이다.

종남파와 형산파 사이의 비무가 결정되었다는 소식이 알려진 후 무당산 전체에는 금시라도 터질 듯한 팽팽한 긴장감이 감돌고 있었다. 외부인인 그녀들 또한 그 소식을 듣고 가슴이 심하게 두근거릴 정도였으니 당사자인 종남파 고수들의 심정이 어떠할지는 충분히 짐작이 가는 일이었다.

특히 낙일방과 사귀고 있는 남봉 엄쌍쌍은 마치 자신이 싸우기라도 하는 사람처럼 새파랗게 질린 채 몸을 덜덜 떨어서 다른 선자들이 그녀를 다독거려야 할 정도였다. 그럼에도 지금 낙일방의 얼굴에는 별다른 긴장이나 초조한 빛이 보이지 않았다.

누산산은 엄쌍쌍에 비해 너무도 멀쩡한 그의 모습이 왠지 얄밉게 느껴져서 방금 전에 정소소의 주의를 받았으면서 은근슬쩍 그에게 말을 걸었다.

"낙 소협은 떨리거나 두렵지 않으세요?"

낙일방은 침착한 눈으로 그녀를 돌아보았다.

"내가 왜 그래야 한단 말이오?"

너무도 담담한 물음에 누산산은 찰나지간 마땅히 대꾸할 말이 없어 머뭇거리다가 다시 입을 열었다.

"상대는 형산파의 오결검객들일 텐데, 낙 소협은 그들에게 이길 자신이 있단 말인……?"

정소소가 급히 그녀의 소매를 잡아당기며 전음으로 그녀를 꾸짖었다.

ㅡ쓸데없는 말은 하지 말라지 않았느냐?

하나 이미 누산산의 말은 낙일방의 귀에 생생하게 들어온 뒤였다.

낙일방은 그녀를 슬쩍 쳐다보다가 이내 다시 앞으로 시선을 돌렸다. 그의 입술을 뚫고 나직하면서도 단호한 음성이 흘러나왔다.

"이미 오래전부터 각오했던 일이오. 형산파의 오결이 아니라 그보다 더한 상대라도 우리는 능히 감당할 수 있소."

그 음성에 실린 결연함 때문인지 누산산도 더 이상은 아무 말 하지 않았다.

작은 뜨락을 지나자 종남파에서 손님을 맞이하는 객청이 나타났다. 진산월은 객청의 중앙에 있는 의자에 앉아 그녀들을 기다리고 있었다.

"어서 오시오."

"연락도 없이 불쑥 찾아와서 미안해요."

"별말씀을. 두 분 소저의 방문은 언제라도 환영하고 있소."

정소소와 누산산이 자리에 앉고 낙일방은 조용히 물러나자 진산월이 그녀들에게 차를 권했다.

차를 거의 다 마실 때까지 그녀들은 아무 말이 없었다. 심지어 늘 천방지축 같았던 누산산마저 새침한 표정을 지으며 얌전하게 앉아서 차만 마시고 있었다.

진산월은 담담한 눈으로 그녀들을 바라보았다.

"두 분께서 차나 마시자고 나를 찾아온 것은 아닐 텐데, 그 이유가 궁금하구려."

진산월이 먼저 말을 꺼내자 정소소는 잠시 영롱한 눈으로 그를 응시하다가 찻잔을 내려놓고는 조용한 음성으로 입을 열었다.

"사실은 진 장문인께 몇 가지 드릴 말씀이 있어서 찾아왔어요."

"말씀하시오. 경청하겠소."

"오늘 저녁에 공주님께서 조촐한 연회를 여실 거예요."

"무슨 연회 말이오?"

"구궁보의 모용 공자께서 조금 전에 무당산에 도착하셨어요.

일전에 구궁보에서 초대를 받은 보답으로 공주님께서 모용 공자를 초대하셨는데, 공주님께서는 그 연회에 진 장문인께서도 참석해 주실 것을 바라고 계세요."

진산월은 잠시 아무 말 없이 정소소의 얼굴을 응시했다. 티 없이 맑고 깨끗한 정소소의 얼굴에는 부드럽고 차분한 표정만이 떠올라 있을 뿐이었다.

진산월은 솔직히 그 초대가 그다지 반갑지는 않았다. 모용봉을 상대하는 일은 늘 부담스러울 수밖에 없었으며, 더구나 형산파와의 비무를 앞에 두고 그와 만나는 일은 더더욱 달갑지 않았다.

하나 그렇다고 해서 단봉 공주가 일부러 천봉선자들까지 보내어 초대를 했는데, 특별한 이유도 없이 거절하기도 껄끄러웠다. 단봉 공주가 모용봉을 만나는 자리에 그를 초대하는 것에는 나름대로의 이유가 있을 텐데, 아쉽게도 정소소의 표정에서는 그에 대한 어떠한 점도 알아낼 수 없었다.

"알겠소. 장소와 시간을 알려 주시면 시간에 맞춰 가도록 하겠소."

정소소는 살짝 고개를 숙였다.

"초대에 응해 줘서 고마워요. 두 번째 일은 제 개인적인 일이에요."

"어떤 일이오?"

정소소의 시선이 진산월의 얼굴을 향했다. 투명할 정도로 담백한 눈빛이었는데도 무언지 모를 따사로움이 담겨 있었다. 진산월은 그녀의 그런 눈빛이 왠지 모르게 부담스러워서 자연스런 동작으로 다른 곳으로 시선을 돌렸다.

언뜻 그녀의 붉은 입술 사이로 희미한 한숨이 새어 나오는 것 같았다. 하나 그녀는 이내 마음을 가다듬었는지 침착한 음성으로 입을 열었다.

"임 소저를 만나고 싶군요. 그녀를 만날 수 있을까요?"

진산월은 순간적으로 약간의 당혹감을 느꼈다.

정소소가 임영옥과 어느 정도의 친분이 있다는 건 이미 알고 있었다. 하나 요즘 임영옥은 체내의 음기를 다스리느라 외부 출입을 삼가고 있었다. 자연히 외부인과의 접촉도 차단된 상태였다.

정소소가 이것을 알고 진산월에게 부탁한 것인지는 모르지만, 진산월로서는 임영옥의 몸이 정상이 아닌 상황에서 다른 사람을 그녀와 만나게 하는 것이 그리 탐탁지 않았다. 아무리 그 상대가 정소소라고 할지라도 말이다.

진산월의 그런 심정을 알아차렸는지 정소소는 재빨리 말을 덧붙였다.

"임 소저의 의향을 물어봐 주셨으면 해요. 그녀가 저를 만나지 않겠다면 그냥 돌아가겠어요."

당당한 천봉선자의 우두머리인 그녀가 자존심을 죽이고 이렇게까지 말하는데, 진산월도 무작정 그녀의 청을 거절할 수만은 없었다.

"알겠소. 잠시만 기다리시오."

진산월은 그녀들을 대청에 두고 임영옥의 방으로 찾아갔다.

임영옥의 안색은 여전히 창백했고 몸 또한 차가웠지만, 며칠 전에 비해서는 확연히 나아진 모습이었다.

진산월이 정소소의 일을 알려 주자 임영옥은 의외로 순순히 그녀를 만나겠다고 했다.

"정말 괜찮겠어?"

진산월의 물음에 임영옥은 조용히 웃었다.

"사형이 무엇을 걱정하는지 알고 있어요. 하지만 그녀를 만나는 일 정도는 충분히 견딜 수 있어요."

"너무 무리하지는 마."

"알았어요."

임영옥과 정소소의 만남은 그리 길지 않았다. 정소소는 누산산을 대청에 남겨 둔 채 혼자 그녀의 방으로 갔다가 일각도 되지 않아 다시 돌아왔다.

"사매는 잘 만났소?"

"덕분에 모처럼 그녀를 다시 볼 수 있어서 좋았어요. 그녀와의 만남을 승낙해 주셔서 고마워요."

"그녀의 결정이었소."

정소소는 잠시 무언가 생각하는 것 같더니 이내 마음을 결심한 듯 특유의 차분한 음성으로 입을 열었다.

"임 소저는 여전히 아름답더군요. 다만 그 전에 봤을 때보다는 안색이 조금 좋지 않은 것 같았어요."

"……."

"그래도 그녀의 표정은 한결 밝아져 있더군요. 구궁보에서의 그녀는 최고의 대접을 받고 있었지만 마치 새장 속에 갇힌 한 마리 새처럼 늘 표정이 어두웠는데, 오늘 만나 본 그녀는 창백한 안색을 하고도 더할 수 없이 밝고 환해 보였어요. 마치 보석처럼 빛나고 있는 것 같더군요."

진산월은 묵묵히 그녀의 말을 듣고만 있었다.

"그 보석의 빛이 꺼지지 않기를 저는 정말 바라고 있어요."

정소소의 음성에는 무언지 모를 간절함이 담겨 있었다. 그래서 진산월도 한마디 하지 않을 수 없었다.

"그녀는 그렇게 될 거요."

정소소는 그 말에 아무런 대답 없이 한동안 가만히 그를 바라보고만 있었다. 뜻을 알기 어려운 묘한 시선이었다. 진산월 또한 입을 굳게 다문 채 말없이 앉아 있었다.

잠시 장내에 무거운 침묵이 감돌았다. 두 사람 사이에 흐르는 미묘한 분위기가 부담스러웠는지 누산산이 몇 차례나 앉은 자세를 바꾸며 바스락거리는 소리를 냈다.

한참 후에야 정소소는 혼잣말처럼 낮은 음성으로 말했다. 너무나직해서 귀를 기울이지 않았다면 제대로 알아듣기 힘든 음성이었다.

"강호는 무정하다고 하지만, 그 속에는 잔잔한 정이 흐르고 있지요. 그 정이 언제까지고 끊어지지 않고 이어질 수만 있다면 강호의 삶도 그리 나쁘지는 않을 것 같군요. 그녀의 강호는 과연 어떤 모습일지……."

진산월은 고개를 돌려 그녀를 쳐다보았다. 정소소는 우두커니 허공을 바라보고 있었는데, 텅 빈 듯한 시선 속에 필설로 형용키 어려운 복잡한 빛이 담겨 있었다.

몇 차례 긴 속눈썹을 깜박거리던 그녀는 이윽고 진산월의 두 눈을 정면으로 바라보며 조용하면서도 분명한 음성으로 말했다.

"진 장문인을 믿겠어요."

정소소와 누산산이 떠난 후 진산월은 여전히 대청에 앉아 있었다. 무언가 깊은 상념에 빠져 있던 진산월이 문득 고개를 들었다.

전흠이 어색한 표정을 지으며 한쪽에 서 있었다.

"내가 장문인의 사색을 방해한 것 같군요."

"아니다. 그보다 무슨 일이냐?"

전흠은 품에서 한 장의 서신을 내밀었다. 그러고는 조금 전에 자신이 겪은 일을 설명하기 시작했다.

묵묵히 그의 말을 듣고 있던 진산월은 말없이 서신을 받아서 펼쳐 보았다. 이내 서신을 접은 진산월은 한동안 생각에 잠겨 있더니 다시 전흠을 돌아보았다.

"수고했다."

"그자가 누구인지 아시오? 본 파의 제자들을 잘 알고 있는 것 같은 기색이던데."

진산월은 굳이 숨길 것도 없어서 사실대로 말해 주었다.

"악자화라는 인물이다. 한때 종남산에서 동고동락했던 사이로, 힘든 시절을 함께 보냈지."

전흠의 눈초리가 꿈틀거렸다.

"본 파의 제자였단 말이오? 그렇다면 그자는 본 파가 어려울 때 본 파를 저버린 것이군."

"우리와는 생각이 달랐을 뿐이다. 그는 좀 더 자신에게 맞는 길을 걷고자 했던 것이다."

"그래도 그자가 본 파를 떠난 배반자라는 사실은 분명하지 않소?"

진산월의 얼굴에 좀처럼 보기 힘든 씁쓸한 빛이 스치고 지나갔다.

배반자라…….

과연 악자화를 배반자라고 할 수 있을까?

종남파의 부흥을 자신이 주도하고 싶었지만 결국은 좌절하여 떠난 그를 진산월은 미워하거나 욕할 수 없었다. 그가 아직도 마음 한구석에 종남파 부흥의 꿈을 간직하고 있음을 알고 있기 때문이었다.

전흠은 분노의 감정을 숨기지 않은 채 사나운 음성으로 말했다.

"그런 줄도 모르고 그자를 그냥 보내 버렸군. 다음에 만나게 되면 본 파를 등진 것이 얼마나 큰 잘못이었는지 뼈저리게 느끼도록 해 주겠소."

진산월은 얼굴이 상기된 채 이를 갈고 있는 그를 가만히 바라보다가 담담한 음성으로 말했다.

"심사가 복잡한 모양이구나. 형산파와의 일이 부담스러운 것이냐?"

전흠의 얼굴이 딱딱하게 굳어졌다.

"그게……."

"쓸데없는 일에 심력을 소모하는 일은 바보 같은 짓이다. 그자에 대한 것은 나에게 맡기고 너는 네가 해야 할 일에만 집중하도록 해라."

전흠은 몇 차례나 표정이 변하더니 이윽고 무거운 한숨을 내쉬었다.

'아무래도 장문인의 말대로인 것 같구나.'

전흠은 자기가 형산파의 오결검객으로 추정되는 자의 흔적을 본 후로 신경이 잔뜩 곤두서 있음을 인정하지 않을 수 없었다. 만약 회의인의 말대로 그 흔적을 남긴 자가 형산파의 오결검객이라면 그건 실로 두려운 일이었다. 그런 마음속의 부담감이 자신도 모르게 엉뚱한 방향으로 표출되어 버린 것이다.

진산월도 그 부담감을 없앨 수는 없었다. 다만 그런 부담감을 최소화할 방법은 알고 있었다.

"나가자. 모처럼 네 검을 보고 싶구나."

진산월이 자리에서 일어나자 전흠의 표정이 눈에 띄게 밝아졌다.

"그래 주겠소?"

머리가 복잡할 때는 몸을 움직이는 것이 가장 좋은 방법일 것이다.

진산월은 오늘 전흠의 머릿속에 아무 생각도 떠오르지 않도록 단단히 손을 볼 결심을 했다.

제 311 장

무림기남(武林奇男)

제311장 무림기남(武林奇男)

연회는 그다지 화려하지 않았다. 단봉 공주가 주최하고 모용 공자가 주빈으로 참석한 연회치고는 평범한 편이었다. 더구나 그 연회의 하객이 종남파의 장문인이라면 오히려 소탈하다고 해야 할 것이다.

참석한 인원의 숫자도 십여 명에 불과했다. 하나 그 면면을 보면 화려하기 이를 데 없었다.

천봉궁에서는 단봉 공주 외에 총관인 차복승이 천봉선자들과 함께 참석했고, 구궁보에서는 모용봉이 두 명의 친우들을 대동했다. 그들 중 한 사람은 진산월이 구궁보에서 잠깐 보았던 구양가의 넷째 공자인 구양수진이었고, 다른 한 사람은 해천사우의 일인 분광검객 고심홍이었다. 구양수진은 일월성진 사대 공자 중에서도 무공광으로 유명했고, 고심홍은 자타가 공인하는 강호제일 쾌검으로 천하에 그 명성을 떨치는 인물이었다.

진산월 또한 당금 무림의 제일가는 후기지수로 칭송받는 낙일방을 대동했기에 자리를 빛내기에는 전혀 부족함이 없었다.

진산월이 오늘 연회에 경험이 풍부한 동중산이 아닌 낙일방을 데리고 온 것은 남봉 엄쌍쌍이 형산파와의 비무 소식에 많이 놀라고 걱정한다는 누산산의 언질 때문이었다. 연회가 열리기 전에 낙일방은 미리 엄쌍쌍을 만나고 돌아왔는데, 그래서인지 한쪽에 얌전히 앉아 있는 엄쌍쌍의 표정은 생각보다 훨씬 더 밝아 보였다.

개개인이 모두 당금 무림의 정상을 달리는 고수들이어서 장내의 분위기는 차분한 가운데 은은한 긴장감이 감돌고 있었다. 특히 대부분의 사람들이 아닌 척하면서 은근히 진산월과 모용봉을 번갈아 가며 주시하고 있어서인지 그들 사이에 무언가 팽팽한 기운이 점차로 고조되고 있는 것 같았다.

그런 분위기를 깨려는지 차복승이 너털웃음을 지어 보였다.

"허허. 오늘은 모처럼 이 늙은이의 안계가 넓어지는 것 같소. 젊고 헌앙한 무림의 인재들을 이렇듯 한자리에서 볼 수 있다니, 때아닌 홍복에 가슴이 두근거리는구려."

그러고 보니 이곳에 모인 사람들 중 차복승을 제외하고는 모두 한창나이의 젊은이들이었다. 개중 가장 나이가 많은 고심홍조차도 이제 갓 서른이 넘었을 뿐이었다.

고심홍은 비쩍 마른 체구에 유난히 붉은 입술을 지닌 미남자였는데, 피부가 핏기를 찾기 힘들 정도로 창백해서 강호를 진동시키는 쾌검의 최고수라는 명성과는 그다지 어울려 보이지 않았다. 그의 허리춤에 매인 고색창연한 보검이 아니었다면 오히려 골방에서 글공부만 하는 낙척문사(落拓文士)나 풍류재사로 생각했을 것이다. 또한 조용히 술잔을 기울이는 그는 백지장처럼 창백한 얼굴에 전혀 표정이 없어서 마치 목석으로 만들어진 인형을 보는 것 같았다.

그에 비해 구양수진은 얼굴 전체에 훈훈한 미소를 지은 채 연신 진산월에게 시선을 주고 있었다. 조금 전에 가벼운 인사를 하기는 했지만, 자리가 자리인지라 진산월과 좀 더 대화를 나누지 못한 것이 아쉬운 듯한 표정이었다.

진산월은 단봉 공주의 초대를 받고 참석하기는 했으나 이 자리가 그다지 편치 않았다. 특히 장내 대부분의 시선이 자신과 모용봉에게 집중되어 있는 것이 느껴져서 마음속의 불편함이 더욱 커졌다.

내일이면 유중악이 무림의 군웅들이 모여 있는 공개 석상에서 모용봉에 대한 의혹을 정식으로 제기할 것이다. 그 일에는 무당파의 제일 어른이자 환우삼성의 한 사람인 대엽 진인도 가세할 것이기에 그 여파는 실로 적지 않을 게 분명했다. 이런 사정을 뻔히 알고 있는 상황에서 당사자인 모용봉과 한자리에 앉아 있는 것은 아무래도 불편할 수밖에 없었다.

그런 그의 기색을 알아차리기라도 한 듯 차복승의 주름진 눈이 그에게로 향했다.

"오늘 진 장문인의 표정이 예전보다 무거워 보이는데, 특별히 마음에 거슬리는 점이라도 있소?"

진산월은 담담한 표정으로 고개를 저었다.

"그럴 리 있겠습니까? 연회는 아주 마음에 듭니다. 다만 이틀 후의 일 때문에 마음 편히 연회를 즐길 입장이 아닌 게 아쉬울 뿐입니다."

"오, 그 생각을 미처 못 했구려. 중요한 대전을 앞에 두고 안정을 취해야 하는데, 공연히 번거롭게 해서 진 장문인의 심기를 어지럽힌 게 아닌지 모르겠소."

"그렇지 않습니다. 오히려 잠시 마음의 여유를 찾을 수 있어서 연회에 참석하기를 잘했다는 생각이 드는군요."

"그렇게 생각해 주니 고맙소. 모쪼록 이번 일에 좋은 결과가 있기를 바라겠소."

"감사합니다."

차복승은 화제가 종남파와 형산파의 대결로 넘어가는 걸 피하는 것 같았고, 진산월도 이런 자리에서 그 문제를 거론하고 싶지는 않았기에 그저 간단히 사례만을 표했을 뿐이었다.

사실 그 일은 이런 자리에서 꺼내기에는 지나치게 민감한 사안이었다.

그 대결은 단순히 양 문파 사이의 문제가 아니라 무림 전체의 판도를 뒤흔드는 중대한 사건이었다. 두 문파 모두 당금 무림의 거대한 세력들 중 하나였고, 그 결과에 따라 구대문파의 자리에 변동이 생길 뿐 아니라 무림에서의 위상도 크게 변화할 게 분명했다.

이긴 쪽은 중천에 떠오른 태양처럼 찬란한 명성을 구가할 테지만, 패한 쪽은 자칫 치명적인 손상을 입고 군소문파 중 하나로 전락할지도 모르는 일이었다.

무림인들 중에는 서장 무림과의 결전을 앞두고 주축이 되어야할 두 문파가 이런 건곤일척의 대결을 벌이는 것을 우려하는 자들도 적지 않았다. 무림의 힘을 하나로 모아도 부족할 판에 자칫 두 패로 갈라져 내홍(內訌)에 휩싸이게 되지 않을까 걱정스러웠던 것이다.

조용히 앉아 있던 모용봉이 문득 고개를 들어 진산월에게로 시선을 돌린 것은 바로 그 즈음이었다.

"진 장문인께서 이번에 무림맹의 중책을 맡기로 하셨다고 들었소."

진산월은 처음에는 약간 어리둥절하다가 이내 그가 무엇을 말하는지 알아차렸다.

"중책이랄 것까지는 없고, 내가 할 수 있는 일을 하기로 한 것뿐이오."

"선봉이란 어렵고도 위험한 자리요. 진 장문인께서 선뜻 그 자리를 맡아 주기로 한 덕분에 위지 맹주는 큰 짐을 덜었다며 안도하는 것 같았소."

진산월은 난데없이 위지립을 거론하는 모용봉의 속셈이 무엇인지 알기 위해 잠시 그를 주시했다. 하나 모용봉의 눈빛은 여전히 청명했고, 태도는 담담해서 그의 속마음이 어떠한지는 짐작조차 할 수 없었다.

위지립이 자신을 선봉으로 삼은 것에 마냥 순수한 의도만 있지는 않다는 건 진산월도 충분히 짐작하고 있었다. 그럼에도 진산월이 순순히 그의 제의를 승낙한 것은 어차피 서장 무림과의 대결을 피할 수 없는 이상 앞장서서 싸우는 것도 나쁘지 않다고 생각했기 때문이었다. 그래서 이번 일에 대한 주위의 시선이나 남들의 반응에 그다지 신경 쓰지 않았다.

그런데 지금 모용봉의 말을 듣고 나자 자신이 선봉에 서게 된 것에는 무언가 자신이 모르는 또 다른 내막이 있는 게 아닌가 하는 의구심이 들었다.

"위지 맹주를 만났소?"

진산월의 물음에 모용봉은 살짝 고개를 끄덕였다.

"이곳에 오기 전에 잠깐 만나서 이번 집회가 끝난 후의 상황에 대해 의견을 나누었소."

위지립과 모용봉은 누가 뭐라 해도 현재 강호에서 가장 중추적인 위치에 서 있는 인물들이었다. 그들이 만나서 대체 무슨 말을 주고받았는지 누구라도 궁금하지 않을 수 없을 것이다. 하나 진산월은 그 점에 대해 묻지 않았다. 대신 전혀 다른 질문을 던졌다.

"무림맹의 첫 번째 목표가 정해졌소?"

언뜻 모용봉의 입가에 한 줄기 희미한 미소가 떠올랐다.

"역시 진 장문인은 대단하시오. 확실히 우리는 서장 무림이 어떤 반응을 보이든 먼저 움직이는 것만이 정답이라고 판단했소. 그래서 집회가 끝난 후 바로 한 곳을 공격하기로 의견의 일치를 보았소."

"그곳이 어디요?"

모용봉의 입에서 조용한 음성이 흘러나왔다.

"흑갈방이오."

흑갈방은 섬서성의 중부에서 활약하는 흑도방파였다. 처음에는 작은 도적들의 집단에서 출발했으나 최근 몇 년간 무섭게 세력을 확장하여 지금은 강북 무림 전체를 영역으로 두고 있는 거대한 방파가 되었다.

그들의 수뇌부에 서장 무림의 고수들이 적지 않게 포함되어 있다는 것은 진산월도 이미 알고 있었고, 실제로 그들과 크고 작은 몇 번의 충돌을 벌이기도 했다. 그럼에도 막상 모용봉의 입에서 그들을 선제공격하겠다는 말을 듣게 되자 다소 의외라는 생각이 들지 않을 수 없었다.

"그들의 세력이 비록 방대하지만, 아직 수뇌부의 정확한 정체와 규모는 물론이고 그들의 총단이 어디에 있는지도 알려져 있지 않소. 그런데도 그들에 대한 공격이 가능하겠소?"

"이번에는 가능할 거요."

모용봉의 말은 무림맹에서 이미 흑갈방에 대해 상세하게 파악하고 있다는 의미를 담고 있었다.

진산월은 몇 가지 떠오르는 생각이 있었으나 더 이상 자세한 것은 묻지 않았다. 어차피 집회가 끝난 후에 위지립을 통해서 그에 대한 내막을 알게 될 것이기 때문이었다.

진산월이 잠시 상념에 잠겨 있을 때, 단봉 공주의 음성이 들려왔다.

"이렇게 두 분을 나란히 보고 있으니 문득 몇 년 전의 어느 날이 떠오르는군요."

낮게 속삭이는 듯하면서도 듣는 이의 마음을 묘하게 뒤흔드는 야릇함이 담긴 음성이었다.

"그때의 두 분은 굉장히 다른 사람들이라고 생각했었는데, 막상 이렇게 대화를 나누는 모습을 보고 있으니 다른 듯하면서도 무언가 비슷한 면이 있는 것 같이 느껴지는군요."

모용봉의 시선이 그녀에게로 향했다.

"공주께선 사 년 전의 일을 말씀하시는 모양이구려. 소림사의 후원에서 내가 진 장문인을 처음 만났던 바로 그날 말이오."

"기억하고 있군요."

"물론이오. 언제나 그날의 일을 잊지 않고 있지."

모용봉의 말속에는 의미를 알기 힘든 묘한 뜻이 담겨 있는 것 같았다. 단봉 공주의 한없이 영롱하면서도 차분한 눈이 모용봉의 두 눈에 고정되었다. 두 사람의 시선이 허공에서 교차되었다.

잠시 시간이 멈춘 듯한 순간이 지나간 후 단봉 공주는 다시 입을 열었다.

"그래서 당시의 일을 되새기는 의미에서 따로 몇 분의 손님을 모셨어요."

두 사람의 대화를 묵묵히 듣고 있던 진산월은 다소 의외라고 생각했다. 오늘 연회의 주최자는 단봉 공주였지만, 주빈은 누가 무어라 해도 모용봉이었다. 아무리 연회의 주최자라고 해도 주빈의 승낙도 받지 않고 다른 사람을 초대한다는 것은 예의에 어긋나는 일이었다.

그의 마음을 짐작이라도 한 듯 모용봉의 입가에 살짝 미소가 떠올랐다.

"사실은 내가 단봉 공주께 부탁하여 오늘 이 자리에 몇 사람을 더 불렀소. 미리 진 장문인의 양해를 구하지 못한 점을 사과드리 겠소."

"괜찮소. 오히려 두 분이 그렇게 말씀하시니 어느 고인들이 오 실지 절로 호기심이 동하는구려."

"결코 실망하지 않으실 거요."

모용봉의 웃음기 서린 음성과 함께 문이 열리며 두 사람이 나 란히 모습을 드러냈다.

백의를 입은 이십 대 후반의 청년과 비단옷을 걸친 뚱뚱한 체 구의 중년인이었다. 그들을 본 진산월의 눈빛이 여느 때보다 날카 롭게 번뜩였다.

"이제 보니 화산독응 유 소협과 석가장의 대공자이셨군."

백의 청년은 무뚝뚝한 표정으로 입을 굳게 다물고 있는 것에 비해, 비단옷의 중년인은 안면 가득 환한 미소를 지으며 진산월의 앞으로 쪼르르 달려왔다.

"헤헤, 진 장문인. 그동안 강녕하셨습니까? 몇 달 안 뵌 사이에 온 천하에 대명(大名)을 울리시더니 더욱 기개가 헌앙해지신 것 같습니다."

땀을 뻘뻘 흘리며 얼굴이 터지도록 웃고 있는 중년인은 다름 아닌 석가장의 십이지공자 중 첫째인 천서 석성이었다.

"나야 물론 잘 있었소. 그런데 내가 알기로 호광(湖廣) 일대는 구양가의 세력이라 당신은 좀처럼 이쪽으로는 출행하지 않는다고 들었는데, 이제는 이쪽까지 손을 뻗기로 결심한 거요?"

진산월의 말에 석성은 질색을 하며 고개를 흔들었다.

"무슨 그런 말씀을. 구양가의 사람들이 그 말을 들었다면 저를 찢어 죽이려 할 겁니다. 저는 그저 얼마 전에 새롭게 얻은 합비 쪽 다관을 들렀다가 무당산에서 중요한 집회가 열린다는 말을 듣고 호기심에서 찾아온 것뿐입니다."

진산월은 석성의 실눈처럼 가느다란 눈을 가만히 바라보더니 혼잣말처럼 나직하게 중얼거렸다.

"당신이 그렇다면 그런 거겠지."

석성은 짐짓 울상을 지어 보였다.

"진 장문인께서 왜 저를 그런 눈으로 보는지 모르겠지만, 저는 이제껏 진 장문인에게 거짓을 말한 적이 단 한 번도 없습니다. 믿어 주십시오."

"믿소. 천하에서 몇 손가락 안에 드는 장사꾼의 입에서 나온 말인데 믿지 않을 리 있겠소?"

석성은 늘 입 밖으로 자신은 천생 장사꾼이라는 말을 내뱉고 다녔는데, 진산월이 이를 넌지시 빗대어 말하자 쓴웃음을 머금을 수밖에 없었다. 그는 품에서 커다란 손수건 하나를 꺼내어 땀범벅이 되어 있는 얼굴을 닦으며 다시 활짝 웃었다.

"진 장문인의 말솜씨도 검술만큼이나 날카로워서 저로서는 점점 감당하기 벅찬 것 같군요, 하하! 그보다 오늘 좋은 자리에 초대해 주셔서 감사합니다."

석성은 모용봉과 단봉 공주를 향해 거푸 머리를 조아렸다.

그 모습은 경박하기 이를 데 없어서 강북에서 가장 거대한 거상(巨商)의 후예라고는 보이지 않았다. 하나 장내의 누구도 그를 무시하거나 경멸의 눈초리를 보내는 사람은 없었다.

우스꽝스러운 외모와는 달리 석성이 얼마나 예리하고 날카로운 두뇌의 소유자인지 모두들 익히 알고 있었던 것이다. 더구나 사업에 관한 그의 감각은 아버지인 석곤을 능가한다는 평가마저 있을 정도여서 석가장의 다음 대 장주로 가장 유력시되고 있었다.

석성은 의미심장한 눈으로 모용봉을 바라보았다.

"일전의 일로 모용 공자께서 저를 못마땅해 하시는 줄 알았는데, 이렇게 불러 주셔서 얼마나 기쁜지 모르겠습니다."

모용봉은 담담한 음성으로 반문했다.

"당시의 일은 깨끗하게 정리되어 피차간에 서로 빚진 게 없는데, 내가 왜 그 일로 당신을 못마땅해한단 말이오?"

석성의 유난히 작은 눈이 모용봉의 준수한 얼굴에 잠시 고정되었다.

"정말 그렇게 생각하십니까?"

"그렇소."

모용봉이 한 치의 머뭇거림도 없이 고개를 끄덕이자 석성은 다시 한 차례 이마의 땀을 닦았다. 그러고는 이내 한숨을 내쉬었다.

"공자께서 그렇게 생각하신다니 다행입니다. 그것도 모르고, 저는 그때 당시의 거래가 잘못된 것인 줄로만 알고 그동안 알게 모르게 공자님을 피해 다녔지 뭡니까?"

이번에는 모용봉의 투명한 시선이 석성의 얼굴에 못 박히듯 날아와 꽂혔다.

"거래가 잘못되었다니? 중독된 것이 완벽하게 해독되지 않았단 말이오?"

"아닙니다. 그때 제 몸은 공자님의 도움으로 깨끗하게 나았습니다. 다만…….”

"다만 뭐요?"

"제가 공자님께 준 선물이 잘못된 게 아닌가 하는 노파심에 쓸데없는 걱정을 한 모양입니다. 헤헤."

석성은 대수롭지 않다는 듯 얼버무렸으나, 모용봉은 무심한 눈으로 한동안 가만히 석성의 뚱뚱한 얼굴을 응시했다.

그때 진산월의 뇌리에 문득 과거의 기억 하나가 떠올랐다.

사 년 전의 모임에서 석성은 우연히 입수한 책의 번역을 맡긴 괴승의 암습으로 중독되었다가 모용봉이 준 술을 마시고 해독하여 그에게 목숨의 빚을 졌으며, 문제의 발단이 된 그 책의 번역본을 돌려받지 않음으로써 그 빚을 갚았다고 말한 적이 있었다. 그때 그가 돌려받지 않은 책은 '환우지이록'이라는 것으로, 고대의 법문으로 쓰여 있기에 중원에서는 해독할 수 있는 사람이 거의 없었다고 했다.

석성은 그때 모용봉에게 돌려받지 못한 '환우지이록'의 번역본이 제대로 된 것인지, 아니면 잘못된 것인지를 확신할 수 없어 모용봉을 만나는 것을 기피해 왔다고 고백한 것이다.

진산월의 머릿속으로 몇 가지 의문이 떠올랐다.

석성은 정말 단순히 번역본이 잘못되었을 가능성이 있다고 판단하여 모용봉을 피한 것일까? 만약 그렇다면 그가 그런 생각을 하게 된 이유는 무엇일까?

그리고 그는 그 문제를 왜 이런 자리에서 공개적으로 꺼낸 것일까?

만약 석성이 정말 번역본이 잘못 전해졌을 가능성을 염두에 두었다면 진즉에 모용봉을 찾아가 사실 여부를 파악했거나, 나중에 개인적으로 조용히 만나 말하는 것이 상식적이었다. 그런데 석성은 모용봉을 보자마자 그 이야기부터 꺼내 들었다. 석성이 경솔한 인물이라면 단순히 말실수라고 할 수 있겠지만, 진산월이 아는 석성은 이런 자리에서 절대로 실수를 하거나 생각 없이 함부로 입을 놀릴 사람이 아니었다.

그는 대체 무슨 의도에서 그런 말을 한 것일까? 그리고 그 말을 들은 모용봉의 표정은 왜 저토록 삼엄한 빛을 띠고 있는 것일까?

환우지이록의 번역본에는 대체 무슨 비밀이 담겨 있는 것일까?

진산월의 생각이 여기까지 이어졌을 때, 석성이 호들갑을 떨며 자리에 털썩 앉았다.

"아이고. 오늘 밤은 제법 무더워서 갈증이 났는데, 우선 목부터 축여야겠구나. 유 소협, 혼자 마시지 말고 나도 한 잔 주시구려."

석성은 이미 자리에 앉아서 혼자 술잔을 기울이고 있는 유장령에게 빈 술잔 하나를 내밀었다.

유장령의 짙은 검미가 한 차례 꿈틀거리며 얼굴 전체에 냉막한 기운이 퍼져 나갔다. 금시라도 들고 있던 술잔을 석성에게 집어

던질 기세였으나, 어찌 된 영문인지 그는 순순히 옆에 있는 술병을 들어 석성이 내민 술잔에 술을 따랐다.

석성은 얄밉도록 맛있게 술을 마시고는 호들갑을 떨었다.

"크으. 화산제일 기남자(奇男子)가 따라 주는 술을 마시니 더욱 꿀맛이로군. 이번에는 내가 한 잔 따라 드리겠소."

석성은 비어 있는 유장령의 술잔에 술을 따르려 했으나, 유장령은 말없이 들고 있는 술병으로 자신의 잔을 채웠다.

석성은 입맛을 다시더니 다시 이를 드러내며 웃었다.

"확실히 유 소협은 혼자 술을 따라 마시는 게 더 어울리는 것 같소. 역시 화산독응이랄까. 그나저나 아직 한 사람이 안 온 것 같군요. 늦는 사람은 항상 늦는다니까."

그의 투덜거림을 들었는지 다시 한 차례 문이 열리며 한 사람이 안으로 들어왔다.

"하하. 미안하게 됐소. 갑자기 골치 아픈 일이 생겨서 그걸 해결하느라 늦고 말았소."

들어온 사람은 자색 유삼을 입은 훤칠한 키의 청년이었다.

말과는 달리 그의 얼굴에는 위풍 어린 미소가 어려 있어 조금도 미안해하거나 쑥스러워하는 기색이 보이지 않았다. 그의 얼굴 표정과 허리를 꼿꼿이 세운 자세는 당당함을 넘어 오만해 보이기까지 했다.

자삼 청년은 한쪽에 앉아서 열심히 술을 홀짝거리고 있는 석성을 타박했다.

"당신은 자기 할 일도 제대로 못하면서 내가 조금 늦었다고 내

흉을 보고 있는 거요?"

석성은 입안 가득 음식을 집어넣고 있다가 쭉 찢어진 눈으로 그를 힐끔거렸다.

"내가 무슨…… 할 일도 못했다고?"

"당신이 할 일을 제대로 했으면 내가 왜 늦었겠소?"

"그게 무슨 말이오?"

"지저분하니 입에 있는 음식이나 모두 삼키시오. 그 일은 잠시 후에 계산하기로 합시다."

이어 자삼 청년은 주위를 한 차례 둘러보더니 이내 진산월에게로 시선을 고정시켰다.

그와 눈이 마주친 순간, 진산월은 좀처럼 보기 힘든 강력한 기운을 느낄 수 있었다. 그것은 절정의 검객에게서나 볼 수 있는 무형지기였다.

자삼 청년은 빙글거리며 진산월을 향해 웃고 있다가 성큼 한걸음 내디뎠다. 그러자 그들 사이에 있던 탁자들이 옆으로 주르르 밀려났다.

진산월은 여전히 미동도 않고 자리에 앉은 채 자신을 향해 다가오는 그를 바라보고 있었다.

자삼 청년은 정확히 세 걸음 다가왔다.

그러고는 한동안 진산월을 가만히 쳐다보더니 돌연 가볍게 포권을 했다.

"드디어 만나게 되었군. 반갑소. 나는 백자목이라는 사람이오."

백자목.

그 이름을 듣자 진산월의 눈빛이 한층 더 깊어졌다.

백자목은 신목령주의 열두 제자들 중 대제자로 알려져 있었다. 진산월은 그동안 신목령의 고수들과 여러 번의 마찰을 일으켰고, 그중에는 그의 손에 목숨을 잃은 자들도 있었다. 이런 곳에서 뜻하지 않게 소문으로만 듣던 신목일호를 만나게 될 줄은 미처 예상치 못한 일이었다.

"종남의 진산월이오."

진산월이 덤덤한 표정으로 그의 인사를 받자 백자목은 빙긋 미소 지었다. 어딘지 모르게 흥겨움이 담겨 있는 듯한 웃음이었다.

"내가 얼마나 진 장문인을 만나고 싶어 했는지 진 장문인은 짐작도 하지 못할 거요."

"나를 말이오?"

"그렇소."

"그러고 보니 신목령의 사자들 몇 사람과 묵은 은원이 쌓여 있는 것이 기억나는구려. 그 일 때문이오?"

약간은 도발적인 진산월의 대꾸에 백자목은 살짝 고개를 내저었다.

"본 령의 고수들 몇이 진 장문인과 약간의 문제를 일으킨 것은 나도 알고 있소. 하지만 그거야 그들 사정이고, 나는 다른 일로 진 장문인을 꼭 만나고 싶었소."

진산월은 신목사자들이나 오천왕 사이의 일은 전혀 상관하지 않는다는 백자목의 말에 내심 의아한 생각이 들었다.

"그렇다면 무엇 때문에 나를 그토록 만나고 싶어 했던 거요?"

"많은 사람들이 진 장문인이 당대 제일의 검객이며 진 장문인의 검정중원이 당금 무림 최고의 검학(劍學)이라고 믿고 있소."

여기까지 듣고 나자 진산월은 백자목의 입에서 무슨 말이 나올지 대충 짐작이 갔다. 그리고 다음에 이어진 말은 그의 예상을 크게 벗어나지 않는 것이었다.

"나도 검을 익힌 사람이니, 그런 말을 들을 때마다 관심이 동하지 않을 수 없었소. 그래서 언제고 천하제일의 검초라는 진 장문인의 검정중원을 직접 눈으로 보고야 말겠다고 굳게 다짐했소."

진산월을 바라보는 백자목의 두 눈에 기이한 열기가 감돌았다.

"내게 검정중원을 견식할 기회를 주시지 않겠소?"

진산월은 짤막하게 대답했다.

"내 검은 구경거리가 아니오."

백자목의 입가에 떠올라 있는 미소가 조금 더 짙어졌다.

"구경거리라니. 당치 않은 말이오. 천하의 누가 감히 신검무적을 구경거리로 생각한단 말이오?"

진산월은 백자목을 빤히 쳐다보았다. 당신이 지금 나를 그렇게 보고 있지 않으냐는 의미의 눈빛이었다.

백자목은 돌연 진산월의 맞은편 의자에 털썩 주저앉았다. 거칠고 무례한 행동이었으나 진산월은 눈썹 하나 찡그리지 않았고, 백자목도 그의 반응에는 전혀 신경 쓰지 않는 모습이었다.

"원래 이곳에 올 때는 진 장문인의 바짓가랑이를 붙잡아서라도 검정중원을 꼭 보고 싶었소. 지금도 기분 같아서는 진 장문인에게 비무라도 청하고 싶지만 진 장문인이 응할 것 같지도 않고, 거절

당하면 괜히 자존심만 상할 것 같아 포기해 버렸소."

그는 자신의 앞에 놓인 술잔을 집어 들었다.

"대신 술 한 잔 따라 드리고 싶은데, 진 장문인의 의향은 어떠시오?"

진산월은 거칠 것 없어 보이는 그의 언행에 내심 의아한 생각이 들었다.

'듣기로는 신목일호가 누구보다 냉정하고 치밀한 성정의 소유자라고 했는데, 강호의 소문이 와전된 것일까? 아니면…….'

비록 처음 만난 사이지만 강호의 이름난 고수가 술 한 잔 따라 준다는데 거절하는 것도 우스운 일이라 진산월은 살짝 고개를 끄덕였다.

"좋소."

진산월의 말이 끝나기가 무섭게 백자목은 앞에 놓인 술잔에 술을 가득 부었다. 그런 다음 술잔을 진산월에게 내밀었다.

진산월은 무심코 손을 내밀어 술잔을 잡으려 했다. 그러다 살짝 눈을 빛냈다. 백자목이 내민 술잔이 미묘하게 흔들리는 것을 발견한 것이다.

그 흔들림은 아주 작아서 대수롭지 않아 보였지만, 진산월은 그것이 상당히 교묘한 변화를 담고 있음을 한눈에 알아차렸다.

어느 쪽으로 잡든 그 흔들림을 다스리기가 쉽지 않아 보였다. 전후좌우로 흔들리고 있을 뿐 아니라 상하로도 묘한 변화가 숨어 있었다. 그럼에도 술잔에 가득 담긴 술은 전혀 흘러내리지 않았다. 심지어는 조금의 움직임조차 없었다. 그것은 술잔에 담긴 술이 술잔을 잡고 있는 백자목에 의해 완벽하게 통제되고 있음을 나타내는 것이었다.

그 술잔과 술 속에는 틀림없이 상당한 기운이 담겨 있을 것이다. 아무 생각 없이 그 술잔을 잡았다가는 가득 담긴 술이 밖으로 넘쳐흘러 손등을 적실 것이 뻔했다. 상대가 정중하게 따라 준 술잔을 제대로 잡지도 못하고 흘려 버린다면 망신도 그런 망신이 없을 것이다.

술잔을 내밀고 있는 백자목의 얼굴에는 부드러운 미소가 떠올라 있었다. 진산월은 그 미소 띤 얼굴을 바라보며 천천히 손을 내밀어 술잔을 잡았다.

막 그의 손이 술잔에 닿기 직전에 술잔이 한 차례 크게 흔들렸다.

그럼에도 술은 전혀 넘치거나 흘러내리지 않았다. 진산월은 자연스런 동작으로 술잔을 잡았고, 백자목은 그를 빤히 응시하고 있다가 느릿느릿 술잔을 놓았다.

방금 전의 짧은 순간에 백자목이 들고 있던 술잔이 무려 서른여섯 번의 변화를 일으켰다는 것을 제대로 알아본 사람은 많지 않았다. 그리고 진산월이 잔을 잡는 손의 위치를 열두 번이나 바꾸어서야 그 모든 변화를 파훼하고 술잔을 완벽하게 제어할 수 있었다는 것은 극소수의 인물들만이 간신히 알아보았을 뿐이었다.

진산월의 손이 잔을 잡는 순간에 술잔이 크게 흔들린 것은 두 사람의 경력이 술잔 안에서 정면으로 격돌했기 때문이었다. 그럼에도 술잔 속의 술이 넘치지 않은 것은 진산월의 기운이 순식간에 술잔 전체를 감싸 버렸기 때문이기도 했다.

백자목은 자신이 술잔 속에 남겨 놓은 경력이 진산월에 의해 완전히 흩어진 것을 확인한 다음에야 술잔에서 손을 떼었는데, 그때의 표정이 참으로 오묘했다.

진산월은 술잔을 들어 술을 마시고는 술잔을 탁자 위에 내려놓았다.

"잘 마셨소. 이번에는 내가 한 잔 따라 드리지."

쪼르르…….

진산월이 술잔에 술을 따르는 소리가 유난히 크게 들렸다.

장내의 인물들은 모두 당금 무림의 최정상을 달리는 고수들이었기에 이미 진작부터 두 사람 사이의 심상치 않은 공기를 느끼고 있었다. 백자목이 진산월에게 술잔을 내밀 때부터 흥미 있게 바라보던 중인들은 진산월이 빈 술잔에 술을 따라 백자목에게 내밀자 눈을 크게 떴다.

그들은 이미 그 술잔이 조금 전 두 사람이 내뿜는 경력에 의해 산산이 박살 난 상태였음을 알아차렸던 것이다. 그런데도 진산월은 그 부서진 술잔에 술을 가득 따랐고, 술은 전혀 흘러내리지 않은 채 찰랑거리고 있었다.

진산월이 잔을 내밀자 이번에는 백자목이 천천히 잔을 받기 위해 손을 앞으로 내뻗었다.

진산월이 내민 술잔은 전혀 아무런 변화가 없었고, 술잔에 담긴 술도 자연스런 흔들림만이 있을 뿐이어서 겉으로 보기에는 아무런 이상도 없는 듯했다.

그럼에도 백자목의 손이 술잔에 닿자 조금 전처럼 술잔이 한 차례 크게 흔들렸다.

하나 이번에도 술잔 속의 술은 흘러내리지 않았다. 백자목은 술 잔을 들어 단숨에 술을 마시고는 이내 술잔을 바닥에 내려놓았다.

"잘 마셨소. 다음에는 꼭 제대로 된 술자리를 가져 보고 싶구려."

"기회가 된다면."

"그렇군. 기회가 필요하겠군."

백자목은 다시 피식 웃었다.

두 사람이 술잔을 주고받는 광경은 인상적이었으나, 겉으로 드 러난 결과는 똑같아 보였다. 하나 안목이 예리한 사람이라면 백자 목의 손끝에 약간의 물기가 묻어 있음을 알아차렸을 것이다.

백자목 또한 자신의 손에 묻은 물기를 잠시 내려보다가 소맷자 락에 물기를 닦으며 대수롭지 않게 웃어 보였다.

"칠칠치 못하게 술을 흘리고 말았군. 진 장문인이 정말 상대하 기 까다로운 사람이라서 조심해야 한다는 주위 사람들의 말을 그 다지 믿지 않았는데, 이번에야말로 확실히 알게 되었소."

백자목은 진산월의 두 눈을 뚫어지게 응시했다.

"진정으로 무서운 것은 진 장문인의 검뿐만 아니라 심계라는 것을 말이오."

조금 전에 진산월이 내민 술잔에는 아무런 경력도 담겨 있지 않았고, 일체의 변화도 없었다.

그럼에도 백자목은 진산월의 반격을 경계하여 경력을 잔뜩 끌 어올렸고, 그 바람에 하마터면 간신히 형체만을 유지하고 있던 술잔을 박살 낼 뻔했다.

세차게 흔들린 술잔이 부서지지 않은 것은 순전히 그가 자신의 실수를 알아차리고 재빨리 경력으로 술잔을 보호했기 때문이었다.

그 경력의 수발이 거의 알아차리기도 힘들 만큼 순식간에 이루어진 것만으로도 백자목의 내공이 얼마나 심후하고 정심한지 여실히 증명된 셈이었으나, 백자목로서는 오히려 상대의 심계에 놀아난 자신을 자책하지 않을 수 없었을 것이다.

백자목의 심정이 어떠하든 진산월의 얼굴은 담담하기 그지없었다. 그저 단순히 술 한 잔을 주고받았을 뿐, 아무런 일도 없다는 듯한 모습이어서 백자목으로서는 허탈함을 넘어 얄밉다는 생각이 들 정도였다.

하나 백자목 또한 자신의 마음을 다스리는 것에는 정통한 인물이어서 이내 빙긋 웃으며 다시 술병을 집어 들었다. 조금 전에 백자목이 내려놓았던 술잔은 이미 잘게 부서진 채 수북한 먼지가 되어 탁자 위에 쌓여 있었다.

백자목은 아무렇지도 않은 얼굴로 그 먼지들을 소맷자락으로 쓸어버린 후 다른 술잔에 술을 따랐다. 그런 다음 그 술잔을 한쪽에 말없이 앉아 있는 유장령에게 내밀었다.

유장령은 날카로운 눈으로 백자목을 쏘아보았다. 사람의 폐부를 칼로 찌르는 듯한 섬뜩한 눈빛이었으나, 백자목은 하얀 이를 드러내며 웃어 보였다.

"한 잔 받게. 생각해 보니 자네하고는 제대로 술 한 잔 나눈 적이 없는 것 같아서 말이지."

유장령은 입술을 굳게 다문 채 술잔은 쳐다보지도 않고 여전히 백자목을 노려보고 있었다.

백자목은 여전히 웃는 얼굴로 그에게 술잔을 내민 자세를 유지하고 있었다. 술잔을 받지 않으면 언제까지고 그런 자세를 취하고 있을 기세였다.

유장령은 천천히 고개를 움직여 백자목의 손에 들린 술잔을 내려다보았다.

"그러고 보니 몇 년 전에 신목오호란 자를 만난 적이 있었지. 그때 그자도 내게 술을 따라 주지 못해 안달을 했었는데, 신목령의 졸자들은 모두 술 안 따라 주고 죽은 귀신이라도 붙은 건가?"

퉁명스럽게 내뱉은 그의 말에 팽팽함이 감돌았던 장내의 공기가 풀어지며 사람들의 표정이 이상야릇하게 변했다. 그들 중에는 터져 나오려는 웃음을 참느라 잠시 숨을 몰아쉬는 자들도 있었다.

확실히 사 년 전의 연회에서도 유장령은 신목오호 악자화와 한바탕 신경전을 벌였으며, 결국 모용봉이 중간에 술잔을 던지며 나선 후에야 소동이 가라앉은 일이 있었다. 냉막한 얼굴에 좀처럼 말 한마디 꺼내지 않던 과묵한 유장령이 당시의 일을 빗대어 백자목은 물론이고 신목령 전체를 조롱하는 말을 던졌으니 유장령에 대해 조금이라도 알고 있는 사람이라면 누구라도 어안이 벙벙하지 않을 수 없었을 것이다.

백자목의 얼굴에도 어이없어 하는 빛이 떠올랐다. 하나 그는 화를 내기는커녕 피식 웃으며 들고 있던 술잔을 탁자 위에 내려놓았다.

"술 한 잔 주고받자는데 너무 딱딱하게 구는군. 졸자라는 말이 귀에 거슬리기는 하지만, 일전의 일도 있고 하니 이번에는 그냥 넘어가도록 하지. 그나저나 이 잔은 누구에게 줘야 하나?"

주위를 둘러보던 백자목의 시선이 문득 모용봉의 옆에 앉아 있는 구양수진에게로 향했다. 언뜻 구양수진을 응시하는 백자목의 눈에 기이한 빛이 일렁거렸다.

"구양가의 막내 공자께서는 어떤가? 내 잔을 받아 볼 의향이 있는가?"

구양수진은 지금까지 술도 마시지 않은 채 한쪽에서 조용히 사태를 지켜보고 있었다. 그런데 백자목이 돌연 자신을 지목해서 말을 걸어오자 짐짓 눈을 크게 뜨고 그를 쳐다보았다.

"나 말이오?"

"그래. 그동안 얼굴은 몇 번 보았지만 제대로 이야기를 나눌 기회도 별로 없었는데, 이번에 술이라도 함께 마시며 서로를 알아보는 것도 좋지 않겠나?"

구양수진은 주저하지 않고 냉큼 고개를 끄덕였다.

"좋은 생각이오. 이왕이면 좀 더 큰 잔에 한 잔 가득 부어 주시오."

구양수진은 자연스런 동작으로 자신의 옆에 놓인 제법 큰 술잔을 들어 백자목을 향해 슬쩍 던졌다. 은으로 만든 주먹만 한 크기의 술잔이 자신을 향해 날아오자 백자목의 얼굴에 재미있다는 표정이 떠올랐다.

백자목은 한눈에 그 술잔이 기묘한 방식으로 날아오고 있음을 알아보았던 것이다.

'느릿느릿 도는 모양을 보니 회선궁(回旋穹)도 아니고 그렇다고 선전륜(旋轉輪) 수법이라고 하기에는 움직임이 너무 적군. 위아래로 가늘게 떨리는 건 조핵표(照核飄) 방식 같은데? 가만있자. 조핵표와 어울릴 만한 암기 수법이 어떤 게 있더라?'

자신의 눈앞으로 날아드는 술잔이 지척에 가까워졌는데도 백자목은 술잔을 잡을 생각은 하지 않고 여전히 상념에 골몰해 있었다.

'그래. 이제 알겠군. 포천십이삼(抱天十二衫) 중 일식인 담천윤회(曇天輪洄)의 변화를 섞었군. 손으로 던지는 척하면서 슬쩍 소맷자락을 이용하다니, 역시 방심할 수 없는 놈이야.'

조금 전에 구양수진이 술잔을 던질 때 그의 소맷자락 끝 부분이 살짝 술잔에 닿았는데, 그때 우연인지 구부러진 구양수진의 손등이 시선을 가리는 바람에 눈이 예리한 백자목도 미처 알아차리지 못했었다. 백자목은 한동안 술잔이 날아오는 변화를 유심히 보고 난 후에야 비로소 구양수진이 술잔을 던질 때 소맷자락을 이용했다는 것을 깨달았던 것이다.

하지만 그때는 이미 술잔이 그의 코앞에 거의 도달해 있는 상황이었다.

막 술잔이 얼굴에 닿으려는 순간, 백자목은 마치 파리를 잡듯 너무도 수월하게 술잔을 잡아챘다. 그런 다음 술병을 들어 술잔에 술을 가득 부었다. 잔이 제법 커서 거의 반병 가까운 술이 들어간 다음에야 잔이 채워졌다.

거의 잔이 넘치기 직전까지 술을 부은 백자목이 가볍게 손을 내젓자 술잔이 둥둥 떠서 구양수진을 향해 날아갔다.

백자목이 조금 전에 술잔을 잡은 동작은 얼핏 보기에는 단순했으나 사실은 춘방태허(春放太虛)와 악산진해(握山鎭海), 이산감악(移山憾岳)의 세 가지 절학이 교묘하게 혼합된 상승의 수법이었다.

상하로 흔들리는 조책표의 움직임을 춘방태허로 제어하고, 느린 듯하면서도 강력한 회전력을 지닌 차천윤회를 악산진해로 다스린 다음, 술잔에 담긴 막강한 경력을 이산감악의 수법으로 와해시킨 것이다. 그 모든 동작을 단 일순간에 해치웠으니 실로 놀라운 일이 아닐 수 없었다.

더욱 감탄스러운 것은 지금 허공을 둥둥 떠서 날아가는 술잔이었다. 어른 주먹 크기의 술잔에 술이 가득 담겨 있음에도 술잔은 마치 보이지 않는 누군가가 잡고 있는 것처럼 한 치의 흔들림도 없이 천천히 허공을 날아가고 있었다. 빠르게 던지는 것은 웬만한 강호의 고수라면 누구라도 가능하지만, 지금처럼 느리게 날려 보내는 것은 절정의 암기 고수가 아니라면 불가능한 일이었다.

더구나 술이 가득 담긴 술잔이 조금도 흐르거나 넘치지 않도록 조정한다는 것은 더욱 어려운 일이었다.

구양수진 또한 그 술잔에 담긴 가공할 기운과 절묘한 변화를 한눈에 알아보았는지 눈도 깜박이지 않고 자신을 향해 날아오는 술잔을 주시하고 있었다.

느릿느릿 허공을 날아오던 술잔은 구양수진에게 다가갈수록 점차로 빨라지기 시작했다. 그러더니 처음과는 비교도 할 수 없을 만큼 빠른 속도로 구양수진의 얼굴을 향해 날아들었다.

"엇?"

장내에 있던 누군가가 짤막한 경호성을 토해 냈다. 그만큼 술잔의 움직임이 갑작스러웠고, 구양수진을 향해 날아드는 기세가 매서웠다.

막 술잔이 구양수진의 얼굴을 가격하려는 순간, 구양수진이 오른팔을 크게 휘둘렀다.

그러자 유난히 넓은 소맷자락이 술잔을 비롯한 그의 상반신을 온통 가려 버렸다.

소맷자락은 이내 거두어졌고, 이어서 술잔을 들고 있는 구양수진의 모습이 중인들의 시야에 들어왔다. 놀랍게도 그의 손에 들린 술잔은 단 한 방울의 술도 흐르거나 넘치지 않은 채 원래의 모습을 유지하고 있었다.

구양수진은 술을 단숨에 들이마신 후 백자목을 향해 살짝 고개를 숙였다.

"좋은 술을 잘 마셨소. 아울러 귀하의 성사제탄(星射齊彈) 수법도 잘 견학했소."

백자목은 여전히 입가에 미소를 그치지 않고 있었다.

"나야말로 좋은 구경을 했네. 포천삼의 최후 초식인 포천차일(抱天遮日)을 볼 수 있다니 오늘은 운이 좋은 날이로군."

두 사람은 서로 웃고 있었지만, 그들 사이에 흐르는 공기는 더할 수 없이 팽팽해졌다.

짝!

그때 묵묵히 앉아 있던 모용봉이 돌연 가볍게 손뼉을 쳤다.

"자, 이제 올 사람은 모두 온 것 같으니 제대로 된 연회를 즐겨

보도록 합시다."

단순히 손뼉을 마주친 것에 불과했으나, 그 바람에 주위에 팽배해 있던 긴장감이 씻은 듯이 사라져 버렸다.

"후우."

누군가의 가느다란 한숨 소리가 들려왔다. 그만큼 조금 전의 분위기는 금시라도 터질 듯 살벌했던 것이다.

백자목은 피식 웃으며 유장령에게 주려고 따라 놓았던 술잔을 집어 들었고, 구양수진 또한 들고 있는 빈 술잔에 술을 채웠다.

유장령은 여전히 퉁명스런 표정으로 앉아 있었고, 진산월은 조용히 낙일방이 따라 주는 술잔을 받고 있었다.

그 네 사람을 차례로 훑고 지나가던 모용봉의 시선이 자연스레 단봉 공주에게로 향했다.

붉은 망사 사이로 내비치는 단봉 공주의 눈빛은 영롱하기 그지없었으나, 누구도 그 속에 숨은 뜻을 알기 어려웠다. 모용봉은 복잡한 색으로 반짝이는 그녀의 눈을 잠시 들여다보다가 천천히 고개를 돌렸다. 그때 그의 미간은 자신도 모르게 살짝 찌푸려져 있었다.

그러고는 무언가 깊은 상념에 잠긴 듯 입을 굳게 다문 채 허공의 한 점을 응시하고 있었다.

장내에는 적지 않은 사람들이 있었으나, 누구도 큰 소리로 떠들거나 시끄럽게 하지 않아서인지 아주 조용했다. 간혹 몇 사람이 나직하게 소곤거리기는 했으나 분위기 자체는 연회에 어울리지 않는 무거운 것이었다.

하나 그것도 잠시, 몇 차례의 술잔이 돌자 점차로 주위가 소란스러워지면서 제법 연회다운 모습으로 변하기 시작했다. 그리고 이내 누구도 예상치 못했던 화려한 무대가 펼쳐졌다.

그 발단은 장내에서 가장 나이가 많은 차복승의 탄식에서 비롯되었다.

"아쉽구나. 정말 아쉬워."

그렇지 않아도 너무 조용하고 차분한 연회의 분위기에 슬슬 지루함을 느끼던 석성이 작은 눈을 반짝이며 재빨리 그의 말을 받았다.

"차 대협께선 대체 무엇이 그리도 아쉬운 건지요?"

차복승은 주름진 얼굴에 부드러운 미소를 지어 보였다.

"허허. 오늘 이렇게 강호의 젊은 영웅들이 한자리에 모인 것도 좀처럼 드문 일일 것이오. 이런 귀한 날을 그냥 술만 마시다 보내는 것은 너무 아쉽다고 생각하지 않소?"

석성은 반색을 하며 자신도 모르게 탁자를 두드렸다.

"정말 옳으신 말씀입니다. 저도 오늘 연회가 참석하신 분들의 화려한 면면과는 다르게 무언가 미진하다고 생각했었는데, 차 대협의 말씀을 듣고 보니 왜 그렇게 느꼈는지 그 이유를 알 것 같습니다."

석성이 호들갑을 떠는 바람에 주위의 시선이 자연스레 그들에게로 향하게 되었다.

제 312 장
사인사색(四人四色)

제312장 사인 사색 (四人四色)

차복승은 중인들의 관심이 자신에게 몰리는 것을 알면서도 여전히 사람 좋은 웃음을 흘리고 있었다.

"석 대공자도 그렇게 느꼈다니 확실히 사람들이 생각하는 건 모두 비슷한 것 같소."

"헤헤. 대공자라니 너무 과분한 칭호입니다. 그리고 제게 말씀 놓으십시오."

"허허. 그래도 석가장의 대공자를 어찌 함부로 대할 수 있겠소?"

"아닙니다. 저는 그게 더 편합니다. 제발 부탁드립니다, 차 대협."

석성이 오히려 사정하는 투로 말하자 차복승은 어쩔 수 없다는 듯 고개를 설레설레 흔들었다.

"자네가 그렇게까지 말하니 노부도 편하게 말하겠네. 그래서 자네의 생각은 어떤가?"

석성의 쥐눈이 유난히 반짝거렸다.

"원래 연회의 백미는 뭐니 뭐니 해도 참석하신 분들이 자신의 솜씨를 선보이는 장기 자랑이 아니겠습니까?"

"그렇긴 하지."

"그렇지만 오늘 이 자리에 오신 분들은 거대 문파의 수장이거나 당금 무림의 최정상에 있는 절정고수들이십니다. 이런 분들에게 솜씨를 보이라고 하는 건 너무 무리한 욕심이고 주제넘은 부탁일 겁니다."

"그래서 노부도 아쉬워하고만 있었던 걸세."

석성은 흐르는 땀을 손수건으로 닦으며 한층 낮은 음성으로 속삭이듯 입을 열었다. 그래 보았자 장내의 인물들은 모두 뛰어난 고수들이라 그의 음성을 듣지 못한 사람은 아무도 없는 상황이었다. 오히려 그의 입에서 무슨 말이 나올지 귀를 기울이는 듯한 모습이었다.

이를 아는지, 모르는지 석성과 차복승은 자신들이 하고 싶은 말을 거리낌 없이 토해 냈다.

"하지만 그분들 또한 마음 한구석으로는 다른 사람의 솜씨를 볼 수 있기를 은근히 기대하고 있을 겁니다. 이런 분들이 한자리에 모일 기회란 좀처럼 없다는 것을 스스로들 너무도 잘 알고 있을 테니 말입니다."

"흠. 그럴듯한 생각이군."

"그러니 우리는 살짝 무대만 만들어 주면 되는 일입니다."

"어떤 무대 말인가?"

"자신의 실력은 보이지 않으면서도 다른 사람의 솜씨는 구경할 수 있는 무대 말입니다."

언뜻 그의 말을 이해하지 못했는지 차복승이 고개를 갸웃거렸다.

"그게 무슨 말인가? 좀 더 자세히 말해 보게."

"각자 자신이 솜씨를 보기를 원하는 사람을 지목하여 가장 많은 지목을 당한 분의 솜씨를 구경하는 겁니다."

"재미있는 방식이긴 한데, 이렇게 많은 고수들 중 딱 한 사람의 솜씨만 본다는 건 조금 아쉽군."

"그러면 그분이 다시 몇 사람을 지목하게 하면 됩니다. 세 사람 정도면 어떨까요?"

"그럼 도합 네 사람의 솜씨를 볼 수 있다는 말이로군."

"그 정도면 괜찮지 않겠습니까?"

차복승은 잠시 생각에 잠겼다가 차분한 음성으로 말했다.

"재미있는 생각이긴 한데, 지목당한 한 사람에게 세 사람을 다시 지목하라고 하는 건 조금 과한 일 같군. 그리고 처음 지목당한 사람의 심정도 그리 좋을 것 같지 않고. 그러니 이렇게 하면 어떤 가?"

"말씀하십시오, 차 대협."

"처음에 가장 많은 지목을 당한 순서로 두 사람을 뽑고, 그 두 사람이 각자 한 사람씩 지목한다면 훨씬 더 자연스러워지지 않겠나?"

석성은 생각할 것도 없다는 듯 열심히 고개를 주억거렸다.

"정말 현명한 생각이십니다. 같은 네 사람이라도 제 의견보다는 훨씬 나은 방식이로군요."

주위 사람들의 의사는 물어보지도 않고 두 사람이 주거니 받거니 일방적으로 대화를 나누는 모습은 어딘지 모르게 실소를 금할수 없게 했다. 하나 장내의 누구도 그들의 대화에 간여하거나 반대 의견을 표시하지 않았다.

그것은 그들의 마음속에도 누군가의 솜씨를 보고 싶다는 욕망이 은연중에 잠재해 있었기 때문이다. 더구나 이 연회장에 있는고수들의 수는 십여 명이나 되기에 자신이 네 사람 중에 속하지않을 가능성이 훨씬 더 크다는 계산도 없지 않았다. 그렇게 본다면 석성의 제안은 그들의 그런 심리를 아주 교묘하게 파고든 것이라고 할 수 있었다.

언뜻 차복승의 미소 띤 얼굴이 모용봉을 향했다.

"모용 공자께서는 우리의 의견이 어떻다고 보시오?"

모용봉은 담담한 표정으로 대꾸했다.

"저야 안계를 넓힐 수 있는 일이라면 기꺼이 사양하지 않겠습니다. 다만, 이 자리를 마련하신 공주께서 불편해하지 않을까 걱정되는군요."

단봉 공주는 즉시 그의 말을 받았다.

"아니에요. 연회의 분위기가 너무 가라앉아 있어서 속으로 걱정하고 있던 참이었어요. 당대 최고 고수들의 솜씨를 볼 수 있다면 일부러라도 찾아가 볼 참인데, 나로서는 오히려 바라 마지않는 일이에요."

연회의 주최자와 주빈인 두 사람이 모두 찬성을 하자 다른 사람들도 반대 의사를 표하지 않았다. 오히려 흥미롭다는 표정을 한 자들이 대부분이었다. 승패를 가르는 비무도 아니고 단순히 솜씨를 보여 주는 것뿐이며, 자신이 선정될 확률 또한 지극히 낮은 편이니 크게 마음의 부담을 가질 필요가 없다는 점이 그런 분위기에 일조했다.

차복승은 차분한 눈으로 주위를 둘러보았다.

"모두 들으셨겠지만, 연회의 여흥을 돋우기 위해 노부가 잘 굴러가지도 않는 머리를 굴려 작은 무대를 마련하려 하오. 특별히 반대하는 분이 안 계신다면 일을 진행해 볼까 하오."

장내의 누구보다도 나이가 많은 차복승이 앞장서자 일이 급속도로 진행되었다. 덩달아 장내의 분위기도 조금씩 뜨거워지기 시작했다.

곧 지필묵이 준비되고 사람 수에 맞춰진 백지가 주어지자, 연회장에 있던 모든 고수들은 각자 주어진 종이에 가장 솜씨를 보고 싶은 사람의 이름을 적었다. 개중에는 노골적으로 자신이 적은 사람의 이름을 겉으로 드러내 보이는 자도 있었고, 아무도 보지 못하게 꽁꽁 숨기는 자도 있었다.

진산월은 특별히 숨길 일도 아니어서 이름을 적은 다음 묵이 마르기를 기다리고 있었는데, 맞은편에 앉아 있던 석성이 궁금한지 고개를 기웃거리다가 힐끗 진산월이 종이에 적은 이름을 보고는 눈을 크게 떴다.

필생의 호적수라고 판단되는 모용봉이나 등장할 때부터 그에게 경각심을 보였던 백자목 중 한 사람일 거라고 생각했는데, 전혀 엉뚱한 이름이 적혀 있었던 것이다.

분광검객.

석성이 가뜩이나 작은 눈을 동그랗게 뜨고 쳐다보자 진산월은 담담한 얼굴로 그 종이를 접어 시비에게 건네주었다.

석성은 무심코 무어라고 입을 열려다 진산월의 엄격한 눈빛을 받고는 급히 입을 다물더니 자신도 이름을 적은 종이를 몇 번이나 꼭꼭 접어서 시비에게 주었다.

시비들이 걷은 종이가 모두 모이자 차복승이 하나씩 펼치기 시작했다. 그의 손에서 종이가 펼쳐질 때마다 중인들의 표정이 조금씩 변하며 주위가 점차로 술렁거렸다.

장내의 인물들이 하나같이 당금 무림을 뒤흔드는 절세의 고수들이라고 해도 대부분은 이삼십 대의 젊은 나이였다. 그래서 이런 식의 유흥은 누구도 즐겨 본 적도 없었고, 들어 본 적도 없었다.

그러니 한 표 한 표가 나올 때마다 절로 흥분되지 않을 수 없었다.

그들 대부분의 심정은 자기 이름이 적혀 있기를 바라는 마음과 자신의 이름이 적히지 않기를 바라는 마음이 서로 뒤엉켜 자신들도 모를 만큼 혼란스러웠다. 그래서인지 침묵을 지키던 인물들 중 상당수가 이름이 밝혀질 때마다 짤막한 탄성을 터뜨리거나 무거운 신음을 발하기도 했다.

이번 연회에 참석한 사람의 수는 모두 열다섯 명이었다.

그들 중 가장 많은 이름이 적힌 사람은 대부분의 예상대로 진산월이었다. 그는 무려 과반수에 가까운 일곱 표를 받았는데, 그 중에는 유난히 꾸깃꾸깃 접힌 종이도 있었다.

두 번째로 많은 수가 나온 사람은 의외로 신목일호 백자목이었다. 처음 등장해서부터 연이어 파란을 일으킨 것에 대한 호기심과 질책이 혼합된 모양이었다. 백자목의 이름은 모두 네 장의 종이에 적혀 있었다.

그 외에 낙일방이 세 표, 분광검객 고심홍이 한 표를 받았다.

그리고 진산월과 함께 가장 많은 표를 받으리라고 예상했던 모용봉의 이름은 의외로 한 장의 종이에도 적혀 있지 않았다.

결과가 모두 밝혀지자 사람들의 표정은 제각각으로 변해 있었다. 전혀 예상치 못했는지 당혹스러워하는 자도 있었고, 예상대로 되었다는 듯 흔쾌히 고개를 끄덕이는 자도 있었다. 그리고 표에 담긴 의미를 해석하느라 열심히 머리를 굴리는 자도 있었다.

어찌 되었든 차분함을 넘어 지루하기까지 했던 연회의 분위기가 일신되어 주위의 공기가 뜨거워진 것은 분명한 사실이었다.

차복승이 열다섯 장의 종이를 다시 한 번 중인들에게 펼쳐 보인 후 너털웃음을 지었다.

"허헛! 노부도 예상 못한 결과가 나오기는 했지만, 덕분에 크게 안계를 넓힐 수 있는 기회를 얻게 되어 얼마나 기쁜지 모르겠소. 이름이 적히지 않은 분들 중에는 솜씨를 자랑할 기회를 놓쳐 아쉬워하는 분도 계시겠지만, 아직 그 기회가 완전히 사라진 건 아니니 너무 실망하지 마셨으면 하오."

이어 그는 주름진 눈으로 한 사람에게 시선을 고정시켰다.

"모두 확인한 대로 진 장문인의 이름이 가장 많이 적혀 있었소. 이제 드디어 강호제일검객의 솜씨를 본다고 생각하니 벌써부터 가슴이 떨려 오는구려."

모두의 시선이 모인 가운데 진산월은 천천히 자리에서 일어났다.

이 자리에 있는 자들 중 고수 아닌 사람이 없지만, 지금 이 순간 가슴이 설레지 않는 사람도 없었다. 진산월을 좋아하든, 그렇지 않든 모든 사람들은 그가 선보일 장면에 벌써부터 가슴이 두근거렸다.

당대 제일의 검객이라 칭송받는 진산월은 과연 어떤 놀라운 솜씨를 보여 줄 것인가?

중인들의 따가운 시선을 한 몸에 받은 채로 연회장의 중앙에 우뚝 서서 주위를 둘러보던 진산월은 천천히 용영검을 뽑아 들었다. 소리도 없이 뽑혀 나온 용영검에서 흘러나오는 우윳빛 검광이 불빛을 받아 이리저리 흔들리고 있는 모습이 무척이나 인상적이었다.

진산월은 용영검을 든 채로 잠시 허공의 한 점을 응시했다. 그러다 느릿느릿 오른손을 앞으로 내뻗었다. 그에 따라 용영검이 조금씩 공간을 미끄러져 가기 시작했다.

사람들은 모두 눈에 불을 켜고 진산월의 동작 하나하나를 뚫어지게 바라보고 있었다. 단 한순간도 놓치면 일생일대의 광경을 못보게 된다는 절박감이라도 있는 것처럼 눈도 깜박이지 않은 채 그를 주시하고 있는 자들도 있었다.

하나 이내 그들의 얼굴에는 어리둥절한 빛이 떠올랐다. 진산월의 움직임이 너무도 느렸던 것이다. 신검무적다운 눈부시고 찬란한 검법이 펼쳐지기를 기대했건만, 지금 그들의 눈앞에 보이는 광경은 지렁이가 기어가듯 한없이 느리고 굼뜬 것이었다. 어찌나 느린지 제법 시간이 흘렀음에도 아직도 직선으로 내뻗은 팔이 완전하게 펼쳐지지 않은 상태였다.

그럼에도 용영검의 검 끝은 미묘한 변화를 일으키고 있었다.

빠르거나 정교한 변화는 아니었다. 팔의 움직임만큼이나 느리고 단조로운 변화였다. 하나 일직선으로 곧장 앞으로 내뻗는 팔과는 달리 검 끝은 다른 방향을 향하고 있었다.

우두커니 진산월의 동작을 보고 있던 모용봉의 입에서 나직한 한숨이 흘러나온 것도 바로 그때였다.

"흐음."

그의 바로 옆에 앉아 있던 분광검객 고심홍이 그를 힐끔 쳐다보았다.

"왜 그러나?"

모용봉은 나직한 음성으로 입을 열었다.

"그가 펼치는 게 무슨 초식인지 알 것 같아서."

고심홍이 고개를 갸웃거렸다.

"아직 제대로 된 동작 하나도 보이지 않았는데 알아보았단 말인가?"

"다행히 내가 알고 있는 초식이라서 말이지."

모용봉은 대수롭지 않은 듯 말했으나, 고심홍은 여전히 의문이 가시지 않은 표정이었다.

"단순히 앞으로 팔만 내뻗었는데 그걸 어떻게 알아본단 말인가?"

"검 끝을 보게. 위로 살짝 올라가면서 우측 상단을 비스듬히 향하고 있네."

고심홍은 검도의 고수답게 누구보다 예리한 눈을 가지고 있었다. 그런 만큼 모용봉이 지적하지 않아도 용영검의 검 끝이 어떠한 변화를 일으키고 있는지 자세히 알고 있었다.

"그게 뭐 어때서? 그렇게 시작하는 초식이 못해도 수백 개는 될 걸세."

"그중에서 그가 익히고 있는 초식은 오직 하나뿐이지."

"그게 뭔가?"

"유운출곡. 유운검법의 기수식(起手式)일세."

유운검법이라면 고심홍도 익히 들어 본 적이 있었다. 종남파의 비전검법 중 하나이며, 신검무적의 성명절기(聲名絶技)와도 같아서 적어도 이름 자체는 강호인이라면 모르는 사람이 없을 정도로 널리 알려진 무공이었다.

고심홍은 묘한 눈으로 모용봉을 쳐다보았다.

종남파의 장문인이 뭇 군웅들 앞에서 종남파의 유명한 검법의 기수식을 선보인다는 것은 전혀 이상할 것이 없었다. 문제는 모용봉이 첫 동작만으로도 신검무적이 펼치는 초식을 알아보았다는 것이었다. 그것은 다시 말하면 신검무적이 익힌 대부분의 무공을 모용봉이 훤히 파악하고 있다는 의미였다. 적어도 유운검법의 모든 초식과 동작에 대해 세세하게 알고 있음은 너무도 분명해 보였다.

신검무적이 강호에 혜성같이 등장하여 뭇 고수들을 연파하기 전에는 거의 이름조차 제대로 알려지지 않았던 유운검법을, 모용봉은 대체 어떻게 그리도 소상하게 알고 있는 것일까?

그리고 신검무적은 유운검법의 기수식을 왜 이토록 답답할 정도로 느리게 펼치고 있는 것일까?

무공을 펼치기 시작한 지 제법 시간이 흘렀음에도 진산월은 이제 겨우 세 번째 동작을 선보이고 있었다. 그리고 그 즈음에는 장내에 있는 거의 모든 고수들이 지금 진산월이 펼치고 있는 것이 유운검법의 초식 중 하나임을 알아차렸다.

진산월이 어떤 솜씨를 보여 줄지 잔뜩 기대했던 사람들 중에는 실망에 찬 눈빛을 보내는 자들도 있었지만, 대부분은 아직도 흥미를 잃지 않은 채 진산월의 일거수일투족을 유심히 바라보고 있었다.

이를 아는지, 모르는지 진산월은 진중한 표정으로 느릿느릿 유운출곡의 초식을 전개하고 있었다.

원래 유운출곡은 유운검법의 기수식답게 유운검법 특유의 빠르고 변화무쌍한 맛을 담고 있으면서도 유운검법 내의 다른 초식들과 연계하기 수월하도록 자유분방한 면이 많았다. 펼치는 사람의 취향이나 의도에 따라 얼마든지 색다른 변화를 일으킬 수 있는 초식이었다.

진산월이 움직이는 속도가 워낙 느려서인지 허공을 가르는 용영검에서는 어떠한 소리도 들려오지 않았다. 하나 가끔씩 불빛을 받아 번쩍이는 용영검의 검광을 보는 중인들은 날카로운 검명(劍鳴)이 귓전을 파고드는 듯한 기분을 느꼈다.

그렇게 일부의 사람들이 지루함과 답답함을 참지 못하고 몸을 꼼지락거리고, 또 다른 사람들은 유운출곡의 초식이 다음에 어떻게 변할지 차후의 움직임을 예상하고 있던 바로 그 찰나에 갑자기 용영검이 사라져 버렸다. 장내의 누구도, 심지어는 모용봉조차도 진산월의 손에서 용영검이 언제 어떻게 사라졌는지 미처 알아보지 못했다.

"헛?"

"이게 어떻게 된……."

몇몇 사람의 입에서 경호성이 터져 나온 다음에야 그들은 용영검이 어느새 진산월의 허리춤에 매여 있는 검집으로 들어가 있는 것을 발견할 수 있었다.

모용봉의 눈에서 번갯불 같은 신광이 흘러나왔다. 다른 사람은 몰랐지만, 그의 바로 옆에 있던 고심홍은 일순간에 모용봉의 몸이 생사대적(生死大敵)을 만난 것처럼 바짝 긴장되었다가 다시 풀어졌다는 것을 알아차렸다.

팽팽한 기운이 장내를 한바탕 휩쓸고 지나가 버렸다.

이곳에 모인 사람들은 대부분이 자신의 무공에 적지 않은 자신감을 가지고 있는 뛰어난 고수들이었지만, 지금 자신들의 눈앞에서 벌어진 일을 보고는 입을 다물지 못했다.

원래 검은 발검(拔劍)만큼이나 납검(納劍) 또한 중요하게 여겨졌다. 매끄럽고 부드러운 납검 동작은 보는 이를 찬탄하게 하고,

검을 다루는 검객의 솜씨를 나타내는 중요한 증표이기도 했다.

하나 어느 누구도 발검보다 빠르게 납검을 완료하는 사람은 없었다. 검집에서 검을 뽑는 것과 다시 좁은 검집 안으로 검을 집어넣는 동작이 같을 수는 없기 때문이다.

그런데 지금 진산월은 장내의 누구도 제대로 알아볼 수 없을 만큼 놀라운 납검 솜씨를 보여 주었다. 마치 조금 전의 느리게 펼친 연무는 바로 이것을 보여 주기 위함이라는 듯 너무도 빠르고 눈부신 동작으로 검을 거두어들인 것이다.

진산월이 다시 자기의 자리로 돌아가 앉을 때까지도 연회장은 죽음 같은 침묵이 감돌고 있었다.

가장 먼저 반응을 보인 사람은 차복승이었다.

짝짝짝!

차복승은 손뼉을 치며 진산월을 향해 거듭 찬탄의 시선을 보냈다.

"정말 눈으로 보고도 믿기지 않는 솜씨였소. 평범해 보였던 유운출곡이 마지막의 마무리로 인해 놀라운 절초로 바뀐 듯하구려."

그 말에 정신을 차린 듯 많은 고수들이 연신 고개를 끄덕이며 박수를 보냈다.

차복승의 말대로 진산월은 이번 연무로 자신이 마음먹기에 따라 검법을 얼마든지 느리고 빨리 펼칠 수 있는 수준에 도달해 있음을 증명해 보였다. 검을 거두어들인 동작이 그 정도였는데, 만약 그가 전력을 다해 검을 뽑는다면 얼마나 가공할 일이 벌어지겠는가?

그런 생각에서 적지 않은 사람들이 강호제일쾌검으로 알려진 고심홍을 힐끔거렸다. 과연 고심홍은 신검무적이 보여 준 솜씨보다 빨리 검을 뽑을 수 있을 것인가?

고심홍의 얼굴은 여전히 냉막했으나, 굳게 다문 입술이 지금 그의 심정을 나타내고 있는 것 같았다.

하나 모용봉은 전혀 다른 생각을 하고 있었다.

진산월의 납검은 비록 놀랄 만했으나, 모용봉은 그가 갑자기 검을 거두어들인 것에 더욱 주목했다. 단순히 납검 동작을 보여 주기 위해 진산월이 일부러 그렇게 느린 연무를 했다는 것은 쉽게 이해가 가지 않는 일이었다.

모용봉은 진산월이 검을 거두어들이기 직전에 취한 동작이 유운출곡의 후반부임을 알고 있었다. 자신의 마음먹기에 따라 얼마든지 응용이 가능한 구간이었다.

그리고 그 구간에서 진산월은 스스로 검을 거두어들임으로써 더 이상의 변화를 생략해 버렸다. 그것은 단순한 우연인가? 아니면…….

만약 진산월이 검을 거두어들이지 않고 계속 초식을 이어 나갔다면 과연 어떤 일이 벌어졌을까? 모용봉이 알고 있는 유운출곡의 변화가 그대로 끝까지 이어졌을까? 아니면 전혀 다른 무언가가 펼쳐졌을까?

혹시 진산월은 그 무언가를 남에게 보이고 싶지 않아 마지막 순간에 검을 거두어들인 것은 아닐까?

그렇다면 그 무언가는…….

모용봉의 생각은 더 이상 이어지지 않았다.

왜냐하면 그때 백자목이 벌떡 일어나 중앙의 자리로 성큼 걸어 나갔기 때문이다.

백자목은 진산월 다음으로 많은 표를 얻었으니 당연히 솜씨를 보일 자격이 있었다. 하나 차복승이 자신을 소개할 시간도 주지 않고 바로 자리에서 일어난 것은 다소 뜻밖의 일이 아닐 수 없었다.

모용봉은 백자목의 얼굴을 힐끔 쳐다보는 것만으로도 한눈에 그의 심리 상태를 꿰뚫어 보았다.

'호승심이 끓어올랐군.'

겉으로 드러난 백자목의 얼굴 표정은 평상시와 전혀 다를 바가 없었다. 하나 자세히 살펴보면 입술 꼬리가 살짝 올라가 있고, 눈에서 묘한 광채가 이글거리고 있음을 알 수 있었다.

그것은 백자목이 어떤 일에 맹렬한 흥미를 느꼈거나 불같은 투쟁심에 사로잡혔을 때 무의식적으로 나타나는 징후였다. 백자목과 친한 사이도 아닌 모용봉이 단번에 그것을 알아본 것은 백자목이 처음 자신을 만났을 때도 그런 표정을 지어 보였기 때문이었다.

백자목은 연회장의 중앙으로 성큼성큼 걸어가더니 이내 몸을 우뚝 세우고는 주위를 둘러보았다. 우연인지 그의 시선은 연무를 마치고 자리로 돌아가 점잖게 앉아 있는 진산월을 향해 있었다.

진산월은 숨결조차 흐트러지지 않은 채 담담한 얼굴로 앉아 있었는데, 백자목의 시선이 자신에게 고정되어 있다는 걸 아는지, 모르는지 전혀 표정의 변화가 없었다.

백자목은 횃불 같은 신광이 이글거리는 눈으로 진산월을 응시하다가 천천히 허리춤으로 손을 가져갔다.

그의 허리 부분에 걸려 있던 검집에서 소리도 없이 검이 뽑혀 나왔다.

모용봉의 입가에 한 줄기 고졸한 미소가 그려졌다. 그 광경은 조금 전에 진산월이 보여 준 모습과 너무도 흡사하여 지금 백자목이 일부러 진산월을 흉내 내고 있다는 걸 쉽게 알 수 있었던 것이다.

'단단히 불이 붙었군. 신검무적을 놀라게 하겠다는 의도가 너무 드러나 보이는데, 그가 익힌 무공 중 그 정도의 수준에 오른 것이라면 혹시……?'

백자목의 검이 천천히 앞으로 나아가기 시작했다. 답답할 정도로 느린 그 움직임은 영락없이 진산월의 연무와 닮아 있었다.

다만 검로(劍路)만은 전혀 달랐다.

완만한 몸동작만큼이나 단조롭고 평이하게 움직였던 진산월의 연무와는 달리, 백자목의 검은 사선(斜線)에서 사선으로 움직였다. 그것은 무척이나 파격적이고 거칠어서 백자목이 지금처럼 느리게 펼치지 않았다면 검로의 움직임을 알아보기 힘들 정도로 변화가 무쌍하고 막측했다.

어찌 보면 자기 흥에 겨워 제멋대로 검을 움직이는 것 같기도 했다.

하나 장내에 있는 대부분의 고수들은 백자목의 검이 말로 표현하기 힘든 기이한 현기(玄機)를 담고 있음을 단번에 알아보았다. 단한 번도 통상적인 검의 움직임을 따르지 않았지만, 그 속에는 아주 교묘하고 정교한 노림수가 다양한 방식으로 숨어 있었던 것이다.

그 노림수를 모두 파악한다는 것은 불가능에 가까운 일이었다.

백자목의 검은 진산월과 마찬가지로 어느 순간에 갑자기 멈춰져서 그대로 검집 속으로 미끄러져 들어갔다. 그와 함께 그의 검이 보여 주었던 괴이한 검로 또한 사라져 버렸다.

그 순간, 중인들은 무언지 모를 진한 아쉬움을 느껴야 했다. 조금만 더 그 검로의 움직임이 계속되었다면 틀림없이 경천동지할 검초를 볼 수 있었을 것이라는 강렬한 예감이 들었던 것이다.

한동안 연회장 안에는 무거운 침묵이 감돌았다. 중인들은 각기 다른 상념에 사로잡혀 그에게 박수를 보내는 것조차 잊고 있었다. 장내에 있는 인물들 중 그 누구도 백자목이 방금 펼쳤던 검로가 무슨 검법의 어떠한 초식인지 알지 못했다. 심지어는 그 검 끝이 앞으로 어떻게 움직일지 예측한 사람조차 없었다.

그만큼 신기막측하며 괴이무쌍한 검초였다.

아니, 그것을 완성된 검초라고 할 수 있을까?

백자목은 단지 검초의 짧은 부분만을 잠깐 선보였을 뿐이었다. 그것만으로도 장내에 있는 모든 사람들의 시선을 사로잡고 뇌리에 적지 않은 충격을 남겼으니, 의도가 어찌 되었든 그의 연무는 성공적이었다고 평가할 수 있을 것이다.

"휴우. 대단하군."

누군가의 무거운 한숨 소리가 들려오자 그제야 비로소 박수 소리가 터져 나왔다. 이미 자리로 돌아가 있던 백자목은 사람들이 자신에게 뜨거운 박수를 보내자 자리에서 일어나 주위를 향해 가볍게 포권을 해 보였는데, 그의 얼굴에는 처음 등장할 때 보였던 여유만만하고 자신에 찬 미소가 떠올라 있었다.

차복승이 주름진 얼굴에 환한 미소를 지으며 감탄성을 토해 했다.

"허허. 정말 대단한 구경을 했소. 오늘은 정말 복 터진 날이구려. 원래는 진 장문인이 한 분을 지목한 후에야 백 공자의 솜씨를 보려 했는데, 순서가 바뀐 것이 오히려 다행인 것 같소. 이왕 이렇게 된 이상 백 공자께서 다음에 솜씨를 보일 한 분을 먼저 지목해 주시면 되겠구려."

차복승의 말이 끝나기가 무섭게 백자목은 생각하고 자시고 할 것도 없다는 듯 이내 한 사람에게로 시선을 돌렸다.

"어디 그동안 실력이 얼마나 늘었는지 유 형의 솜씨 한번 봅시다."

그의 시선을 받은 사람은 가뜩이나 차가운 얼굴이 냉기가 흐를 정도로 냉막해졌다. 그는 다름 아닌 유장령이었다.

유장령은 사람이라도 베어 버릴 듯한 살벌한 눈으로 백자목을 노려보았으나, 백자목은 느긋한 미소를 지은 채 자리에 앉아서 술잔을 기울였다.

돌연 유장령이 벌떡 자리에서 일어났다. 몇몇 사람들은 그가 당장이라도 백자목을 향해 달려들지나 않을까 우려했으나, 그의 신형은 중앙으로 향해 있었다.

일체의 말이나 예고도 없이 검광이 어른거리며 그의 연무가 시작되었다.

그는 진산월이나 백자목과는 달리 지독할 정도로 빠르고 날카롭게 검을 휘둘렀다. 그 바람에 살벌한 검광이 사방으로 번뜩여서 금시라도 연무장 안이 검기의 소용돌이에 휩쓸려 버릴 것만 같았다.

하나 장내의 고수들 중 누구도 위기감을 느낀 사람은 없었다.

겉보기만 매서울 뿐, 유장령의 검이 철저하게 통제되어 일체의 검기도 밖으로 흘러나오고 있지 않음을 알고 있었던 것이다.

검광이 화려하게 번뜩이면서도 검기를 일으키지 않는다는 것은 검기의 수발을 자유자재로 할 수 있다는 의미였으며, 그것만으로도 유장령의 검법이 어떠한 경지에 올라와 있는지를 여실히 나타내는 것이었다.

유장령이 펼친 검초는 그의 성격만큼이나 날카롭고 매서웠다. 사방으로 빗발치며 날아가는 검광은 일견 무질서해 보였으나, 그만큼 빠르고 예리해서 한눈에 보아도 절세의 검학임을 알 수 있을 정도였다.

검기가 철저히 배제된 상태에서도 이렇거늘, 유장령이 본격적으로 검기를 끌어올린다면 얼마나 가공할 위력을 발휘할 것인가? 그런 생각을 하자 중인들은 새삼 유장령이 펼치는 검초에 대해 관심이 일지 않을 수 없었다.

유장령이 속한 화산파의 검법은 유려하면서도 화사한 것으로 유명했다. 이십사수매화검법을 기본 바탕으로 하는 화산파의 검법은 하나같이 일맥상통하는 독특한 흐름을 가지고 있어서 누가 보아도 화산파의 검법임을 알 수 있었다.

하나 지금 유장령이 펼치고 있는 것은 난삽할 정도로 어지럽고 날카로운 변화를 보이고 있었다. 중인들은 열심히 머리를 굴려 보앞으나, 화산파에 이토록 살벌함이 겉으로 드러나는 검법이 있다는 말은 들어 본 적이 없었다.

순식간에 장내를 난폭하게 뒤집어 놓던 유장령의 검이 갑자기 멈춰 버렸다. 중인들이 눈을 크게 뜨고 보니 어느새 유장령은 검을 멈춘 채 그 자리에 우뚝 서 있었다. 무엇이 그리도 불만스러운지 그의 눈썹은 잔뜩 찌푸려져 있었는데, 검을 거둔 동작 그대로 무언가 깊은 상념에 잠긴 것처럼 보이기도 했다.

하나 이내 그는 검을 검집에 집어넣은 후 다시 자리로 돌아가 버렸다.

그제야 퍼뜩 정신을 차린 중인들은 그를 향해 아낌없는 박수를 보냈다.

다만 안목이 예리한 몇몇 고수들만은 살짝 고개를 갸웃거리고 있었다. 유장령 또한 진산월이나 백자목과 마찬가지로 검초를 끝까지 펼치지 않고 중반쯤에서 멈췄다는 것을 알아차렸던 것이다.

워낙 살벌하고 매서운 기세로 검법을 펼쳤기에 대부분의 인물들은 그것이 하나의 완성된 검초가 아니라는 걸 미처 알지 못했지만, 진산월을 비롯한 최고 수준의 경지에 오른 검객들은 어렵지 않게 알아보았다.

세 사람의 절정고수가 차례로 연무를 펼쳤는데, 그중 누구도 완성된 검초를 보이지 않았다는 것은 단순한 우연일까?

하나 진산월은 전혀 다른 것에 관심을 기울이고 있었다.

백자목이 펼친 검초와 유장령이 펼친 검초는 분명 전혀 다른 초식이었고, 그 검로 또한 판이하게 달랐다. 그럼에도 그의 눈에는 그들이 펼친 검초가 어딘지 모르게 비슷해 보였던 것이다.

그것은 그와 같은 경지에 오른 검객이 아니라면 알아차리기 힘든 아주 미묘하고 섬세한 차이였다. 사선에서 사선으로 움직이는 백자목의 검초와 난폭할 정도로 빠르고 날카롭게 이동하는 유장령의 검초는 비록 겉모습은 달랐지만 한 핏줄에서 태어난 쌍둥이처럼 유사한 무언가를 지니고 있었다.

진산월은 이런 일이 어떤 경우를 가리키는지를 잘 알고 있었다. 같은 검법에 속한 검초라면 각기 다른 변화를 지니고 있어도 서로 아주 근접한 유사성을 내포하고 있다. 그러한 유사성이야말로 그 검법을 특징짓는 가장 중요한 요소인 것이다.

그렇다면 백자목과 유장령은 같은 검법을 나누어 익히고 있는 것일까?

출신 성분부터 모든 것이 판이한 두 사람이 하나의 검법을 공유한다는 것은 도저히 믿어지지 않는 일이었다. 오만하고 독선적인 그들의 성격으로 보아도 실현성이 없는 일이었다.

그럼에도 진산월은 그 생각을 쉽게 떨쳐 버릴 수 없었다.

그리고 그때 문득 한 가지 생각을 뇌리에 떠올릴 수 있었다.

모용 대협이 익혔다는 취와미인상의 절학!

일전에 구궁보에서 모용봉은 자신과 견줄 수 있는 네 사람의 기재를 선택하여 그들로 하여금 취와미인상에 숨겨진 절학을 익히게 하겠다고 했으며, 진산월에게 그중 한 자리를 제시했다. 그리고 진산월은 일언지하에 그 제의를 거절해 버렸다.

하나 진산월이 거절했다고 해서 다른 세 사람도 거절했으리라는 보장은 없었다. 오히려 쌍수를 들고 모용봉의 제안을 받아들였을 가능성이 더욱 높았다. 절세의 무공을 익히고 보다 높은 무학(武學)의 경지를 갈구하는 자들이라면 더욱 그러할 것이다.

신목령의 대제자이며 마도제일의 후기지수라는 백자목과 화산파 최고의 인재인 유장령이라면 충분히 모용봉이 인정한 세 사람에 속할 만했다. 그렇다면 혹시 그들이 조금 전에 펼쳐 보였던 것은 자신들이 취와미인상에서 얻은 절학의 일부분이 아니었을까?

만약 그렇다면 그들의 검초가 서로 다른 듯하면서도 일맥상통하는 무언가를 가지고 있다는 것은 너무도 당연한 일일 것이다.

백자목이 진산월의 연무를 보고 호승심이 생겨 자신이 얻은 취와미인상의 절초를 펼쳤고, 그걸 본 유장령 또한 자신이 얻은 걸 선보였다면 세 번째 사람도 자신이 얻은 절학을 펼치는 걸 주저하지 않을 것이다. 그러한 기회가 주어진다면 말이다.

그의 검초 또한 백자목과 유장령이 펼친 것과 유사하다면 진산월의 추론은 보다 확실하게 증명될 것이다.

그렇다면 과연 모용봉이 인정한 세 번째 기재는 누구일까?

그리고 그 기재는 이곳 연회장에 있는 것일까?

진산월은 모용봉과 그의 주위를 슬쩍 둘러보았다. 그리고 이내 한 사람의 모습을 시야에 담아 두었다.

구궁보에서 있었던 모용봉의 생일연에 처음으로 등장했던 인물. 생일연 내내 모용봉의 지척에서 떠나지 않았던 사람. 그리고 모용봉이 구궁보를 떠나 무당파에 올 때까지도 그의 곁을 지키고 있는 자.

그런 사람은 오직 한 명뿐이었다.

그래서 차복승이 자신에게 마지막 솜씨를 보일 사람을 지목해 달라고 했을 때, 진산월은 당초 염두에 두었던 분광검객 고심홍이 아닌 전혀 다른 사람을 지목했다.

"오래전부터 구양가에 무공에 미친 희대의 기재가 있다는 말을 듣고 늘 궁금했었소. 구양 공자, 귀하의 솜씨를 보고 싶소."

중인들 중 대다수는 어리둥절한 빛을 숨기지 않았다. 진산월이 누구를 지목할지 설레는 마음으로 기대하고 있던 사람들은 그가 전혀 예상치 못했던 인물을 가리키자 당혹감을 느끼는 모습들이 었다.

그들 중에는 당연히 진산월이 자신의 유일한 호적수라고 평가받는 모용봉을 가리키거나 아니면 당대 제일의 쾌검을 자랑하는 고심홍을 지목할 거라고 확신에 가깝게 믿고 있는 자들도 있었다. 그런데 무림에 잘 알려지지도 않은 상인 가문의 공자를 지목했으니 그들이 놀라고 당혹해하는 것도 무리는 아니었다.

중인들의 따가운 시선을 받으며 구양수진은 천천히 자리에서 일어났다. 그는 진산월을 향해 정중하게 포권을 해 보였는데, 그것이 자신을 지목해 준 진산월에 대한 감사의 표시인지, 아니면 뭇 고수들 앞에서 실력을 뽐낼 기회를 얻게 된 것에 대한 기쁨의 표현인지는 누구도 알 수 없었다.

구양수진의 출검(出劍)은 평범했다.

진산월이나 백자목처럼 느리지도 않았고, 유장령처럼 눈부실 정도로 빠르지도 않았다. 그럼에도 사람들의 눈에서는 감탄의 빛이 흘러나왔다.

그것은 검을 뽑아 드는 구양수진의 동작이 너무도 매끄럽고 부드러웠기 때문이다. 흡사 평생을 검과 함께 살아온 노검객(老劍客)처럼 유연하고 능숙하게 검을 들고 서 있는 구양수진의 모습은 그를 상인 가문의 풋내기 공자라고 은근히 얕잡아 보던 사람들의 인식을 단번에 바꾸어 놓았다.

그의 검이 움직이기 시작했다. 그와 함께 중인들의 눈빛도 더할 수 없이 반짝거렸다.

구양수진의 검은 그의 자세만큼이나 깔끔하고 단정했다. 한 점의 흐트러짐도 없이 안정된 동작을 바탕으로 한 검로는 구양수진의 성격을 나타내듯 절제되어 있었고, 빠르지도 느리지도 않은 속도 때문인지 자로 잰 듯 규칙적이었다.

그래서 겉으로 보기에는 백자목과 유장령이 펼쳤던 검초와 전혀 유사점이 없는 듯했다.

하나 진산월은 구양수진이 처음 검을 움직였을 때부터 그가 펼치는 것이 백자목과 유장령의 검과 같은 뿌리에서 나온 것임을 알아보았다.

그것은 거의 본능과도 같은 것이었다. 자신이 넘어뜨려야 할 커다란 나무를 눈앞에 마주한 나무꾼의 심정이 이러할까? 각기 다른 외양을 지니고 있지만 본질적으로는 차이가 없는 그 검초들은 수많은 가지들을 사방으로 내뻗고 있는 거대한 고목을 연상케 했다.

그 고목의 무성한 가지와 굵은 허리를, 과연 자신의 검으로 베어 넘길 수 있을까?

진산월의 눈빛은 더욱더 깊어졌다. 그리고 구양수진의 검 또한 절정으로 치닫듯 더욱 유려하게 움직였다. 그러다 백자목과 유장령이 했던 것처럼 절정의 바로 직전에 거짓말처럼 멈췄다.

사람들의 입에서 아쉬운 탄성이 터져 나왔다. 조금 더 이 부드럽고 깔끔한 연무를 보고 싶었던 것이다.

구양수진은 천천히 검을 거두고는 장내를 향해 정중하게 인사를 했다. 세찬 박수 소리가 장내를 뒤흔드는 가운데 구양수진은 나올 때처럼 조용히 원래의 자리로 돌아갔다.

네 사람의 연무가 모두 끝이 났다.

공교롭게도 그들 네 사람은 하나의 초식을 모두 펼쳐 보이지 않고 중간에서 멈췄으며, 그래서 솜씨를 보인 시간도 그리 길지 않았다. 하나 장내의 누구도 기대에 못 미치거나 그들이 건성으로 연무했다고 탓하지 않았다. 오히려 진정한 고수들의 실력을 보았다는 뿌듯함과 묘한 만족감을 동시에 느끼고 있었다. 그것은 자신들이 본 검초들이 아직까지 완성되지 않았다는 것에 대한 어떤 안도감이었는지도 몰랐다.

무림인들이란 본래 그런 족속들이었다. 그들의 심리 바탕에는 투쟁심이 깔려 있고, 그것은 자신을 능가하는 타인에 대한 배척감과 두려움을 포함하고 있었다. 겉으로는 자신보다 뛰어난 고수들에게 찬사를 보낼지 몰라도, 그들의 마음속에는 상대에 대한 질시와 어떤 식으로든 그를 꺾고 싶다는 경쟁의식이 도사리고 있었다.

마음이 꺾이는 순간, 검도 꺾인다.

이것은 검법을 익히는 검객들 사이에서 오랫동안 전해 내려오는 경구(警句)였다. 그리고 장내의 누구도 아직 자신의 검이 꺾이기를 바라는 사람은 없었다.

그래서인지 연무가 끝났음에도 연회장의 분위기는 여전히 들떠 있었고, 흥분이 식지 않은 뜨거운 시선들이 사방으로 교차되었다.

진산월은 좌중의 그런 분위기를 조용한 눈으로 지켜보다가 문득 고개를 돌려 모용봉을 쳐다보았다. 마침 모용봉도 그를 보고 있었는지 두 사람의 시선이 자연스럽게 허공에서 마주쳤다.

진산월의 눈빛은 더할 수 없이 담담했다. 반면에 모용봉은 유난히 반짝이는 눈으로 그를 응시하고 있었다. 모용봉의 눈은 마치 그에게 자신의 제의를 거절한 것을 후회하지 않느냐고 묻는 것 같았다.

백자목과 유장령, 구양수진이 보여 준 놀라운 검초들이 모두 취와미인상을 보고 얻은 결과물이라면 모용봉의 제의를 거절한 진산월의 선택은 어쩌면 잘못된 것이었는지도 몰랐다.

하나 진산월은 지금도 당시의 결정을 후회하지 않았다.

비록 그들 세 사람의 검이 더할 수 없이 괴이하고, 신랄하며, 정교하다고 해도 진산월은 충분히 감당할 자신이 있었다.

더구나 자신에게는 검정중원이 있지 않은가? 검정중원을 완성하는 일조차 아직 마무리 짓지 못하고 있는 상황에서 또 다른 절학을 익힌다는 건 과욕에 불과할 뿐이었다. 적어도 진산월은 그렇게 믿고 있었다.

밤이 점점 깊어지자 사람들은 하나둘씩 자리에서 일어났고, 연회는 자연스레 종막을 맞이했다.

가장 먼저 자리를 뜬 사람은 유장령이었다. 유장령은 연무를 마친 후에도 입을 굳게 다문 채 심기가 불편한 표정이었고, 자연히 그에게 말을 걸거나 다가오는 사람은 없었다.

유장령은 반 시진 동안 혼자 외롭게 앉아 있다가 간다는 말도 없이 자리에서 일어나 연회장을 빠져나갔다. 그의 퇴장이 워낙 조용했기에 중인들 중 몇 사람은 그가 언제 연회장을 떠났는지도 알지 못할 정도였다.

그다음에 자리에서 일어난 사람은 백자목이었다. 백자목은 나타날 때와 마찬가지로 입가에 자신에 찬 미소를 지은 채 진산월과 모용봉을 차례로 바라보고는 가볍게 인사한 후 당당한 걸음으로 연회장을 벗어났다.

묵묵히 그의 뒷모습을 보고 있던 진산월의 뇌리에 한 가지 생각이 떠오른 것은 그의 신형이 막 시야에서 사라진 바로 그 직후였다.

'그러고 보니 그는 오늘 단봉 공주에게는 인사는커녕 시선조차 주지 않았구나.'

단봉 공주는 오늘 연회의 주최자일 뿐 아니라 누구나가 인정하는 당대 제일의 미녀였다. 남자라면, 더구나 백자목 같은 젊은 나이의 청년이라면 당연히 그녀에게 호기심이 일지 않을 수 없었을 텐데, 백자목은 등장할 때부터 연회장을 떠날 때까지 그녀 쪽으로 는 눈길 한 번 던지지 않았다. 심지어 주최자에게 의당 해야 하는 인사도 제대로 하지 않은 것 같았다.

백자목이 비록 마도에 몸담은 고수라고는 하나 예의를 모르는 인물은 아닐 텐데, 오늘의 이와 같은 모습은 뜻밖이라고 하지 않 을 수 없었다.

백자목이 단봉 공주에게 일별(一瞥)도 하지 않은 것에는 특별 한 이유가 있는 것일까? 아니면 그의 관심이 온통 진산월에게 집 중되어 있어 미처 그녀에게는 신경도 쓰지 못한 것일까?

어느 쪽이 되었든 당대 무림의 제일미녀를 앞에 두고도 시선조 차 주지 않은 그의 모습은 진산월의 뇌리에 깊은 인상을 남기는 것이었다.

유장령과 백자목이 떠난 후, 진산월도 천천히 몸을 일으켰다.

낙일방이 눈치 빠르게 자리에서 일어나고 있는데, 그와 나란히 보조를 맞추는 사람이 있었다. 진산월이 쳐다보니 그 사람은 얼굴 가득 환한 미소를 떠올렸다.

"예전에 진 장문인과 함께 밤길을 걷던 기억이 너무 좋아서 이 번에도 폐가 되지 않는다면 진 장문인과 함께하고 싶군요."

진산월은 석성의 얼굴을 가만히 바라보고 있다가 천천히 몸을 돌렸다.

"석가장의 대공자가 어딜 가든 누가 말릴 수 있겠소?"

혼잣말처럼 중얼거리는 그의 말을 용케도 알아들었는지 석성이 쥐눈을 반짝이며 그의 뒤를 따랐다.

"승낙의 뜻으로 알겠습니다. 헤헤."

진산월은 넉살 좋게 웃으며 자신을 따라붙는 석성에게는 신경도 쓰지 않고 모용봉과 단봉 공주에게 차례로 인사를 했다.

"오늘 좋은 대접을 받고 가오. 나중에 기회가 닿는다면 오늘에 대한 보답으로 두 분을 정중히 모시고 싶소."

모용봉은 빙긋 웃으며 답례를 했다.

"진 장문인께서 불러 주신다면 기쁜 마음으로 응하겠소."

단봉 공주의 면사 사이로 내비치는 영롱한 눈빛이 잠시 진산월의 담담한 얼굴에 고정되었다.

"연회가 즐거웠는지 모르겠군요. 모쪼록 진 장문인의 무운(武運)을 빌어요."

무운을 빈다는 그녀의 말은 조만간 벌어질 형산파와의 대결을 염두에 둔 발언이었다.

진산월은 간단히 그녀에게 사례하고는 이내 몸을 돌려 연회장을 벗어났다.

멀어지는 그의 뒷모습을 묵묵히 보고 있던 모용봉이 문득 고개를 돌려 단봉 공주를 응시했다.

"오늘 어떠셨소?"

"무얼 말인가요?"

"운이 좋게도 당신이 보고 싶어 했던 네 사람의 연무를 모두 보았는데, 그에 대한 소감이 어떤지 궁금하구려."

단봉 공주는 여전히 진산월이 사라진 방향으로 시선을 고정시킨 채 짤막하게 대답했다.

"인상적이었어요."

"누구의 연무가 가장 기억에 남았소?"

단봉 공주는 그 말에는 아무런 대답도 하지 않고 한동안 가만히 있었다. 모용봉은 잠시 그녀의 대답을 기다리는 듯했으나, 그녀가 좀처럼 입을 열지 않자 천천히 고개를 끄덕였다.

"대답을 들은 것 같군."

그는 자리에서 일어나 그녀에게 살짝 포권을 했다. 구양수진, 고심홍과 함께 모용봉이 연회장을 나갈 때까지도 단봉 공주는 여전히 처음의 자세를 유지하고 있었다.

대부분의 손님이 모두 빠져나간 연회장은 조금 전의 화려한 모습과는 달리 어딘지 모르게 쓸쓸해 보였다.

휘잉!

미처 닫히지 못한 문틈 사이로 때마침 한 줄기 바람이 불어오자 연회장 곳곳에 내걸린 연연등을 따라 그녀의 그림자가 이리저리 흔들거렸다. 그녀는 불빛을 따라 일렁이는 자신의 그림자를 언제까지고 가만히 내려다보고 있었다.

(군림천하 31권에서 계속)

정도제일 마존문

월공혼 신무협 장편소설

『무적검』의 작가, 월공혼의 야심작
정도 무림을 이끄는 마존(魔尊)!

『정도제일마존문』

미친 노인에게 납치당한 곽문위
그 후 십 년, 오로지 살아남기 위해
마공을 수련하며 누구든 죽여 왔다

하지만, 그에게 남은 것은 허무함뿐이었다

'돌아가자, 집으로……'

**의(義)가 불의에 굴복하고,
협(俠)이 위선에 물든 지금
위대한 전설의 서막이 열리니**

무림이여, 고개 숙여 경배하라!
정도제일의 마존이 내딛는 발걸음을!